L'important n'est pas la chute

Guillaume Ramezi

L'important n'est pas la chute

Thriller

Phénix Noir

Éditions IFS

Éditions IFS - Collection Phénix Noir
Drève de la Charte 13
BE - 1083 Bruxelles
Belgique
Tél. : +32.493.220.888

Site internet : **www.editions-ifs.com**
Email : info@editions-ifs.com

ISBN : 9782390460381
Publié et imprimé en Europe (Mars 2022)
Dépôt légal : Bibliothèque Royale de Belgique - D/2022/13.387/3

Du même auteur

Derniers jours à Alep, IFS * Phénix Noir, 2022
L'important n'est pas la chute, IFS * Phénix Noir, 2022
Le crépuscule des éléphants, IFS * Phénix Noir, 2021

À Marie et nos deux monstres,
sans vous ce ne serait pas possible.

Chapitre 1

Le ciel était particulièrement clair en cet agréable dimanche de printemps. Assis tranquillement contre la carlingue, Thomas Laverne attendait, les yeux mi-clos, qu'ils atteignent leur altitude cible.

C'était un jour un peu particulier pour lui. Il fêtait aujourd'hui ses 38 ans et il allait de plus effectuer ce matin son centième saut. Pour cette double occasion, il avait obtenu de son instructeur qu'ils montent un peu plus haut que d'habitude afin de prolonger de quelques secondes sa chute libre. Les conditions étant parfaites, sa requête avait été acceptée sans rechigner. Thomas obtenait toujours ce qu'il voulait, toutefois, le petit Cessna qui les emmenait à quatre mille cinq cents mètres d'altitude était bien le seul endroit où il ne commandait pas.

Le parachutisme est un sport où la moindre erreur peut être fatale et qui demande un minimum d'humilité à ceux qui n'en maîtrisent pas encore tous les aspects.

Thomas en avait conscience et lui d'ordinaire si saignant parvenait à laisser son ego au placard dès qu'il enfilait sa combinaison.

L'homme avait tout pour lui. Né avec une cuillère en or au coin de la bouche, il avait hérité huit ans auparavant des rênes de l'empire familial et avait fait fructifier ce capital, jadis régional, en se tournant vers l'international et en ouvrant plusieurs succursales de par le monde. Il avait également renforcé la croissance de l'entreprise en diversifiant leurs activités. Son père l'avait toujours refusé, prétextant que leur vrai savoir-faire était la conception de skis robustes pour toute la famille. Quand Thomas avait pris le contrôle de l'entreprise à la mort de son géniteur, il avait d'emblée mis un coup de gouvernail. Il avait lancé des gammes de vêtements sportswear et de nombreux accessoires de *freeride*. Il n'avait ménagé ni ses efforts ni ses moyens. Écumant les X Games et autres événements branchés, il signait des chèques faramineux aux stars de ces sports, adulées par les jeunes, pour qu'elles portent et utilisent ses produits. La stratégie s'était avérée payante. En quelques années, il avait transformé la marque en un véritable effet de mode et c'était maintenant devenu un gage de reconnaissance que de skier avec du matériel ou des tenues siglés de son nom.

Mais s'il avait orienté ses choix sur ce terrain, c'était aussi par pure passion personnelle. Thomas avait toujours été un fou de ces pratiques à risques et en fut même un des étendards dans sa jeunesse. Il avait découvert la sensation et l'adrénaline de la chute libre un peu plus tardivement et s'était immédiatement jeté avec ardeur dans cette nouvelle activité. Il n'aimait rien de plus que maîtriser un nouvel élément, un nouveau sport. Il avait donc pris des cours intensifs pour être capable de se débrouiller seul, sans la présence dans son dos d'un encombrant instructeur. Au bout de quelques semaines, il avait effectué ses premiers sauts en solo et c'était depuis chaque fois le même plaisir. Le week-end, dès que la météo le permettait et qu'il n'était pas en déplacement à l'étranger, il enfilait son costume et se rendait au petit aérodrome où, grâce à ses moyens conséquents, il trouvait toujours quelqu'un pour le piloter.

Ce jour-là, une fois n'était pas coutume, il n'était pas seul dans l'appareil. Un homme d'une quarantaine d'années qu'il n'avait jamais vu auparavant avait participé à ses côtés au briefing d'avant-décollage et avait pris place face à lui dans la petite cabine. Il avait vérifié le matériel de l'inconnu qui en retour avait fait de même avec le sien. Cela faisait partie des habitudes dans ce genre de saut, vérifications croisées pour plus de sécurité. Hormis au moment de ces contrôles indispensables, Thomas n'avait pas adressé la parole à son partenaire d'un jour. Il ne présentait aucun intérêt pour lui et l'industriel n'était pas du genre à se forcer à faire la conversation pour passer le temps. Le sien était bien trop précieux à ses yeux. Et par ailleurs ce type lui paraissait franchement antipathique.

La montée n'allait pas durer plus de vingt minutes avant de pouvoir s'évader en se jetant dans le vide. C'était le seul moment où il se sentait libéré de toutes les contraintes de sa vie quotidienne. En attendant, il mettait toujours à profit le temps dont il disposait pour avancer certains de ses dossiers. Assis à même le sol du petit avion, il repensait à la réunion houleuse de la veille avec certains de ses partenaires. Il allait devoir prendre des mesures s'il ne voulait pas que la situation dégénère. Pourtant, petit à petit, ses pensées dérivèrent et se fixèrent sur un autre de ses rendez-vous qu'il avait imposé pour le lendemain matin. Celui-là, au moins, ne lui poserait pas autant de problèmes...

Il fut tiré de ses rêveries par la voix du pilote dans le haut-parleur leur annonçant qu'ils avaient atteint leur altitude de largage. Son binôme se leva et s'approcha de la porte après avoir vérifié une ultime fois son équipement et attendit le signal la main sur la poignée. Thomas se plaça derrière lui et fit de même avec son propre matériel. Deuxième signal du pilote qui donnait l'autorisation pour l'ouverture. L'homme barbu actionna le levier et tira sur le panneau métallique qui glissa à l'intérieur de l'habitacle. L'air s'y engouffra violemment dans un vacarme assourdissant. Une lumière verte s'alluma sur le côté de la porte et le premier téméraire s'élança dans le vide. Thomas s'avança à son tour vers l'ouverture et attendit l'autorisation de faire de même. À la vitesse où évoluait l'appareil, quelques secondes étaient suffisantes pour permettre l'espacement latéral nécessaire entre chaque sauteur pour évoluer en toute sécurité.

Le signal s'alluma à nouveau et Thomas n'hésita pas. Il se précipita vers le sol qui paraissait tellement lointain... plus de quatre mille mètres en contrebas. La célérité horizontale imprimée par l'avion se transforma rapidement en accélération verticale alors qu'il chutait dans l'immensité du ciel sans nuage. Il se stabilisa finalement à plus de 150 km/h. Abreuvé d'adrénaline et littéralement porté par la pression de l'air sur son corps étendu, Thomas entreprit de faire quelques mouvements sur lui-même en orientant légèrement les mains et les bras d'un côté ou de l'autre pour profiter pleinement des 360° de panorama qui s'offraient à lui. Il jeta un rapide coup d'œil à son altimètre pour s'assurer qu'il ne dépassait pas la limite de sécurité. Il lui restait encore une bonne vingtaine de secondes de chute libre avant d'actionner l'ouverture de son parachute. Il décida alors de pousser un peu les sensations. Repliant les bras le long du torse et penchant son corps légèrement en avant, il prit encore plus de vitesse en descendant dans un quasi-piqué vers le sol qu'il apercevait maintenant de plus en plus distinctement. Nouveau coup d'œil sur l'altimètre, il approchait de la cible. Il écarta à nouveau les bras pour se stabiliser avant le choc du ralentissement violent qu'entraînerait le dépliage de sa voile. Il s'assura une dernière fois que le moment était venu et à son grand regret tira un coup sec sur la poignée. Puis, il attendit l'habituelle secousse.

Rien ne se passa...

Surpris, Thomas jeta machinalement un coup d'œil au-dessus de son épaule où il aurait dû voir la toile en train de s'étendre.

Il tira une seconde fois sur la poignée pour le même résultat : nul.

Il sentit la panique monter en lui. Il resta toutefois maître de ses réflexes, on lui avait toujours dit pendant sa formation que ce genre de situation pouvait arriver.

Il regarda la montre qui lui indiquait qu'il avait largement dépassé l'altitude d'ouverture et il se tourna vers son parachute de secours. Les mains tremblantes, il mit quelques secondes à trouver le mécanisme, l'empoigna et l'activa sans attendre. Il fut soulagé d'entendre le bruit caractéristique de l'aile se dépliant hors du sac à dos. Son apaisement fut de courte durée. Il ne ressentit aucun choc violent, comme s'il avait été tiré brusquement vers le haut par son harnais. Au lieu de cela, il n'avait que peu ralenti et continuait de descendre beaucoup trop vite. Pour ajouter encore à la complexité terrifiante de sa situation, il s'était mis à tournoyer à une vitesse folle en tombant en vrille comme un pantin. Malgré l'effet de la force centrifuge qui manqua de lui faire perdre connaissance, il parvint à lever les yeux et comprit immédiatement ce qui n'allait pas : seul un tiers de son parachute s'était déplié ! Le reste flottait au vent tel un vulgaire chiffon, empêché de s'ouvrir par la multitude de filins malencontreusement entremêlés. La dissymétrie de sa voile ainsi ouverte l'entraînait dans une spirale infernale. Il était encore à plusieurs centaines de mètres du sol, tombant comme une pierre, et n'avait plus aucun moyen de freiner sa chute...

Cette fois, il était complètement affolé, gesticulant dans tous les sens, il s'escrimait à tirer sur ses poignées dans une tentative désespérée pour augmenter la surface de toile le retenant et ralentir sa rotation. Malgré sa terreur, il se raccrocha aux consignes de ses instructeurs qu'il avait toujours retenues avec attention. Il sortit sa lame à crochets et coupa les filins de la partie inutile de sa voile. Cela eut pour effet de libérer une partie de la toile et de freiner un peu sa rotation, sans pour autant ralentir suffisamment sa chute. À deux cents mètres d'altitude, il jeta un regard vers le bas. Il réalisa que c'était terminé, il allait s'écraser à une vitesse bien trop importante pour en sortir indemne. Un buisson épais passa dans son champ de vision : oui, c'était cela qu'il devait faire, il devait atterrir dessus ! Il tenta alors de le viser pour amortir un tant soit peu l'impact. Dans les dernières secondes, l'ultime consigne qu'il essaya d'appliquer fut d'aborder le sol avec un angle suffisant pour dévier un peu la force verticale de la collision. Au moment fatidique, il ne vit pas sa vie défiler devant ses yeux, seules quelques images lui apparurent. Sa femme d'abord, puis ses deux filles. C'est le visage de sa cadette qu'il avait sur les rétines lorsque son corps se disloqua en heurtant la terre ferme.

Chapitre 2

Camille Lambert s'était réveillée tôt ce dimanche. Malgré l'heure extrêmement tardive à laquelle elle était rentrée dans son petit appartement du 18e arrondissement. Elle mit quelques secondes, assise sur son lit, à recouvrer ses esprits et à rassembler ses souvenirs de la soirée. Et à dire vrai, tout ne lui revenait pas…

Comme presque tous les samedis, elle était sortie seule. Non pas qu'elle n'avait pas d'amis, au contraire, elle savait se montrer particulièrement sociable, mais elle ne se livrait jamais totalement et ses amis conventionnels ne fréquentaient pas le genre d'endroit où elle aimait se rendre pour ses sorties nocturnes. Dans ces lieux, mieux valait ne pas être accompagné. La Camille du samedi soir n'avait pas grand-chose à voir avec celle qui dirigeait une petite équipe d'enquêteurs du commissariat central du 12e. Ni ses collègues, ni ses amis d'enfance, ni sa famille ne soupçonnaient cet aspect de sa vie.

Cette fois, elle s'était rendue dans un club un peu glauque en banlieue où elle avait ses entrées. Elle avait un peu abusé hier soir. La semaine avait été désastreuse.

Un type qu'elle savait coupable leur avait filé entre les pattes, faute de preuves suffisantes. Elle avait vu son regard quand ils avaient dû mettre fin à sa garde à vue. Elle avait compris à son rictus satisfait que c'était bien lui qui avait violé cette pauvre étudiante, qui ne s'en relèverait pas. Son équipe avait travaillé d'arrache-pied pour le confondre, mais il était habile et avait pris soin de ne laisser aucune trace. Son alibi, même bancal, laissait planer un doute sérieux qui suffisait au juge pour ne pas l'inculper. Minée par la colère et le regret de ne pas pouvoir aider la jeune femme, Camille s'était réfugiée dans l'alcool.

Des bribes de la soirée lui revenaient par flash. Shoots enfilés cul sec, danse ou plutôt transe bestiale sur fond de musique électro, contacts charnels avec les autres danseurs dans le même état qu'elle. Elle ne savait même pas à quelle heure elle était rentrée. Les yeux encore embrumés de sommeil et d'alcool, elle tourna la tête et aperçut une forme allongée dans le lit. D'autres images lui revinrent : le retour titubant et enlacées, les ébats torrides qui s'ensuivirent. Camille se pencha vers la demoiselle à ses côtés et lui dit sans ménagement alors qu'elle émergeait aussi :

— Tu ne peux pas rester. Merci pour cette soirée, à une prochaine fois peut-être...

Et sans attendre la réponse de celle qui avait partagé sa couche, elle se leva et se dirigea vers la salle de bains. La situation était claire et sa demande ne souffrait aucune contestation. Elle devait être partie lorsqu'elle ressortirait. Camille ne s'attachait pas, elle n'était pas faite pour ça. Son travail était plus qu'un sacerdoce et elle n'avait pas l'intention de se brider avec une encombrante « vie de famille ». Quand elle était sur un dossier, elle ne prenait pas de repos et se jetait à corps perdu dans ses recherches, c'était une mission qu'elle s'assignait à chaque fois. Et les enquêtes s'enchaînaient les unes après les autres. Urgence après urgence, flagrants délits ou dossiers insolubles, elle enquillait les heures au commissariat avec son équipe, cherchant à n'omettre aucun détail, même s'ils n'avaient pas toujours le temps nécessaire pour accorder toute leur attention aux victimes. Les dépositions étaient souvent bâclées et les questions trop directes, sans tact. Aller droit à l'essentiel, c'était la consigne que leur hiérarchie leur donnait. Pas le temps de faire du social. Tous ne réagissaient pas de la même façon devant cette pression quotidienne et l'horreur qu'ils côtoyaient en permanence sans échappatoire. L'an dernier, un de ses adjoints avait craqué et s'était mis une balle dans la tête dans la salle de repos du commissariat. C'est elle qui l'avait découvert gisant dans une mare de sang. « C'était un homme perturbé », avait répondu son supérieur quand elle lui avait hurlé dessus en disant que tout cela ne serait pas arrivé si on leur avait donné les moyens de faire le job. D'autres se réfugiaient dans l'alcool.

Camille, elle, profitait de ses vendredis ou de ses samedis soir pour s'évader. Boire n'était pas dans ses habitudes. D'ordinaire, la musique lui suffisait pour laisser de côté, pour quelques heures au moins, ses soucis quotidiens. Elle rentrait rarement seule. Homme, femme, ou les deux, elle ne s'interdisait rien, mais éjectait toujours ses conquêtes dès le réveil. Elle n'avait pas de relation suivie, en fait, elle n'en avait jamais eu.

Elle profita d'une longue douche chaude pour se remettre les idées en place et laisser le temps à sa dernière compagne de rassembler ses effets et quitter son appartement. Les yeux fermés et le visage ruisselant, elle sourit en songeant qu'elle ne se rappelait même pas son prénom. Au bout de quelques minutes, elle entendit le bruit de la porte d'entrée se refermant, signalant la fin de son escapade vers d'autres plaisirs et son retour aux réalités quotidiennes. Elle soupira en coupant le mitigeur et se sécha rapidement. Elle enfila un boxer et une brassière de sport, quelques kilomètres lui feraient le plus grand bien pour éliminer les toxines de la nuit. Monter jusqu'à Montmartre lui paraissait un choix idéal. Elle essuya d'une main la buée qui couvrait le miroir au-dessus de la vasque et observa son reflet quelques minutes. Elle se trouvait à faire peur. Les yeux cernés par la fatigue et le teint diaphane, il était évident qu'elle aurait eu besoin de vacances, au soleil si possible. Son regard descendit le long de son corps parfaitement entretenu. Seule dénotait sur sa peau la large cicatrice qui lui barrait le flanc, souvenir d'un harpon de baleinier qui avait failli la laisser sur le carreau. Du bout du doigt, elle parcourut l'estafilade qui la faisait parfois encore un peu souffrir. Elle se rappelait très bien ce jour. Elle était encore à l'école de police et passait tous ses congés à défendre ses convictions. Cette année-là, elle s'était embarquée en mer du Nord avec une poignée d'autres activistes ayant pour objectif de barrer la route aux chasseurs de cétacés norvégiens. Malgré le moratoire de 1986, les Scandinaves venaient de passer leur quota à plus de mille baleines de Minke. Pendant plusieurs jours, ils étaient parvenus à empêcher les marins d'atteindre leur but. Au bout d'une semaine, excédés par le manque à gagner que représentaient ces intrus, ils avaient franchi la limite. Le lourd et puissant navire avait commencé par éperonner leur frêle esquif. Au prix de quelques manœuvres audacieuses, les militants avaient évité le pire et continué leur blocage. Les chasseurs les avaient alors tout bonnement harponnés. La flèche principale, tirée depuis la proue des assaillants, avait fait exploser leur coque juste au-dessus de la ligne de flottaison. Ils les avaient treuillés jusqu'à les avoir à distance respectable et leur avaient alors lancé des harpons manuels. C'est un de ceux-là qui avait déchiré le flanc de Camille. Elle ne se rappelait plus très bien la suite des événements. Ses amis s'étaient chargés de les lui décrire. Ils avaient été abandonnés ainsi, en plein milieu de la mer du Nord, blessés pour certains, avec un bateau qui prenait l'eau de toute part et une radio HS. Ils n'avaient dû leur salut qu'à un chalutier traditionnel qui passait par là. Le baleinier avait, par la suite, été arraisonné et les membres d'équipage condamnés, mais on lui avait fait comprendre qu'elle devait faire un choix : sa carrière dans la police ou ses activités moins conventionnelles. Après un temps de réflexion, elle avait décidé qu'elle serait plus à même de défendre ses causes en étant du côté des forces de l'ordre. Elle n'avait pourtant rien renié de ses anciens engagements et revoyait régulièrement, et très discrètement, ses compagnons et, à l'occasion, leur donnait quelques tuyaux utiles.

Sortant de ses rêveries, Camille finit de se sécher les cheveux et repassa dans sa chambre pour enfiler un survêtement et ses baskets. Elle attrapa ses écouteurs pour profiter d'un peu de musique pendant son footing et extirpa son téléphone de son petit sac à main. Le voyant lumineux clignotait, elle avait un nouveau message. C'était le commissariat qui lui indiquait qu'elle devait se rendre en Picardie. Elle était attendue sur les lieux d'un accident de parachutisme.

Camille soupira à nouveau, reposa son matériel et retourna se changer pour enfiler un jean et un pull plus propices à ce genre de sortie. Tant pis pour son footing. Elle ne voyait pas bien pourquoi elle était appelée pour ce type d'incident, complètement hors de ses prérogatives et de sa juridiction. Il devait y avoir une raison et cela suffit à aiguiser sa curiosité. Quelques minutes plus tard, elle roulait en direction du Nord. À cette heure-là et un dimanche, il lui faudrait à peine plus d'une heure pour se rendre sur les lieux.

Chapitre 3

Un vide. Un simple vide, c'est la sensation que ressentit Thomas au moment de l'impact. Le vide le plus absolu. Plus de son, plus d'image, plus d'odeur. Il n'éprouva aucune douleur et perdit complètement la notion du temps. Quand la lumière revint, il ne perçut d'abord rien de plus qu'un halo d'une blancheur aveuglante. Petit à petit, ses yeux s'accoutumèrent et il parvint à distinguer quelques éléments. Une fenêtre sur sa droite, une télé éteinte suspendue au mur face à lui et un fauteuil au pied du lit sur lequel il était étendu. Les sons lui revinrent également. Il percevait des bips réguliers et un bruit semblable à un plongeur en pleine sortie en mer. Du coin de l'œil, il parvint à apercevoir l'appareillage qui émettait tous ces bourdonnements. L'ensemble complexe était pourvu de nombreux tuyaux qui partaient vers son visage et ses bras. Il était branché à un respirateur artificiel. Il regarda sa main étendue à ses côtés et lui intima l'ordre de se redresser afin de mieux observer les perfusions. Rien ne se passa, il était incapable d'effectuer le moindre mouvement.

Thomas n'était pas du genre à se décourager. N'étant pas en mesure de bouger pour l'instant, il entreprit de rassembler ses souvenirs. Que faisait-il ici, dans ce qui ressemblait à une chambre d'hôpital et dans un état passablement inquiétant ? Soudain tout lui revint. La sortie en avion, le saut, la chute libre, l'angoisse quand son parachute principal refusa de s'ouvrir et enfin la terreur lorsque celui de secours se mit en torche et qu'il fut précipité vers le sol à grande vitesse. Il ne se rappelait pas le choc ni ce qu'il s'était passé ensuite. Il ne savait pas non plus depuis combien de temps il était étendu sur ce lit.

Un bruit de porte le tira de ses pensées. Un jeune médecin entra et s'approcha de lui. Il lui braqua une petite lampe dans les yeux pour observer ses pupilles, vérifia les données enregistrées sur les appareils et modifia quelques réglages. Il ne s'attarda pas plus dans la chambre et repartit sans un mot. Thomas était légèrement déboussolé, le tube profondément enfoncé dans sa bouche l'avait empêché d'interpeller l'interne. Même par le regard, il n'avait pas réussi à capter son attention. Il était comme invisible aux yeux du médecin qui l'avait ausculté comme s'il était endormi. Il avait pourtant tellement de questions à poser. Sur son état en premier lieu. Souffrait-il de fractures ? Son cas était-il grave ? La paralysie dont il semblait souffrir n'était pas pour le rassurer. Était-elle temporaire ou était-il condamné à rester ainsi, prostré dans un état végétatif dans une chambre d'hôpital impersonnelle ? Sentant la panique monter en lui à ces évocations, il tenta de chasser ses interrogations sur sa santé et se reporta à nouveau sur les rares souvenirs qu'il conservait. Les morceaux continuaient à se recoller. Revoir l'image du sol qui approchait avant le choc le ramenait toutefois immanquablement à ses blessures. La vitesse à laquelle il avait heurté la terre ferme ne pouvait qu'avoir occasionné des lésions très conséquentes. Pris d'une angoisse aussi soudaine que violente, il sentit son cœur s'accélérer et ses yeux se brouiller, et il sombra à nouveau dans un sommeil sans rêves.

À son second réveil, il eut moins de mal à accoutumer ses yeux à la lumière ambiante pour la simple et bonne raison que la pièce était plongée dans l'obscurité. Il faisait nuit et Thomas n'était toujours pas en mesure de situer l'instant sur un calendrier. Il ne parvenait pas non plus à bouger, mais cette fois, en plus des bruits, des odeurs et des sons, il ressentait également une sensation étrange dans la poitrine. Cela s'apparentait vaguement à une douleur diffuse dont il ne connaissait pas l'origine exacte. N'étant pas capable de baisser la tête, il abandonna rapidement ses recherches et il décida de considérer que c'était une bonne nouvelle : s'il pouvait ressentir une douleur, même infime, c'était que ses terminaisons nerveuses fonctionnaient encore et que d'une certaine façon, c'était une progression sur le chemin de la guérison. Le noir n'était pas total dans la pièce. Elle restait faiblement éclairée par le halo lumineux produit par les nombreux appareils qui bruissaient à ses côtés. Profitant au maximum du faible champ de vision qui s'offrait à lui, il aperçut un petit bouquet de fleurs sur l'étroite tablette au pied du lit. La composition semblait récente et fraîchement préparée. Était-ce le signe qu'il n'était pas là depuis longtemps ? Il se demanda qui pouvait bien avoir pensé à cette délicate attention et il songea alors à sa femme et ses filles. Étaient-elles déjà venues le visiter ? L'avaient-elles vu dans cet état ? À ces pensées, il éprouva une certaine tristesse qui fit immédiatement remonter en lui une vague de panique. Et s'il ne pouvait plus jamais les serrer dans ses bras ? Un légume, c'était ça son avenir ? Cloué en permanence sur un lit médicalisé sans échappatoire possible ? Son appréhension se transforma en une vague d'angoisse prête à le submerger. Il voulait hurler qu'il ne le supporterait pas ! Même cela, il ne pouvait pas le faire... Pas même capable de sortir un simple son. Son rythme cardiaque s'affola de nouveau, et cette fois, il sombra dans un profond coma.

Chapitre 4

Camille avait roulé sans réfléchir jusqu'au lieu de l'accident. Lasse de devoir se concentrer en permanence, il lui arrivait de profiter de ces courts répits pour s'évader un peu de son monde de violence et de barbarie. Comme ses collègues, elle était souvent confrontée à ce qui se faisait de pire dans le comportement humain. Tous les vices possibles finissaient inlassablement sur son bureau. Un violeur en série succédait à un meurtre barbare qui venait lui-même de remplacer une séquestration à caractère raciste. La noirceur des gens qu'elle était amenée à interroger, quand ils parvenaient à mettre la main dessus, lui faisait toujours froid dans le dos. Le contraste était saisissant avec la candeur et la fragilité des victimes qu'elle côtoyait, quand elles étaient encore en vie... Elle devait s'imposer des efforts importants pour ne pas faire preuve de trop de compassion, rester distante, et garder autant de recul que possible faisait partie des barrières qu'elle tentait d'ériger pour ne pas sombrer.

Alors quand elle se retrouvait ainsi, seule au volant de sa petite voiture citadine, elle mettait la radio bien trop fort et s'égosillait en chantant à tue-tête pour ne penser à rien. Ainsi quand elle arrivait sur place, elle se sentait remplie d'une nouvelle énergie. Elle était prête à affronter de nouveaux monstres et à donner le meilleur d'elle-même pour démêler le vrai du faux et permettre que justice soit rendue. Elle avait programmé son GPS et ne réfléchissait même pas à la route qu'elle devait prendre. Elle suivait mécaniquement les indications de la voix synthétique qui venait de temps en temps perturber la musique.

Elle baissa un peu le volume et ne reporta son attention sur les lieux qui l'entouraient que lorsqu'elle fut rendue dans les derniers kilomètres. Les alentours d'une scène de crime pouvaient toujours avoir de l'importance pour comprendre le déroulement des événements. Elle agissait ainsi par pur réflexe, car, du peu qu'elle en savait pour l'instant, c'était sur les lieux d'un accident qu'elle se rendait aujourd'hui.

Parfaitement reconcentrée, elle se gara sur le petit parking de l'aéro-club. Elle observa attentivement chacun des véhicules en descendant du sien. Hormis une voiture de la gendarmerie dont la présence était évidente, il y avait un gros 4×4 récent sur une place réservée, une Audi A6 à côté, et un peu plus loin, une voiture française bien plus modeste. Elle sortit un calepin encore vierge et nota machinalement les trois immatriculations ainsi qu'une brève description. Elle se rendit ensuite à l'accueil du bâtiment dont la porte était entrouverte.

À l'intérieur, elle avisa d'abord un officier en uniforme qui montait la garde à l'entrée en pianotant sur son *smartphone*. Il ne l'avait même pas vue entrer. Il réagit tout de même au bruit de ses pas lorsqu'elle s'avança vers lui.

— Vous ne pouvez pas rester madame, l'aéro-club est fermé aujourd'hui. Une enquête est en cours suite à un accident. Veuillez quitter les lieux et retourner à votre véhicule.

Sans le regarder et sans s'arrêter, Camille présenta sa carte et lui répondit en passant :

— Lieutenant Lambert, le commissariat m'a gentiment privée de mon dimanche matin pour que je vienne me perdre en Picardie alors vous serez gentil de m'indiquer qui est en charge de l'enquête.

— Pardon lieutenant, je n'étais pas prévenu de votre arrivée. Le président de l'aéro-club et le pilote sont dans le bureau sur la gauche avec mon supérieur.

Camille ne prit pas la peine d'ajouter quoi que ce soit et se rendit directement vers la petite porte qu'il lui indiquait. La pièce n'était pas fermée. Elle y vit d'abord un homme assis derrière le bureau. La mine déconfite et habillé comme quelqu'un qu'on avait fait sortir de chez lui en catastrophe un dimanche matin, il se tenait la tête à deux mains, l'air passablement dépassé. Sur une des chaises face à lui, un autre individu semblait tout aussi désabusé. Sur son visage toutefois, ce n'était pas tant la peine que la gêne occasionnée par une telle situation que lisait Camille. Enfin, à l'autre bout de la pièce, le second officier de gendarmerie faisait les cent pas en jetant des regards furieux aux deux témoins.

Quand Camille entra, les trois hommes tournèrent la tête vers elle, avec toutefois des expressions bien différentes : soulagement pour les deux civils, qu'il se passe enfin quelque chose, colère non masquée pour le gendarme qui voyait débarquer ce flic sur ses plates-bandes. Camille tenta immédiatement de désamorcer la tension ambiante.

— Bonjour messieurs, je suis le lieutenant Lambert. Je suis chargée de venir vous rencontrer au sujet, m'a-t-on dit, d'un accident de parachutisme. C'est bien cela ?

L'officier s'approcha d'elle et lui répondit d'un ton peu amène :

— C'est donc pour vous qu'on m'a ordonné d'attendre ici en jouant les matons ? Je sais pas par quel jeu de relations vous avez réussi à débarquer ici. Ce n'est pas un job pour la judiciaire !

Camille resta silencieuse en fixant son interlocuteur. Il n'allait quand même pas lui faire le coup de la guéguerre de juridiction ? D'autant qu'elle n'avait elle-même pas la moindre idée de ce qu'elle faisait là. Imperceptiblement, les traits du gendarme se détendirent. Il avait marqué son territoire par principe, maintenant il était temps d'avancer.

— Lieutenant-colonel Dubourg, gendarmerie des transports aériens, reprit-il en tendant une main que Camille saisit sans sourciller. Ce matin, lors d'une sortie en apparence anodine, un des deux sauteurs n'est pas parvenu à ouvrir son parachute. Il semblerait que sa voile de secours n'ait pas fonctionné correctement non plus. Elle ne s'est pas dépliée convenablement et l'homme a été précipité au sol à grande vitesse.

— La victime est-elle décédée ?

— Non, pas encore... Il était dans un état désespéré quand les secours sont arrivés sur place. Il a été transporté par hélicoptère à l'hôpital et il doit être au bloc à l'heure actuelle.

— Ce serait bien d'en être sûr. Pourriez-vous demander à votre collègue d'appeler l'hôpital pour savoir de quoi il retourne ? renchérit Camille d'un ton légèrement plus sec.

Elle ajouta :

— Connaît-on l'identité de la victime ?

Cette fois elle perçut quelques signes d'agitation chez son interlocuteur. Malgré son grade, il paraissait nerveux.

— Affirmatif lieutenant, il s'agit de... de monsieur Thomas Laverne.

Cette fois Camille le regarda avec surprise et insistance. Elle comprit instantanément pourquoi c'était elle qu'on avait envoyée pour traiter ce qui semblait être un banal accident. Elle connaissait Thomas Laverne, tout le monde le connaissait du reste. Une des plus grosses fortunes françaises qui excellait à utiliser les moyens modernes pour étayer la communication sur ses diverses marques de vêtements et d'équipements. Il se mettait lui-même en scène aux côtés de grandes stars du sport et du spectacle dans les spots publicitaires qui vantaient les mérites de ses produits et il ne se passait pas une semaine sans qu'un article sur lui ne paraisse. Dans la presse people, comme dans les journaux économiques, il faisait les choux gras des chroniqueurs de tout bord et il en jouait parfaitement. Il jouissait par ailleurs d'une cote de popularité hors norme auprès du public. Sa carrière n'était émaillée d'aucune ombre : pas de relation adultère sulfureuse, il passait pour le mari et le gendre idéal, ni de scandale économique, il avait toujours rendu publiques ses déclarations d'impôts, qu'il se disait fier et content de payer.

Cet accident allait faire grand bruit et Camille comprit aussitôt qu'elle allait naviguer en terrain miné et qu'elle n'aurait pas le droit à l'erreur. Ce n'était pourtant pas ça qui justifiait sa présence en cet endroit. Elle ne connaissait pas Thomas Laverne que par son image publique. Un événement tragique lui avait déjà fait croiser son chemin. Un événement qui, lui, était resté secret et n'avait pas fuité dans les médias. Deux ans auparavant, une des filles de Thomas Laverne avait disparu pendant plusieurs semaines et c'étaient Camille et son équipe qui avaient mené l'enquête pour la retrouver. Pendant des jours, ils avaient cherché et cherché encore. À leur grand étonnement, il n'y avait pas eu de demande de rançon, hypothèse qui semblait pourtant la plus plausible compte tenu du profil de la victime, et ils n'avaient aucune piste probante. Leur travail avait été rendu plus délicat par la volonté farouche de Laverne de ne pas ébruiter l'affaire, pas question de donner des idées à tous les désespérés de France, avait-il dit. Pourtant, le dispositif d'alerte enlèvement leur aurait été bien utile.

Ils avaient donc fait avec les moyens du bord pour mener leurs recherches et leurs interrogatoires sans que l'identité de la fillette ne soit découverte par les témoins et les journalistes. Ils avaient pourtant fini par la retrouver au bout de trois longues semaines de nuits blanches et de battues en forêt. Pour Camille, cela ressemblait plus à un heureux concours de circonstances. Pour Laverne et sa femme, elle était l'héroïne qui leur avait ramené leur chère enfant. Nul doute que sa présence aujourd'hui devait avoir un lien avec le fait qu'elle avait déjà côtoyé les Laverne et qu'elle bénéficiait, en outre, de toute leur estime.

Le choc de la révélation de l'identité du malheureux parachutiste passé, Camille retrouva vite ses réflexes et se tourna vers les deux autres personnes assises dans le petit bureau.

— Qui sont ces deux hommes ? demanda-t-elle à l'adresse du gendarme.

— Monsieur Dubreuil est le président de l'aéro-club. Il a été prévenu qu'un accident s'était produit et il s'est immédiatement rendu sur place.

L'homme leva timidement la tête et fit un bref salut du menton à l'intention de Camille. Il semblait réellement bouleversé, mais il était encore trop tôt pour pouvoir dire si c'était la tristesse de la perte d'un adhérent et peut-être d'un proche qui le mettait dans cet état ou l'opprobre qu'il imaginait déjà jeté sur sa petite entreprise quand le monde entier découvrirait l'identité du sauteur malchanceux.

Le gendarme désigna le second homme assis.

— Monsieur Mousse est le pilote de l'avion qui a décollé ce matin. C'est lui qui a donné l'alerte et qui a ensuite prévenu monsieur Dubreuil.

Camille observa le type qui la saluait. Il ne paraissait pas outre mesure perturbé par l'accident qui venait de se produire sous son égide.

— Merci, dit Camille après ces courtes présentations. Pouvez-vous m'éclairer s'il vous plaît sur les événements de ce matin ?

Le gendarme s'apprêtait à lui répondre. Elle ne lui en laissa pas le temps et s'adressa directement aux deux témoins.

— Monsieur Dubreuil, cette sortie était-elle programmée ?

— Eh bien… c'est un peu particulier… Monsieur Laverne n'est pas un client… comme les autres. Ses disponibilités sont rares et fluctuantes alors nous nous arrangeons pour être disponibles quand bon lui semble, si les conditions le permettent bien sûr.

— Un client VIP en somme, trancha Camille, pas vraiment surprise que Laverne dispose de telles attentions.

— Oui, on peut dire cela comme ça, souffla Dubreuil.

— Quand vous a-t-il appelé pour programmer le saut d'aujourd'hui ?

— Il m'a téléphoné il y a deux jours. Il était disponible ce dimanche et avait consulté la météo qui s'annonçait parfaite. Il le faisait de manière systématique. Monsieur Laverne était, je veux dire est, quelqu'un de très prudent. Il n'acceptait jamais de sauter si le moindre doute subsistait sur les conditions. Ce qui n'était pas le cas aujourd'hui, tout était parfait : ciel parfaitement dégagé et pas de vent. Bastien vous le confirmera, ajouta-t-il en se tournant vers le jeune pilote.

— Exact ! lui répondit-il sans y être invité et en mâchant ostensiblement et bruyamment son chewing-gum. Tout était nickel ce matin, parfait pour un bon kif.

Camille ne lui prêta aucune attention. D'une, elle ne l'avait pas interrogé, et de deux, il lui était de plus en plus antipathique, le genre de jeune branleur qu'elle exécrait par-dessus tout. Elle resta concentrée sur le directeur.

— D'après mes informations, il y avait un second sauteur ce matin, n'est-ce pas ?

— Oui, tout à fait, une autre personne s'est jointe au vol.

— Qui est-ce ? Un autre de vos licenciés ?

Monsieur Dubreuil paraissait à nouveau gêné par cette évocation.

— Eh bien, non. En fait c'est un homme que nous ne connaissons pas ici. Il m'a appelé hier pour savoir si des sauts étaient prévus ce week-end. C'est un homme d'affaires de passage dans la région, un passionné. Tous ses certificats étaient en règle, il avait le brevet nécessaire pour ce type de saut en solo, nous n'avions pas de raison de le refuser. J'ai tout de même demandé à monsieur Laverne si cela le dérangeait. Il ne s'y est pas opposé alors j'ai donné mon accord.

Cela parut relativement étrange à Camille, aussi insista-t-elle sur ce point :

— Cela arrive-t-il souvent ? Je veux dire, avez-vous souvent ce genre d'inscription de dernière minute de licenciés extérieurs à votre club ?

— De temps en temps, nous sommes un des aéro-clubs les plus proches de Paris et de Roissy en particulier, il y a beaucoup de passage et notre sport a le vent en poupe. Nous avons donc de plus en plus de demandes de personnes qui, en règle générale, deviennent vite des habitués. Cela faisait toutefois plusieurs mois que nous n'avions pas eu d'extérieur.

— Où est ce second sauteur, pourquoi n'est-il pas ici ? Il me semble que c'est le témoin principal, non ?

Le lieutenant-colonel était légèrement mal à l'aise.

— Eh bien, nous l'ignorons. D'après les informations recueillies, il a atterri assez loin de la zone prévue. Nous avons envoyé une voiture inspecter les environs, mais il avait probablement touché terre depuis deux bonnes heures quand nous sommes arrivés sur les lieux. Nous n'avons trouvé aucune trace de l'individu. Un promeneur nous a confirmé qu'il avait vu un parachutiste se poser dans un champ.

— Vous n'avez pas essayé de le joindre ? demanda Camille, de plus en plus surprise. Monsieur Dubreuil a dû vous confier son identité et ses coordonnées.

Le gendarme paraissait presque vexé de sa remarque.

— Bien sûr, nous l'avons fait ! Le numéro qu'il a confié hier en s'inscrivant n'est plus attribué, sans doute un téléphone prépayé.

Cette fois, cela commençait à faire beaucoup de coïncidences pour un accident, se dit Camille, sans pour autant tirer de conclusions hâtives. Son instinct toutefois, en lequel elle préférait se fier plutôt qu'en des digressions vaseuses, lui intimait de prendre garde.

— Faites envoyer tous ces éléments à mon équipe à Paris, ils feront des recherches sur cet homme. De toute façon, c'est maintenant trop tard pour monter des barrages, il doit être loin.

— Ce sera fait... De toute façon, puisqu'en haut lieu ils ont décidé de vous confier le bébé, je ne vais pas m'acharner, nous avons nous aussi d'autres chats à fouetter, crut-il bon d'ajouter.

Camille revint une nouvelle fois à Dubreuil.

— Ce genre d'accident arrive-t-il souvent ?

Il sembla outré par sa question directe.

— C'est la première fois en vingt ans dans notre aéro-club ! Toutefois, nous pratiquons une activité dangereuse, je vous mentirais si je vous disais qu'il n'y a jamais d'accident, ajouta-t-il pour nuancer son propos. Il doit y en avoir un ou deux chaque année. Je ne tiens bien sûr pas compte des suicidaires qui se jettent du haut des montagnes en se prenant pour des rapaces. Ceux-là ne devraient pas compter dans les statistiques.

Camille ne nota pas sa remarque acerbe et continua son interrogatoire.

— Qui est responsable du matériel ?

— Pour les débutants, c'est le club qui loue l'équipement. Les sauteurs plus expérimentés comme monsieur Laverne possèdent leur propre matériel.

— Et comment se passe l'entretien ? Comment vous assurez-vous que tout le monde saute en sécurité ?

— Les propriétaires sont responsables de l'entretien de leur matériel et nous avons des procédures strictes avant chaque décollage. Le sauteur doit vérifier scrupuleusement son équipement et nous effectuons ensuite un contrôle croisé pour être certains que tout est en ordre. Comme je vous l'ai déjà dit, monsieur Laverne était quelqu'un de très prudent. Son matériel était toujours en état. Il en changeait d'ailleurs très régulièrement. Il était même l'un des rares à vérifier plusieurs fois son parachute avant de monter dans l'avion.

Camille écarta les commentaires de Dubreuil et s'attarda sur l'élément qui l'intéressait dans sa déclaration.

— Vous voulez dire que la dernière personne à avoir vérifié le parachute de monsieur Laverne est ce sauteur inconnu qui ne donne plus signe de vie et que vous ne connaissiez pas il y a deux jours ?

Un silence pesant s'installa dans le petit bureau. Résumé comme ça, Camille avait directement mis le doigt sur l'élément troublant qui mettait tout le monde assez mal à l'aise dans la pièce.

— Je suppose que les secours ont dû lui ôter son matériel. L'équipement est-il toujours ici ?

— Oui, répondit le gendarme. Tout est dans le hangar à côté. Là encore, j'ai été sommé d'attendre avant de le faire expédier au BEA pour expertise, ajouta-t-il blasé en levant les yeux au ciel.

— Bien, allons-y, je veux le voir. Monsieur Dubreuil, si vous voulez bien nous accompagner.

Dubreuil n'était pas à l'aise à l'idée de ce nouvel interrogatoire. Il n'avait pas franchement l'habitude des forces de l'ordre et cela ne l'aidait pas à rester zen. Il suait à grosses gouttes, au bord de la panique. Camille l'avait bien sûr remarqué, mais elle savait que cela ne voulait pas dire grand-chose. Au contraire, les personnes qui avaient des choses à cacher, les vrais coupables qu'elle côtoyait régulièrement, étaient souvent celles qui paraissaient les plus calmes.

Ils sortirent du bureau et se dirigèrent vers le fond du couloir. Dubreuil ouvrait la marche pour indiquer le chemin et franchit en premier la porte qui donnait directement sur le hangar de maintenance où étaient entreposés quelques petits avions pour emmener les volontaires vers les cieux et, sur une étagère dans le fond, tout le matériel nécessaire. Sur une table, devant l'entreposage de casques et de toiles savamment repliées, se trouvait un parachute roulé en boule et toujours relié par ses suspentes au sac à dos qui devait lui servir de réceptacle.

Camille s'en approcha et commença par faire le tour de la table en observant attentivement l'équipement sans rien toucher. Les deux bretelles censées le maintenir sur le dos de son propriétaire étaient sectionnées de manière franche au niveau des épaules. L'œuvre des pompiers qui avaient extirpé le corps meurtri de Laverne de ses entraves pour pouvoir lui prodiguer les premiers soins. Elle prit quelques photos avec son *smartphone* et sortit une paire de gants en latex qu'elle enfila. Elle souleva le sac pour en apercevoir clairement les différents éléments. De chaque côté, reliés aux bretelles ballantes, les deux mécanismes d'ouverture : celui de la voile principale ainsi que de celle de secours. Dans le fond du harnais, Camille aperçut également le dispositif d'ouverture automatique de la seconde voile. Elle n'était pas experte en la matière, elle avait simplement fait un baptême de saut quelques années auparavant. Elle savait juste que ce boîtier était censé générer automatiquement l'ouverture du second parachute à partir d'une certaine altitude. Il n'avait de toute évidence pas fonctionné, car la poignée d'ouverture manuelle associée à cette voile était tirée également.

Camille se tourna vers Dubreuil et lui demanda :

— Que voyez-vous sur cet équipement ? Vous êtes un spécialiste, comment analysez-vous le déroulement des événements ?

Toujours décontenancé, il mit quelques secondes à comprendre sa question. Depuis que Bastien l'avait appelé pour l'avertir de l'accident, il ne s'était pas interrogé, il s'était contenté de la version du pilote. Il reprit un peu d'aplomb et reporta son attention sur l'équipement de Laverne.

— Eh bien, si l'on ne tient pas compte des dégâts causés par les secours je dirai que la voile principale n'a pas dû fonctionner. Elle semble avoir été actionnée, pourtant la toile est toujours bien pliée dans le sac. La manette que vous voyez là, ajouta-t-il en montrant la commande, aurait dû déclencher l'ouverture. Si vous suivez son cheminement, elle est reliée au mécanisme qui se trouve dans le sac et que l'on peut...

Il s'interrompit net dans son explication alors que son doigt cheminait le long du sac. Camille l'observait attentivement depuis le début de son analyse, plus que l'équipement en lui-même. Elle scrutait chacune de ses réactions pour en évaluer la sincérité. Dubreuil ne semblait pas enclin à cacher ses émotions. Le trouble qui se lisait maintenant sur son visage était évident, même un observateur distrait aurait remarqué son émoi. Camille laissa encore passer quelques secondes d'un silence de plomb et se décida à lui en demander la cause :

— Que se passe-t-il monsieur Dubreuil, quelque chose ne va pas ?

Il répondit en chevrotant :

— Eh bien, c'est très étrange, le filin qui doit normalement être relié à la poignée d'ouverture ne l'est plus. Cela peut arriver qu'il casse sur des modèles anciens et mal entretenus, mais comme je vous l'ai dit, le matériel de monsieur Laverne est quasiment neuf et en parfait état. Bien sûr un défaut de fabrication est toujours possible, ici on dirait que...

— On dirait que quoi ?

— On dirait qu'il a été coupé avec un outil, finit-il, choqué par ce qu'il venait de dire.

Ce faisant, il montrait à Camille une petite ouverture dans la bretelle du sac par laquelle on apercevait un bout du câble. Dans le cas d'une usure et d'une casse à la fatigue, c'est un cordon effiloché qu'ils auraient dû observer. Les brins se seraient rompus les uns après les autres et pas exactement à la même hauteur. Ici, c'était une coupe nette et franche que l'on observait et qui avait tout l'air d'un acte volontaire.

Camille continua plus avant son interrogatoire, elle voulait en savoir plus sur le fonctionnement de ce type de parachute et voulait surtout un avis d'expert.

— Ne tirons pas de conclusions hâtives monsieur Dubreuil. Ceci explique donc pourquoi le parachute ne s'est pas ouvert. Que se passe-t-il normalement dans ces cas-là ?

— Une fois l'altitude de sécurité atteinte, le mécanisme que l'on voit dans le dos du sac déclenche automatiquement l'ouverture de la seconde voile. Et le sauteur a également la possibilité de l'activer manuellement par cette autre poignée. C'est apparemment ce qu'a fait monsieur Laverne.

— Si je vous comprends bien, cela veut donc dire que l'électronique n'a pas fonctionné ?

— C'est probable, oui. Cela reste toutefois un événement extrêmement rare. Ces boîtiers sont vérifiés très régulièrement.

Camille s'accorda un temps de réflexion et continua :

— Monsieur Laverne a donc actionné volontairement son parachute de secours et celui-ci s'est ouvert cette fois, lui demanda-t-elle en posant le sac et en montrant la toile qui s'étendait au sol.

— Oui, c'est cela.

— Et il y a à nouveau eu un dysfonctionnement ?

— D'après le témoignage de Bastien, elle ne se serait pas déployée correctement. Sur des voiles de ce type, il faut une surface suffisante pour être capable de ralentir la chute d'un homme adulte. Monsieur Laverne n'a pas pu freiner suffisamment avant de heurter le sol.

Il contourna la table pour s'approcher.

— Là, regardez, toute la partie droite ne s'est pas ouverte car les suspentes sont complètement emmêlées.

— Cela veut dire que le parachute de secours a été mal replié ?

— Oui, c'est cela, pour arriver à un tel sac de nœuds, il faudrait que cette opération ait été faite par le premier venu. Mais même si on demandait à un non-initié de ranger un parachute, je ne suis pas sûr que l'on obtienne un résultat aussi désastreux. On dirait vraiment que…

Il s'interrompit à nouveau au même stade de sa pensée. Il ne parvenait pas à verbaliser la conclusion évidente qui lui venait à l'esprit. Camille ne le laissa pas gamberger cette fois.

— C'est le sauteur qui est responsable du pliage de sa toile, n'est-ce pas ?

— Du parachute principal, oui. Pour celui de secours, c'est un plieur qualifié qui doit s'en charger. Et même si monsieur Laverne l'était depuis peu, il a toujours souhaité que ce soit une tierce personne qui s'occupe du sien.

— Savez-vous qui l'a effectué cette fois ?

Dubreuil secoua la tête, gêné par la réponse qu'il allait faire :

— Nous n'enregistrons pas ces éléments malheureusement… Je peux toujours demander à nos licenciés qui a plié le parachute de monsieur Laverne, peut-être s'en souviendront-ils.

— Nous verrons cela plus tard. Il me reste une dernière question pour ce matin monsieur Dubreuil, se peut-il que monsieur Laverne n'ait pas vu ce filin coupé lorsqu'il a fait ses vérifications avant de sauter ?

— J'ai peine à le croire, répondit-il sans hésiter. C'est même la première chose qu'il aurait dû voir.

Camille n'insista pas, laissant Dubreuil à ses doutes et aux interrogations que suscitait cette dernière hypothèse. Elle fit demi-tour et s'apprêtait à retourner dans le bureau pour poser quelques questions au pilote quand, contre sa fesse droite, son téléphone se mit à vibrer. Tout en marchant, elle le sortit et jeta un coup d'œil sur le contact qui s'affichait à l'écran. Elle ne fut pas le moins du monde surprise du nom qu'elle y lisait : celui de son supérieur. Compte tenu de l'identité de la victime, nul doute que l'affaire allait être médiatiquement exposée et donc particulièrement sensible. Le genre d'enquêtes auxquelles la hiérarchie s'intéressait toujours plus...

— Lambert, se contenta-t-elle de dire en décrochant.

— Bonjour Lambert, je suppose que vous êtes déjà sur place et que vous connaissez l'identité de la victime. Je n'ai pas besoin de vous faire un dessin, vous savez que dans moins de deux heures nous aurons tous les journalistes à notre porte et qu'ils voudront tout savoir de cette affaire, en particulier qui est responsable de ce tragique accident. Quelles sont vos premières conclusions, y a-t-il eu des manquements flagrants à la sécurité ?

Il allait droit au but, comme toujours, c'était une des rares choses qu'elle appréciait chez lui. Elle goûtait nettement moins sa propension à s'occuper quasi exclusivement des enquêtes pouvant lui offrir une visibilité médiatique certaine. Il devait déjà être en train de préparer sa conférence de presse, ravi de se trouver face aux caméras du monde entier. Néanmoins, il ne l'avait jamais réellement impressionnée et Camille n'était pas du genre à se laisser influencer dans ses recherches. Elle répondit à ses interrogations par une autre question :

— Pourquoi est-ce moi qui ai été envoyée sur cette enquête ?

— Vous le savez très bien, rétorqua-t-il agacé. Vous connaissez déjà cette famille, disons, influente. C'est madame Laverne elle-même qui a souhaité que les recherches vous soient confiées directement. Et comme elle a appelé son ami le ministre pour faire part de ses souhaits, cela ne prête pas à discussion. Cela n'a aucune importance de toute façon. Nous devons rapidement faire un communiqué avant que l'information ne fuite. Quelles sont vos hypothèses ?

Claire Laverne, Camille se rappelait parfaitement de cette dame. Elle l'avait côtoyée de longues heures deux ans plus tôt lorsqu'ils recherchaient leur fille. Elle l'avait même interrogée à plusieurs reprises. Dans les affaires de disparition d'enfants, les coupables sont souvent parmi les proches. L'enquête démarrait donc toujours en épluchant la vie du premier cercle familial. Elle ne l'avait pas beaucoup revue depuis qu'ils leur avaient rendu la petite Héloïse. À leur premier entretien, Claire lui avait fait l'impression d'une femme très froide et très distante, particulièrement hautaine. Elle avait répondu à ses questions avec dédain en lui reprochant à chaque fois de perdre son temps avec cet interrogatoire stupide alors que sa fille était quelque part dehors, peut-être en danger. Camille ne s'était pas braquée, elle connaissait ce genre de réaction et avait continué calmement à dérouler le fil de leur vie. Puis petit à petit, en comprenant que le moindre détail, anodin pour elle, pouvait les mettre sur la piste de la fillette, elle avait fait tomber son masque de bourgeoise et s'était ouverte. Camille avait alors constaté une fois de plus que les apparences pouvaient être trompeuses. Derrière ses grands airs de femme du monde, Claire Laverne était une femme sensible et tiraillée par des sentiments contradictoires.

Elle avait tout. Elle était mariée à un homme en pleine réussite professionnelle qui faisait la une de tous les journaux économiques et qui avait été placé par un grand magazine américain parmi les cinquante personnalités les plus influentes de la planète. Elle vivait dans un véritable havre de paix en banlieue parisienne et si l'envie lui prenait de changer d'air, elle pouvait à loisir aller passer quelques jours dans leur chalet à Gstaad, s'envoler pour une semaine au soleil de leur villa aux Seychelles, ou encore s'évader dans la chaleur urbaine de leur loft new-yorkais. Ils avaient deux adorables filles, belles, gentilles, bien élevées et éduquées dans les meilleures écoles de France. Leurs avenirs semblaient aussi dorés que pouvait l'autoriser la taille du compte en banque de leurs parents. Claire Laverne pouvait, elle, s'adonner à loisir à sa passion pour la peinture et elle avait même exposé dans des galeries prestigieuses à Londres et à Paris. Bien sûr, son nom et la puissance de son mari lui avaient ouvert des portes qui seraient peut-être restées fermées pour une artiste avec un autre patronyme. Elle n'était toutefois pas dénuée d'un certain talent. Leur premier entretien s'était déroulé dans l'immense salon du manoir, mais lorsque Camille était repassée la voir deux jours plus tard pour lui poser quelques questions complémentaires et la tenir informée des avancées de l'enquête, si maigres soient-elles, elle l'avait reçue dans son atelier et deux éléments majeurs avaient alors frappé l'enquêtrice. D'abord, dépourvue des toilettes chics et hors de prix qu'elle arborait habituellement lors de ses apparitions publiques, sans maquillage et les mains tachées de peinture, son hôte paraissait nettement plus frêle et sans défense. Puis, le regard de Camille s'était posé sur ses toiles et elle avait été immédiatement cueillie par la tristesse et la profonde mélancolie qui se dégageaient de ses tableaux. Plus elle discutait avec elle, plus la conclusion lui paraissait évidente : Claire Laverne n'était pas une femme heureuse. Elle lui avait petit à petit laissé entrevoir des failles profondes, en particulier dans son couple. Si les premières années avaient été idylliques, elle lui avait avoué que Thomas n'était pas un homme que l'on pourrait qualifier de bon mari. Non pas qu'il eût été violent, non, elle lui avait affirmé qu'il n'aurait jamais pu poser la main sur elle, mais l'indifférence est parfois d'une brutalité tout aussi difficile à supporter. Il n'y avait de toute évidence plus d'amour entre eux et elle savait pertinemment que ses maîtresses étaient nombreuses. Pourtant, pour leur image publique, celle de monsieur surtout, ils continuaient de faire bonne figure. Pour leurs filles aussi. Claire ne se sentait pas prête à leur faire subir une séparation, même si elle partait avec la moitié de la fortune colossale de son mari. Elles étaient la seule chose qui comptait à ses yeux, bien plus que son propre bien-être, et la disparition d'Héloïse était une épreuve qu'elle avait beaucoup de mal à supporter. Camille avait tout de suite senti que Claire était de ces mères prêtes à faire n'importe quoi pour leur progéniture, pour les protéger et les mettre en sûreté. Les bien-pensants serinaient souvent que c'était le cas de tous les parents. Dans le règne animal sans doute, chez l'Homme, Camille ne le savait que trop bien, ce n'était pas vrai. L'égoïsme et la perversité pouvaient être sans limites, même vis-à-vis de son propre sang.

Camille fut subitement tirée de ses pensées.

— Je vous ai posé une question Lambert, cela vous dérangerait-il de me répondre au sujet de cet accident, bon sang ? lui demanda à nouveau son supérieur qui ne cachait plus son agacement.

— J'ai peur, monsieur, que ce soit plus compliqué que ça.

— Que voulez-vous dire lieutenant ? Soyez plus précise.

— Je ne pense pas qu'il s'agisse d'un accident, c'est une tentative d'homicide. Le matériel de monsieur Laverne a de toute évidence été saboté. Je vous recontacterai dès que j'aurai des informations plus précises.

Elle ne lui laissa pas le temps de réagir et raccrocha. Il n'avait de toute façon pas besoin d'elle pour meubler une conférence de presse et parler pour ne rien dire.

Chapitre 5

Après avoir raccroché au nez de son supérieur hiérarchique, Camille retourna dans le bureau du petit aérodrome. Avant d'y entrer, elle prit le temps d'envoyer un message à son équipe pour leur donner rendez-vous une heure plus tard à leur bureau, affaire urgente, s'était-elle contentée de leur indiquer.

Elle poussa la porte entrouverte et pénétra dans la pièce, Dubreuil toujours sur ses talons. Le gendarme en faction attendait patiemment et le pilote semblait, lui, sur le point de s'endormir sur sa chaise. Il ne paraissait pas le moins du monde perturbé par les événements auxquels il venait de participer. À peine ouvrit-il un œil dans sa direction en l'entendant arriver.

Camille ne tergiversa pas et lui posa rapidement quelques questions très directes sur le déroulement de la matinée. Ses déclarations confirmèrent la version de son président et hormis sa nonchalance et son attitude parfaitement déplacées en pareilles circonstances, aucune information supplémentaire ne sortit de cet entretien. Camille n'insista pas, elle n'avait pas l'intention de lui tirer les vers du nez ici. Elle aurait le temps de le cuisiner plus tard, l'urgence n'était pas là.

Elle convoqua les deux témoins principaux au commissariat dès le lendemain matin à 9 heures. Prétextant un emploi du temps déjà figé et non modifiable, ils cherchèrent tous les deux à échapper à cette contrainte impromptue. Camille évacua d'un geste autoritaire leur début de rébellion et leur signifia clairement que leur avis n'était pas requis dans le cas présent et qu'elle les attendait le lendemain pour prendre elle-même leurs dépositions complètes. Elle se tourna ensuite vers le gendarme en faction et lui intima l'ordre de monter la garde devant les bâtiments avec son collègue en attendant l'arrivée imminente de la police scientifique. Ils allaient passer au peigne fin le petit avion, les vestiaires et le matériel de Laverne afin de dénicher la moindre trace, le plus minuscule indice qui pourrait être utile à l'enquête. Une fois les consignes passées, elle prit congé et ressortit du bâtiment.

En repassant devant les véhicules garés sur le petit parking, elle sortit son *smartphone* et prit quelques clichés de la Renault Clio, dont un gros plan de la plaque d'immatriculation, et les envoya à son équipe en leur demandant de démarrer immédiatement les recherches sur cette voiture en particulier. Elle ne se faisait toutefois pas d'illusions, son expérience et son intuition lui soufflaient que rien ne sortirait de ce côté-là. Dubreuil avait confirmé que le 4×4 était à lui et que l'Audi était celle de monsieur Laverne. Le pilote, lui, avait affirmé avoir été déposé à l'aérodrome le matin par une amie.

Personne n'ayant été en mesure d'identifier le propriétaire de la Clio, Camille avait logiquement conclu que ce devait être le véhicule du mystérieux sauteur. S'il était bien mêlé de près ou de loin à l'accident de ce matin et qu'il avait fait le nécessaire pour être récupéré et disparaître après l'atterrissage à plusieurs kilomètres du point de chute initialement prévu, il était très peu probable qu'il ait laissé traîner des preuves importantes dans une voiture abandonnée volontairement.

Toutes les pistes devaient néanmoins être exploitées, se dit-elle en remontant dans son propre véhicule pour reprendre la direction de Paris. Première étape : le commissariat pour un débriefing rapide et répartir les tâches.

À peine une heure plus tard, elle franchissait la barrière du commissariat et montait directement dans le bureau surchargé de la petite équipe qu'elle dirigeait. Trois enquêteurs l'épaulaient depuis maintenant deux ans. Ils n'étaient pas forcément du même bord politique et socioculturel et, avec certains, leurs points de vue pouvaient même diverger de manière drastique, pourtant les longues heures passées dans cet espace confiné à éplucher des dossiers dans leurs moindres détails, les nuits blanches passées à ressasser les hypothèses qui s'offraient à eux et les semaines sans temps de repos qui s'enchaînaient quand l'urgence de la situation le demandait, c'est-à-dire en permanence, avaient inéluctablement tissé entre eux des liens solides et invisibles. À part peut-être Malika, Camille ne les considérait pas réellement comme des amis, mais elle leur confierait sa vie sans hésiter.

Malika était la dernière à avoir rejoint son petit groupe. L'alchimie avait été immédiate quand elle l'avait rencontrée pour la première fois lors de son entretien d'admission. Elle avait alors 22 ans et était fraîchement sortie de l'école. Elle ne présentait pas encore d'expérience de terrain probante. Camille avait été estomaquée par ses résultats bien au-dessus de la moyenne et des éléments de son dossier du personnel avaient achevé de la convaincre. Elle n'avait pas eu une enfance facile, loin s'en faut. Père violent, mère alcoolique et droguée, leurs disputes incessantes s'étaient terminées par un coup de couteau en plein cœur de son géniteur qui – bien que la légitime défense ait été en partie retenue comme circonstances atténuantes – avait envoyé sa mère derrière les barreaux pour plusieurs années alors que la gamine n'avait que 12 ans. Elle avait été placée en famille d'accueil, ce qui, en un sens, lui avait été bénéfique. Sa deuxième mère, comme elle l'appelait, l'avait entourée de tout son amour et l'avait poussée sans la brusquer à cultiver son formidable potentiel. Mue par un farouche désir de s'en sortir et de s'arracher à cette histoire familiale sordide, Malika avait redoublé d'efforts et s'était très vite fait remarquer dans les établissements scolaires, jusqu'à l'obtention d'une bourse qui lui avait permis de poursuivre à la fac. Certains de ses professeurs avaient regretté qu'elle ne mette pas ses capacités à profit dans une grande école d'ingénieur. Ce n'était pas son souhait. D'aussi loin qu'elle se souvienne, elle avait toujours voulu être flic. C'est ce qu'elle avait dit à Camille lors de leur première entrevue et sa sincérité sautait aux yeux. Elle faisait partie de ces rares personnes que l'on rencontre parfois et dont on sait au premier coup d'œil que la relation fonctionnera. Sa hiérarchie n'avait dans un premier temps pas accepté une recrue aussi jeune et inexpérimentée dans un service qui côtoyait la brutalité du genre humain au quotidien. Camille s'était battue et avait obtenu de la prendre à l'essai pour quelques mois. Le talent de la jeune femme avait fait le reste. Dès la première enquête, elle avait dénoué avec une facilité déconcertante une affaire sur laquelle ils butaient tous depuis plusieurs semaines. Elle avait un don pour déceler le détail qui les faisait avancer et cela lui avait ouvert les portes d'un poste à temps plein dans ce bureau.

Malika, comme à son habitude, était la première à son bureau. Elle était, ceci dit, bien aidée par le fait qu'elle habitait à cinq cents mètres. Elle leva la tête à l'entrée de Camille et s'arrêta de pianoter frénétiquement sur son clavier.

— Salut chef, encore un beau dimanche qui s'annonce !

Pas d'ironie dans sa boutade, quels que soient l'heure du jour ou le jour de la semaine, elle était toujours heureuse de venir au commissariat et de se rendre utile. Camille rentra directement dans le vif du sujet :

— Salut Malika, tu as commencé les recherches sur la Clio ?

— Bien sûr, j'étais dessus en attendant les autres feignants pour le briefing.

— Tu as quelque chose, un nom ou une adresse ?

— Le nom du propriétaire, oui. Cela ne va pas beaucoup nous aider, la bagnole a été déclarée volée hier matin dans le 19e.

Camille s'arrêta et regarda Malika à l'annonce de cette info. Au fond elle n'était pas surprise, cette histoire commençait sérieusement à sentir la merde, se dit-elle alors que deux hommes poussaient la porte du bureau.

Le premier, la cinquantaine bien avancée, crâne dégarni et légèrement bedonnant, était Alexandre-Benoît Bourdieu. Un vieux de la vieille de la police locale. Habitant de la capitale depuis toujours, divorcé deux fois, sans enfants et « parigot » jusqu'au bout des ongles, il écumait les commissariats intra-muros depuis près de trente ans. Pour évoluer, il aurait fallu qu'il accepte de s'expatrier en province sur des postes à responsabilités. Il avait toujours refusé toutes les propositions. Cela lui avait fermé de nombreuses portes et lui valait malgré ses états de service d'être toujours simple brigadier, dirigé par une femme de plus de vingt ans sa cadette. Ça, plus les déboires qu'il avait eus à plusieurs reprises avec l'IGPN. C'était un flic à l'ancienne et ses méthodes avaient parfois légèrement dépassé le cadre légal. Tant que cela ne s'ébruitait pas, il avait pu en profiter pour faire avancer ses enquêtes, mais par deux fois, sur des affaires plus médiatiques, il y avait eu des fuites et il s'était fait lyncher par la presse et certains de ses collègues. Les avocats des prévenus s'en étaient donné à cœur joie et il avait à chaque fois été dessaisi en hâte pour éteindre les incendies. Cela n'avait pas plu en haut lieu, évidemment. Il était maintenant grillé pour une quelconque promotion et attendait la retraite sans s'en soucier plus que ça. Il n'en demeurait pas moins un très bon enquêteur avec un flair infaillible quoique parfois empreint d'un certain nombre d'a priori très vieille France. Bourdieu avait dans un premier temps eu un peu de mal à avaler la présence et les directives de Camille. Elle avait su le prendre dans le sens du poil et ses résultats avaient parlé d'eux-mêmes. Il avait maintenant envers elle une attitude presque paternaliste, il l'avait prise sous son aile et était prêt à tout pour la seconder efficacement et, d'une certaine façon, la protéger.

Sur ses talons, le dernier membre permanent de l'équipe pénétra dans le petit bureau surchargé. Lucas Romans était la parfaite antithèse de Bourdieu. 32 ans, marié à une jeune architecte très en vue et un bébé à la maison qui, à 2 mois, faisait déjà des nuits de huit heures. Ils représentaient la parfaite petite famille en pleine réussite sociale. Romans était beau gosse, cultivé, et bénéficiait d'un sens de l'humour qui ne le quittait jamais, même dans les circonstances les plus dramatiques. Il avait suivi la voie royale des concours administratifs, et ses évaluations, toujours au plus haut, lui avaient ouvert un boulevard vers les meilleurs commissariats. En toute logique, il devrait déjà être lui-même à la tête d'un groupe de recherche. Seul hic, il n'en avait pas la moindre envie. Lucas était bien plus porté sur les nouvelles technologies que sur le management. C'était un vrai geek qui menait ou commanditait la plupart des expertises dans ce domaine. Et ce qu'il appréciait par-dessus tout, c'était de dénicher les indices cachés dans un ordinateur ou un *smartphone* que les autres ne voyaient pas. Il ne goûtait que très peu les opérations de terrain, et surtout, il n'avait pas du tout l'âme d'un leader. Il préférait cent fois être ici dans ce petit bureau plutôt que d'avoir à affronter quotidiennement les affres de la hiérarchie. Contrairement à Bourdieu qui s'était contenté de grommeler un inintelligible et très testostéroné « bonjour » en entrant, il prit le temps de serrer la main de ses deux collègues féminines en leur glissant à chacune une parole polie avant de s'appuyer contre son bureau sans s'y asseoir, attendant les directives de la patronne.

Bourdieu, fidèle à son habitude, ne tergiversa pas, la patience n'était pas sa principale qualité.

— Dis Wilson, c'est vrai ce qu'on entend, tu nous as fait venir un dimanche matin à cause d'un glandu qu'a voulu jouer les filles de l'air ?

Le surnom dont il affublait sa patronne datait de leur première rencontre, du jour où il avait appris qu'elle se nommait Camille Lambert. C'était de l'humour à la Bourdieu… Camille ne s'en était jamais offusquée, elle avait même sincèrement souri la première fois qu'il l'avait appelée ainsi.

— C'est à peu près ça, sauf que le glandu en question s'appelle Thomas Laverne, répondit-elle.

Droit au but, comme à son habitude. La révélation fit son petit effet. Ses trois collaborateurs restèrent songeurs à cette annonce. Ils avaient tous passé des nuits blanches quand la gamine de Laverne avait disparu. Ils n'étaient pas tous d'accord, loin s'en faut, avec la philosophie du grand patron, mais lorsqu'il s'agissait d'une enfant, ils mettaient tous de côté leurs opinions politiques et leurs points de vue sociaux. En plus, cette affaire leur avait laissé un goût d'inachevé. Contrairement à ce qui avait été dit à l'époque dans les médias, ils avaient franchement l'impression de ne pas être pour grand-chose dans la résolution de l'affaire et la réapparition de la fillette.

Camille ne laissa pas le silence s'installer et démarra le briefing :

— J'ai été appelée ce matin pour me rendre dans l'Oise sur un accident de parachutisme. C'est madame Laverne qui a demandé à ce que cette enquête nous soit confiée et pas à la GTA. Sur place, j'ai interrogé le directeur de l'aéro-club et le pilote de l'avion concerné. D'après leurs témoignages, Laverne a appelé il y a deux jours pour programmer un saut ce matin. Les conditions météo étaient apparemment parfaites.

— Une belle journée pour s'envoyer en l'air, l'interrompit Bourdieu en lançant un clin d'œil grivois à Malika.

— Ta gueule Bourdieu, concentre-toi, réagit Camille.

Puis, elle reprit son résumé et évoqua la présence du second sauteur ainsi que ses échanges avec Dubreuil concernant les défaillances du parachute.

— Pas de pot, intervint à nouveau Bourdieu. Il est mort ?

— Non. J'ai appelé l'hôpital en rentrant, il est toujours au bloc. Il était dans un coma profond en arrivant avec des blessures très sérieuses. Son pronostic vital est très réservé. J'y passerai en fin de journée pour discuter plus longuement avec le médecin.

— Et l'autre type, il t'a dit quoi ? demanda Malika.

— C'est le premier problème que nous allons devoir régler. Ce type est introuvable. Il a atterri à plusieurs kilomètres de la zone prévue et s'est volatilisé depuis. Je viens de faire une recherche dans le fichier sur l'identité qu'il a donnée à l'aéro-club : passeport déclaré volé en Belgique il y a deux mois et demi. L'immatriculation sur laquelle tu travaillais est celle de la voiture avec laquelle il s'est visiblement rendu dans l'Oise. Nous savons maintenant que c'est un véhicule volé également. Cela commence à faire beaucoup pour une coïncidence…

Bourdieu tiqua.

— Tu sous-entends que ce n'est pas un accident ?

— J'en suis même certaine. J'ai pu examiner son parachute en interrogeant Dubreuil, les traces de sabotage sont évidentes. Lucas, penche-toi sur ce matériel. Il va être examiné dans les bureaux du BEA, rejoins-les pour y assister. Dubreuil et le pilote sont convoqués demain matin pour faire leurs dépositions, Bourdieu, c'est toi qui les recevras. En attendant, avec Malika, vous allez creuser la piste de la Clio. Allez voir dans le quartier où elle a été volée et faites une petite enquête de voisinage. Voyez si quelqu'un a vu quelque chose ou s'il y a des caméras de sécurité exploitables. Ça m'étonnerait que les agents du coin aient pris le temps de vérifier tout ça pour un vol lambda. Il faut qu'on trouve quelque chose sur ce second sauteur. C'est notre principal témoin et notre meilleur suspect.

Les deux hochèrent la tête et se dirigèrent également vers la sortie. Bourdieu se retourna pour poser à Camille une question dont il connaissait déjà la réponse.

— Et toi pendant ce temps-là, tu retournes finir ta nuit ?

Elle lui répondit en souriant à sa vanne éculée :

— Je vais chez Laverne. Elle veut qu'on s'occupe de cette affaire, il va donc falloir la tenir un minimum informée. Et il vaut mieux que ce soit moi qui l'interroge au sujet des dernières heures de son mari avant l'accident.

Chapitre 6

Camille remonta dans sa voiture et cette fois ne mit pas de musique. Elle profita du trajet pour refaire mentalement un point sur chacun des éléments qui lançaient cette nouvelle enquête et sur les questions qu'elle allait poser à madame Laverne. Leur manoir était à l'autre bout de Paris dans les Yvelines, et heureusement, à cette heure, un dimanche, la circulation était tout à fait fluide dans Paris. Il ne lui faudrait pas plus d'une cinquantaine de minutes pour s'y rendre.

Quand elle se présenta devant la grille en fer forgé qui fermait le parc ombragé de trois hectares, entièrement clos, au milieu duquel se trouvait la vaste demeure, Camille constata que peu de choses avaient changé depuis sa dernière visite. Elle avait passé des heures et des jours entiers à ratisser ces lieux lors des battues qui avaient été menées pour retrouver la fillette. Elle se rappelait chaque recoin de la bâtisse, chaque mètre carré du sous-bois, des rives de la petite mare qui avait été draguée en profondeur et jusqu'aux greniers des dépendances sises dans le fond du domaine. Pendant des semaines, ils avaient été persuadés qu'il s'agissait probablement d'un banal accident, aucune demande de rançon n'ayant été émise, et que la gamine s'était sans doute perdue dans l'immensité de la propriété. Elle était endormie dans sa grande chambre à l'étage la dernière fois que sa mère l'avait vue en montant l'embrasser la veille de sa disparition. Au matin, elle n'était plus là. Et malgré leurs certitudes, ils ne trouvaient rien, pas une trace. Les chiens tournaient tristement en rond, incapables de flairer la moindre trace olfactive qui les mènerait à la petite. Les plongeurs n'avaient remonté qu'une vieille canne à pêche en bambou du fond de la mare que Laverne avait reconnue comme étant à lui lorsqu'il arpentait ces lieux durant son adolescence. Et au bout de trois semaines, Héloïse était réapparue par l'extérieur. Elle était arrivée à pied par le petit chemin qui longe le mur d'enceinte et avait simplement sonné à la grille. C'était madame Laverne qui avait répondu. Camille se souvenait de son cri lorsqu'elle avait découvert le visage de sa fille sur le visiophone. Elle l'avait vue se précipiter dehors à une vitesse inouïe pour se jeter sur sa progéniture et la serrer si fort dans ses bras qu'on aurait cru qu'elle allait l'étouffer. Il avait été très difficile de la convaincre de la lâcher afin qu'elle soit examinée par les médecins d'abord, interrogée par une psychologue ensuite. De leurs entretiens avec la petite, ils n'avaient malheureusement pas pu tirer la moindre explication sur ce qu'il s'était passé. Elle était restée quasi muette pendant des semaines, et des quelques paroles qu'elle avait réussi à exprimer par la suite, ils n'avaient rien pu déduire. Elle était traumatisée par ce qu'elle avait vécu et ne s'en remettrait sans doute jamais, avaient dit les différents spécialistes qui l'avaient examinée.

Camille frissonna en repensant au rapport médical qu'elle avait reçu. Pour la presse, elle était réapparue par miracle en bonne santé et ce n'était que l'histoire d'une gamine qui s'était égarée. Laverne avait fait le nécessaire pour que rien d'autre ne fuite dans les médias. La vérité, c'était qu'Héloïse avait subi un véritable calvaire. Les médecins avaient retrouvé dans son sang des traces de multiples drogues qui pouvaient d'ailleurs en partie expliquer son amnésie et son état parfois presque végétatif. Les substances avaient causé des séquelles irréversibles. Peut-être valait-il mieux d'ailleurs qu'elle ne se souvienne de rien... Outre des sévices sexuels qui, compte tenu de son âge et de leur apparente violence, avaient laissé son corps dans un état qui ne lui permettrait plus une vie décente, elle avait été torturée à plusieurs reprises. Elle présentait sur le dos des marques de lacération faites avec un fouet ou un objet du type martinet ainsi que de nombreuses brûlures sur le ventre et les cuisses. Son corps entier avait été souillé par le monstre qui l'avait possédée pendant trois semaines. Seul son visage d'ange avait été épargné, nonobstant son regard qui avait perdu toute trace d'innocence et de gaieté. Aux dernières nouvelles, après quelques passages dans des institutions en France et en Suisse, qui n'avaient rien pu faire de plus pour la malheureuse, elle restait maintenant cloîtrée dans la vaste demeure.

Camille et son équipe avaient bien sûr continué à enquêter pour punir le coupable de ces atrocités, mais les semaines avançant, il devenait de plus en plus clair que sans éléments nouveaux, ils ne le trouveraient pas. Cet indice n'était pas venu. Au début, Camille passait plusieurs fois par semaine pour tenir les Laverne informés des évolutions de leurs recherches, même inexistantes. Puis, petit à petit, ses visites s'étaient espacées. L'enquête n'était pas officiellement abandonnée, toutefois, en l'état, ils n'avaient plus grand-chose à espérer. D'autres affaires toutes plus urgentes les unes que les autres et sur lesquelles ils avaient encore l'espoir d'aboutir les avaient accaparés. Les semaines avaient défilé et cela faisait maintenant plusieurs mois qu'elle n'était plus venue. Elle s'en voulait un peu et ce qu'elle regrettait surtout, c'était de ne pas avoir retrouvé le monstre qui devait toujours se promener tranquillement quelque part dans la région sans être inquiété le moins du monde.

Elle ouvrit sa fenêtre et appuya sur le gros bouton du visiophone. En attendant une réponse, son regard courut le long du haut mur de béton qui cernait la propriété et elle remarqua qu'une chose avait tout de même changé. Un câble courait sur le dessus de l'enceinte et était jalonné de manière régulière de caméras qui scrutaient chaque recoin du domaine ainsi que le chemin qui le jouxtait. C'était devenu un véritable bunker. À défaut d'avoir vu le coupable puni, les Laverne s'étaient au moins assurés que plus rien ne rentrerait ni ne sortirait de chez eux sans être enregistré sur un serveur à distance. Ni Héloïse ni sa sœur ne risquaient de subir à nouveau une telle épreuve.

Un déclic résonna dans le haut-parleur, immédiatement suivi d'un long silence. La propriétaire des lieux venait de découvrir l'identité de celle qui se trouvait à sa porte. Camille l'imagina aisément se figer en la dévisageant. Sans dire un mot, Claire Laverne lui autorisa le passage. Le lourd portail se mit lentement en mouvement et se referma dès que la jeune policière l'eut franchi. En roulant sur la voie parfaitement entretenue qui conduisait au manoir, elle remarqua à nouveau plusieurs caméras sur les arbres du parc. Ils avaient mis le paquet, se dit Camille en se garant devant l'imposant escalier de granit qui menait à l'entrée principale. Les protections qu'ils avaient installées étaient dignes d'un site nucléaire sensible. Elle monta rapidement les quelques marches qui la séparaient de la grande porte et n'eut pas à utiliser le gros frappoir en bronze. Au moment où elle allait poser la main dessus, la porte s'ouvrit et son hôtesse apparut dans l'encadrement.

Elle la regarda avec intensité et Camille devina les sentiments contradictoires qui devaient l'animer. Elle avait longtemps espéré que si Camille Lambert, la principale enquêtrice qui travaillait sur les horreurs qu'avait subies sa fille, débarquait ainsi chez elle, c'est qu'elle devait avoir du nouveau. Et pourtant elle savait que la situation était tout autre. Le sort s'acharne décidément souvent sur ses victimes.

— Bonjour lieutenant, vous revoilà enfin après ce si long silence, dit-elle en guise de préambule. Entrez, je vous en prie, ne restons pas là.

Elle se retourna sans attendre et la précéda en direction de la cuisine, la laissant refermer la lourde porte qui se verrouilla automatiquement. Si elle devait être impatiente de l'entendre, elle n'en montrait rien et, comme à son habitude, restait digne et distante. Elle contourna tranquillement l'îlot central qui trônait au milieu de la pièce pour atteindre la petite machine à expresso.

— Voulez-vous un café ?

— Volontiers, merci madame Laverne.

La maîtresse des lieux n'ajouta pas un mot et prépara dans un silence gênant une unique tasse qu'elle tendit à Camille. Puis elle s'adossa au plan de travail et attendit, fixant son invitée sans ciller. Son visage restait impassible et ne trahissait aucune émotion. Il n'en était pas de même de son regard fixé dans les prunelles de l'enquêtrice. Dans l'éclat de détermination qu'elle y décelait, Camille voyait aisément toute l'impatience qui l'habitait en cet instant.

C'était une situation délicate pour Camille, une de celles qu'elle détestait. Jouer les oiseaux de mauvais augure faisait pourtant aussi partie de son job. Elle risquait de lui porter un nouveau coup de massue en lui annonçant que le drame qui touchait à nouveau sa famille n'était nullement un accident. Ce n'était de toute façon pas l'heure de tergiverser.

— Écoutez madame Laverne, je sais que vous préféreriez que je sois là pour parler d'Héloïse – un instant elle crut voir dans les yeux de Claire Laverne un voile de déception qui s'estompa presque aussitôt – mais vous avez expressément demandé que moi et mon équipe traitions l'événement tragique arrivé ce matin à votre mari. Vous devez vous douter que c'est la raison de ma présence aujourd'hui ?

— En effet, vous connaissez déjà notre famille et notre... histoire. Nous avons jusqu'ici réussi à la garder secrète. Quand on m'a prévenue pour l'accident, on m'a dit qu'il allait y avoir une enquête. Je n'ai nullement envie de raconter tout cela à une nouvelle équipe de policiers, alors j'ai passé quelques coups de téléphone pour faire en sorte que vous soyez chargée des investigations.

Camille se fit plus suspicieuse devant les explications de son interlocutrice.

— Pourquoi pensez-vous que nous devrions fouiller votre passé dans le cadre d'un accident ?

— Je ne crois ni au hasard ni à la malchance lieutenant. D'une part Thomas est quelqu'un d'extrêmement prudent et, d'autre part, il ne manque pas d'ennemis. Et la seule chose qui m'importe dorénavant, c'est que mes filles ne soient pas importunées par des inconnus. Je préfère donc prendre les devants. Vous revenez de l'aérodrome, n'est-ce pas ? Vous allez pouvoir m'éclairer sur ce qu'il s'est passé exactement ? Je ne pouvais pas me déplacer ce matin et j'ai eu très peu de détails par téléphone.

L'enquêtrice hésita. Légèrement troublée par l'attitude de Claire, elle ne décelait pas encore dans ses propos si c'était du lard ou du cochon. Elle prit le parti de jouer le jeu pour l'instant.

— Eh bien, il y a eu un problème lors de sa sortie en parachute, son matériel n'a pas fonctionné correctement et il a été précipité au sol à grande vitesse. Il a été conduit à l'hôpital dans un état critique et il se trouve actuellement au bloc opératoire. Je n'ai malheureusement pas plus d'informations pour l'instant, je vous propose de vous y accompagner si vous le souhaitez.

Elle marqua une pause pour laisser le temps à la malheureuse épouse de réagir. Rien ne vint. Rien dans son attitude ne trahissait un quelconque émoi, ce qui ne manqua pas d'étonner Camille. D'accord, elle savait que ce couple était loin d'être idéal et de couler des jours heureux, mais tout de même… C'était souvent dans les circonstances dramatiques que l'on s'apercevait que finalement on tenait encore à la personne qui partageait nos jours et nos nuits. Elle avait déjà constaté ce phénomène des dizaines de fois. Elle avait vu des couples au bord de l'implosion se ressouder comme par enchantement par la grâce d'un coup dur qui mettait l'un des deux au sol. Elle avait évidemment vu aussi l'effet inverse. L'absence totale de réaction était, elle, presque inédite.

Gênée par le silence qui s'installait, Claire Laverne finit tout de même par faire une réponse surprenante :

— Merci pour votre proposition, je préfère rester ici. Cela va être l'heure du bain d'Héloïse et cet après-midi, je lui ai promis de l'aider à faire des puzzles.

Et elle se retourna vers sa cuisine pour vaquer à ses occupations. Camille hésita avant de lui donner plus de détails. Autant d'antipathie la mettait presque en colère. Elle devait pourtant pousser plus loin la discussion, ne serait-ce que pour le bien de son enquête.

— Il n'y a pas que ça, madame Laverne, tout nous porte à croire qu'il ne s'agit pas d'un accident.

La maîtresse de maison reporta son attention sur l'enquêtrice, elle avait cette fois l'air un peu plus intéressée.

— Les premières constatations laissent supposer que son matériel a été détérioré sciemment. Savez-vous s'il avait parlé de cette sortie à quelqu'un ? continua Camille.

Claire Laverne ne put se retenir de pouffer en lui répondant :

— Je n'en ai pas la moindre idée lieutenant ! Thomas n'est pas très expansif sur ses activités. Il ne m'a jamais parlé de rien, même à l'époque où il y avait encore un peu de communication entre nous. C'est tout juste s'il me tenait informée de ses sorties. Il m'a juste dit vendredi soir qu'il prévoyait d'aller sauter ce matin.

— Vous ne savez donc pas non plus s'il devait sauter seul ?

— Je vous l'ai dit, je ne sais rien de tout ça ! Vous devriez demander à Dubreuil, son toutou de l'aéro-club, il saura bien mieux que moi vous éclairer sur les fréquentations de mon mari.

Camille décela une légère pointe de tristesse dans sa voix, largement couverte par la colère et l'amertume qu'elle ne cherchait pas à masquer.

— Pardonnez-moi cette question indiscrète, madame Laverne..., demanda Camille. Vous ne semblez pas vraiment affectée par cette épreuve ?

Claire ne répondit pas immédiatement, elle sembla chercher les bons mots et Camille eut l'impression qu'elle faisait un gros effort pour paraître sincère.

— Écoutez lieutenant, vous n'êtes pas dupe, vous savez très bien que notre couple n'est qu'une façade depuis des années. S'il n'y avait les filles, je serais partie depuis longtemps. Alors oui, ce qui vient de se produire est tragique, mais non, effectivement, cela ne m'atteint pas autant que cela devrait. Je ne vais pas vous mentir en vous disant que cela m'attriste. Mon mari était un connard égoïste. Il a toujours consacré tout son temps à son entreprise ou à ses désirs personnels, pas à ses proches. Cela a empiré après la... tragédie d'il y a deux ans. J'ai cessé depuis longtemps de dire à ses filles que ce n'est pas grave, que leur papa jouerait avec elles la prochaine fois. Et elles savent très bien que leur père est un fantôme. Pour tout vous dire, cela ne va pas changer grand-chose à nos vies.

Camille nota au passage qu'elle en parlait déjà au passé alors même qu'il était encore au bloc et que des médecins s'acharnaient à le remettre en état.

Claire continua sa diatribe :

— Ne vous inquiétez pas, je jouerai mon rôle de veuve éplorée si on en arrive là. Tenez-moi informée de l'évolution de son état. S'il est encore en vie, je passerai à l'hôpital demain matin...

Camille n'insista pas sur ce point, pas pour l'instant, et revint à des questions plus classiques :

— Pensez-vous, madame Laverne, que quelqu'un puisse en vouloir à votre mari ? Avait-il reçu des menaces ?

Claire s'esclaffa à nouveau :

— Vous plaisantez ? Vous connaissez ses activités et sa façon de faire du business, il y a des dizaines de personnes qui seraient susceptibles de lui vouloir du mal ! Pas plus tard que le mois dernier, plusieurs centaines de personnes se sont retrouvées au chômage quand il a décidé de délocaliser cette entreprise savoyarde qu'il avait rachetée l'an dernier. Il a été obligé de se faire protéger pour ne pas être lynché à la sortie du CCE où il leur a annoncé la fermeture. Et ce n'était pas son coup d'essai. J'ai peur, lieutenant, que la liste de vos suspects soit aussi longue que celle de ses anciens employés. Par ailleurs, je n'ouvre pas son courrier, je ne peux pas vous dire s'il a reçu des menaces récemment. Par le passé, je sais qu'il a déjà reçu des lettres d'insultes. Des menaces directes, je ne pourrais vous l'affirmer. Il faudrait demander à son avocat. Thomas était, est, pardon, un homme prudent et particulièrement rancunier. S'il a reçu ce type de courrier, je peux vous garantir qu'il ne sera pas resté lettre morte et qu'il aura à coup sûr intenté une action pour punir les expéditeurs.

Camille nota ces maigres éléments sur son petit calepin et envoya un texto à Romans pour lui demander de contacter l'avocat de Laverne, dès qu'il aurait fini sur le parachute, pour l'interroger sur les actions en justice qui sont en cours pour le compte de son patron.

— M'autoriseriez-vous à jeter un œil à son bureau ?

Claire parut embarrassée de cette requête.

— Eh bien, s'il ne s'agit que de mon autorisation, vous l'avez. Je ne suis pas sûre par contre que cela soit suffisant. Il peut y avoir dans ce bureau des informations très confidentielles sur les projets en cours de la holding. Il est préférable, là encore, que vous passiez par son avocat afin d'être certaine que le conseil d'administration ne s'y oppose pas.

Camille s'attendait à cette réponse et n'en fut pas surprise. Second texto à Romans pour ajouter cette demande.

— Y aurait-il eu un autre élément inhabituel ces derniers temps que vous auriez remarqué dans le comportement de votre mari, madame ?

— Non, rien de particulier, il y a bien eu une alarme intrusion hier dans le hangar où il range son matériel, cela arrive régulièrement. Nous sommes à la campagne et il y a une faune variée dans le parc. Les images n'ont rien révélé de particulier.

— J'ai constaté effectivement que vous aviez installé un important dispositif de sécurité autour de la maison. Peut-on visiter ce hangar ? demanda Camille redoutant à nouveau le passage par l'avocat qui leur ferait perdre un temps précieux.

— Si vous voulez, suivez-moi, lui répondit Claire Laverne en la précédant vers la seconde porte de la cuisine qui donnait vers l'arrière du manoir.

Elles franchirent un long couloir qui déboucha sur un hall quasiment aussi vaste que celui de l'entrée principale et qui donnait sur une grande terrasse en marbre. En vis-à-vis des grandes baies vitrées, un imposant escalier permettait d'accéder à une partie de l'étage où se trouvaient notamment les chambres des fillettes. Camille connaissait par cœur la géographie des lieux. Elle jeta machinalement un œil vers le haut des marches en passant et s'arrêta net. Sur le palier de l'étage, les deux filles du couple Laverne, immobiles, regardaient les deux adultes passer en contrebas. Héloïse était sobrement vêtue d'une petite robe à fleurs et d'un très strict gilet gris. Des collants blancs immaculés et des petits souliers vernis qu'on aurait crus neufs finissaient sa tenue. Elle était parfaitement coiffée, ses cheveux blonds lissés uniquement retenus par un sobre serre-tête. Camille eut un pincement au cœur en l'observant. Si elle n'avait connu son histoire, en ce dimanche matin, elle aurait pensé qu'elle allait à la messe. Sa sœur aînée la tenait par la main. Elle la promenait comme un jouet qu'on traîne partout et Héloïse suivait docilement sans dire un mot, jamais.

Ainsi baladée, elle ressemblait à une véritable petite marionnette, se dit-elle. Puis les yeux de Camille se posèrent sur ceux de la fillette et elle eut un haut-le-cœur. Son regard, si bleu sur les photos d'avant le drame que l'enquêtrice avait encore gravées en mémoire, était mangé par des pupilles dilatées à l'extrême et ne reflétait plus aucune expression. Les traits de son visage étaient lisses comme de la cire. Elle n'avait pas que la tenue de la poupée, se dit Camille, elle en avait aussi le faciès artificiel et sans vie.

Justine était habillée dans le même style petite fille modèle, mais à la différence de sa cadette, elle ne semblait pas complètement atone. Sous la même blondeur que sa sœur se dessinait un visage aux traits harmonieux illuminé par d'immenses yeux gris-vert qui reflétaient une intelligence indéniable. Un élément qui avait déjà marqué Camille lorsqu'elle l'avait interrogée deux ans plus tôt était toujours très présent dans l'allure et l'impression générale que renvoyait Justine. Derrière l'éclat de défiance qui démontrait une détermination certaine se cachait une tristesse infinie qui broyait les tripes de quiconque croisait son regard. Cette mélancolie qui transpirait de tout son être, Camille l'avait déjà constatée. Elle avait d'abord cru que c'était la disparition d'Héloïse qui en était la cause, puis, madame Laverne lui avait montré les dessins de Justine. Des croquis sombres, où ne régnaient que souffrance et mort, que la petite s'était mise à dessiner bien avant l'épisode tragique qui avait définitivement changé sa sœur. Ses parents s'étaient bien sûr inquiétés d'un tel comportement et l'avaient envoyée chez une poignée de spécialistes pour essayer de comprendre d'où venait ce changement brutal. Aucun n'avait trouvé d'explications. Camille elle-même avait cherché par ses questions une réponse aux peurs qui semblaient torturer la petite. Elle était restée imperturbable et désespérément muette. Quelque chose s'était passé dans sa vie pour la rendre si taciturne, impossible de savoir quoi. Les enquêteurs avaient pourtant creusé également cette piste, supposant un éventuel lien avec la disparition d'Héloïse. Ils n'avaient rien trouvé qui puisse rapprocher les deux affaires. Ils n'avaient pas été aidés non plus par le couple Laverne. Car s'ils s'étaient montrés très pressants pour qu'ils cherchent aussi du côté de Justine et pour obtenir des réponses, ils s'étaient paradoxalement opposés à ce que des examens poussés soient pratiqués, prétextant qu'elle était déjà assez perturbée comme ça et qu'au moins elle était en bonne santé. Leur réaction était compréhensible.

Claire Laverne était arrivée à la porte et s'était retournée pour voir pourquoi Camille ne la suivait plus. Quand elle aperçut ses filles sur le palier, son visage se transforma. La dureté de ses expressions s'estompa et la froideur qu'elle dégageait laissa place à la douceur et à tout l'amour qu'une mère pouvait dégager pour sa progéniture. Avec un sourire profond et une délicatesse sans commune mesure avec son attitude envers Camille depuis le début de leur entrevue, elle s'adressa à ses filles :

— Ne restez pas là mes chéries, maman a des choses à vérifier avec le lieutenant Lambert. Je n'en ai pas pour longtemps. Justine, tu veux bien retourner jouer dans sa chambre avec ta sœur s'il te plaît ? J'arrive dans quelques minutes.

Il y eut un petit moment de flottement pendant lequel le regard de Justine passa successivement de sa mère à Camille. Elle connaissait Camille et à 12 ans, elle n'était pas dupe sur les raisons qui pouvaient pousser un membre de la police à leur rendre visite. Les yeux d'Héloïse, eux, n'avaient toujours pas bougé et fixaient un point qui ne semblait pas se trouver dans le même espace-temps que celui dans lequel ils évoluaient tous. Sans dire un mot, Justine se tourna et remonta vers l'étage, tirant par la main sa petite sœur qui suivit docilement, tel un pantin.

— Justine s'occupe beaucoup de sa sœur depuis… que tout cela est arrivé, ajouta madame Laverne à l'intention de Camille en regardant tristement ses deux enfants disparaître vers l'étage. À vrai dire, c'est même la seule qui parvient, très rarement malheureusement, à obtenir une réaction de sa part. Cela ne va pas plus loin qu'un clignement d'œil ou un léger mouvement de la rétine, mais, même si peu, ni moi ni les médecins n'arrivons à l'obtenir. Ils ont dit qu'il fallait qu'elle essaie de la stimuler au maximum puisque c'est elle qui obtient les meilleurs résultats. J'essaie de l'encourager autant que possible et heureusement pour nous, Justine est consciente de son importance et l'amour qu'elle porte à sa sœur l'aide à faire tous ces efforts. J'essaie juste de ne pas trop lui faire peser cette responsabilité sur les épaules. Elle est si jeune pour endurer tout cela. Ni l'une ni l'autre ne mérite un tel sort.

À nouveau la colère montait dans le ton de sa voix. Quand elle entendit une porte claquer dans les profondeurs du manoir, elle pivota brusquement, sortit sur la terrasse et s'engagea sur le petit chemin dallé qui serpentait à travers le jardin paysagé et disparaissait dans le bosquet. Camille l'avait suivie, elle n'avait pas dit un mot, elle pensait toujours aux deux fillettes. Elle finit par poser la question qui lui brûlait les lèvres :

— Madame Laverne, Justine réalise-t-elle toujours les mêmes dessins ?

Claire lui répondit sans se retourner, ni cesser d'avancer :

— Oui, ses œuvres sont toujours aussi déroutantes. Tout comme celles qu'Héloïse s'est mise à produire également. S'il vous prenait l'envie de reprendre votre enquête, je vous montrerais leurs dernières réalisations.

Le reproche n'était pas voilé. Ce n'était pas dans les habitudes de Claire Laverne de finasser pour dire ce qu'elle avait en tête. Depuis que le comportement de Justine avait changé radicalement, elle était persuadée qu'il s'était produit quelque chose de terrible, et elle en voulait beaucoup à la police. Elle leur en voulait même doublement. D'une part, ils n'avaient pas mis la main sur le tortionnaire qui avait mis sa petite Héloïse dans un état quasi végétatif, qui semblait irréversible. D'autre part, ils n'avaient rien trouvé de ce qui avait pu arriver à sa fille aînée. Elle en avait tiré une certaine forme de haine à l'égard des enquêteurs qu'elle avait souvent traités d'incapables dans ses moments d'énervement. Elle comprenait que la situation était complexe, mais elle les tenait pour responsables, si ce n'est de l'état psychologique de ses filles, au moins de l'absence de justice qui ne leur permettait pas de refermer les plaies qui les rongeaient.

Camille ne répondit pas et continua à marcher en silence. Elles parcoururent ainsi les cinq cents mètres de sentier avant de voir apparaître le petit hangar qui servait de débarras à Thomas Laverne pour tous ses équipements. Ce bâtiment-là aussi Camille le connaissait parfaitement. Il n'y avait pas un recoin de ce parc, pas un placard de ce manoir qu'ils n'aient fouillé de fond en comble à la recherche d'Héloïse.

Claire Laverne sortit un petit trousseau de clefs de sa poche et déverrouilla la lourde porte en bois du hangar qui se voulait être dans le style vieux bâtiment agricole. Camille savait qu'il n'avait pas cinq ans et qu'il avait été reconstruit de toutes pièces sur les ruines d'une vieille grange. Avant d'entrer, elle observa les alentours et remarqua que, là aussi, une batterie de caméras surveillait les environs. Impossible de forcer ce bâtiment sans être repéré par l'un de ces yeux cyclopéens.

La propriétaire des lieux poussa la porte qui glissa sur ses gonds sans un bruit et précéda Camille à l'intérieur pour actionner l'interrupteur. Deux rangées de néons illuminèrent le vaste espace et Camille constata quelques changements par rapport à ses souvenirs. De chaque côté avaient été érigés deux grands racks qui couraient sur les quinze mètres de murs et qui étaient chargés de nombreux équipements et autres cartons. Cela allait du matériel de plongée à d'autres parachutes en passant par des snowboards, une voile et un harnais de kitesurf et même un kayak de mer. Dans le fond du hangar, devant une porte de garage automatique, deux remorques leur tournaient le dos. L'une supportait un jet-ski flambant neuf, l'autre un quad puissant, lui aussi dans un état impeccable. Thomas Laverne ne se refusait rien. Ceci dit, il avait les moyens de ses passions et pouvait se permettre de s'offrir n'importe quel jouet, de céder à n'importe lequel de ses caprices. S'il utilisait vraiment tout le matériel qui dormait dans ce bâtiment, Camille comprenait la rancœur de son épouse. Il ne devait pas lui rester beaucoup de temps à accorder à sa famille. Une petite porte sur le côté gauche, après la longue étagère, donnait sur un endroit que Camille connaissait également. Laverne y avait fait aménager un vestiaire et une salle de bains très luxueuse, avec sauna et jacuzzi, qui lui permettaient de se relaxer ici en rentrant de ses activités, sans avoir à retourner jusqu'au manoir. Au milieu de la pièce, une grande table servait à étaler le matériel pour l'inspecter et le replier, et sur le bureau qui y était adossé se trouvaient diverses cartes IGN de la région et de diverses parties du globe que le propriétaire utilisait sans doute comme terrain de jeux.

Camille avança lentement le long des étagères. Les équipements, achetés sur un coup de tête et entreposés là, attestaient d'un côté très immature et puéril chez Laverne. Un homme simplement habitué à tout obtenir et à combler sans difficulté ses moindres désirs. Elle se pencha ensuite sur le bureau, sans rien toucher. Une carte de l'Oise y était étalée. Camille reconnut la région qu'elle avait visitée le matin même et identifia rapidement le petit aérodrome. Une croix rouge indiquait un autre point, de toute évidence, le lieu qu'il avait prévu pour l'atterrissage et où il aurait dû être récupéré.

Poursuivant sa rapide inspection des lieux, elle se dirigea vers l'étagère qui contenait le matériel de parachutisme. Plusieurs sacs étaient rangés à cet endroit, bien alignés, et chacun portant une petite étiquette avec différents paramètres qu'elle n'était pas capable de déchiffrer à part un nombre en mètres carrés qu'elle supposait être la surface de la voilure. Un emplacement était vide, probablement celui de l'équipement que Laverne avait emporté le matin même. Elle nota à nouveau quelques informations sur son carnet, notamment le nombre de parachutes dont disposait l'homme d'affaires : sept en plus de celui qui manquait. Il ne restait à Camille qu'à prévenir le BEA pour qu'ils récupèrent le matériel dans la journée afin d'en expertiser l'état. Elle se tourna vers madame Laverne qui attendait silencieusement à l'entrée du hangar.

— Madame Laverne, savez-vous comment votre mari orientait son choix sur l'équipement qu'il emmenait ?

— Non, pas vraiment... Je l'ai déjà entendu baragouiner des choses au téléphone avec ses instructeurs quand il a commencé à sauter seul. Il parlait dans un jargon incompréhensible. Il me semble qu'ils évoquaient le vent et les conditions météorologiques pour trancher. Je crois avoir également entendu Dubreuil lui dire que cela n'avait pas tant d'importance que ça. Son matériel est plutôt standard apparemment et convient dans la plupart des cas, l'essentiel était soi-disant qu'il soit à l'aise avec.

Camille ajouta sur son carnet « choix parachute, cf. Dubreuil » et se dit en regardant les sacs que si l'équipement avait été trafiqué ici, l'agresseur n'avait aucun moyen de savoir lequel allait prendre Laverne. Donc, à moins qu'ils ne le soient tous, le sabotage n'avait pas pu avoir lieu ici. Elle était persuadée que l'expertise des sept autres parachutes montrerait qu'ils étaient en parfait état et cela renforcerait d'autant les soupçons sur le sauteur inconnu.

Par acquit de conscience, Camille termina son inspection des lieux en jetant un coup d'œil sur ce qu'il fallait bien appeler l'appartement attenant, plus que le vestiaire. Rien à noter de ce côté-là, un dressing contenait des costumes et des chemises de grands couturiers, et un autre des tenues de sport dernier cri et des paires de chaussures hors de prix adaptées à tous types d'activités. La porte du sauna était entrouverte, elle y jeta un œil mais ne remarqua rien de particulier. Là encore, c'était un équipement qui ne semblait pas beaucoup servir.

Camille referma la porte et ressortit avec la propriétaire en lui annonçant qu'elle allait devoir faire intervenir des collègues pour compléter ses constatations et saisir le matériel de parachutisme afin de l'expertiser. Madame Laverne n'y vit pas d'objection.

Elles finirent leur marche côte à côte et en silence jusqu'au véhicule de Camille qui prit congé en annonçant à madame Laverne qu'elle la tiendrait informée dans la journée de l'évolution de l'état de santé de son mari. Elle ne semblait pas s'en soucier le moins du monde et jetait des regards incessants et angoissés vers la fenêtre de l'étage où Camille aperçut les visages des deux fillettes qui observaient dans leur direction, immobiles. La plus petite avait toujours le regard focalisé bien plus loin que les deux adultes qui conversaient dans la cour. L'aînée, elle, fixait Camille avec une intensité et une froideur qui, malgré la distance et même à travers la vitre, la firent frissonner. Si, comme le dit le proverbe, le regard est le miroir de l'âme, celui de Justine était sans tain. Elle ne cillait pas et ne détourna les yeux que lorsque sa mère lui fit un petit geste de la main qui n'échappa pas à l'officier de police.

Camille remonta dans sa voiture et reprit la route du commissariat pour faire un nouveau point d'avancement avec son équipe.

Chapitre 7

Bourdieu et Malika arrivèrent rapidement dans le 19e où résidait le propriétaire de la Renault Clio qui était maintenant sur le chemin du laboratoire pour être examinée de fond en comble. Ils se trouvaient dans un quartier populaire et, en cette fin de matinée, il y avait peu de voitures dans les rues. Ils n'eurent aucun mal à se garer à quelques mètres de leur objectif.

Coincée entre un café à la devanture vétuste, fermé ce jour-là, et une vieille quincaillerie désaffectée dont la vitrine avait été remplacée par des planches de contreplaqué couvertes de graffitis plus ou moins réussis, la porte de l'immeuble ne laissait pas imaginer un intérieur luxueux et n'invitait pas à la visite.

Bourdieu s'avança et parcourut du doigt les noms affichés au-dessus du cadran du digicode qui, miracle, était lui en état de marche. Un patronyme sur deux était illisible ou pire, pour certains appartements, aucun locataire n'était mentionné. Celui de l'homme qu'ils cherchaient était bien inscrit : Didier Goasguen, appartement 12 b, troisième étage. L'aîné des deux policiers appuya son gros doigt boudiné sur la sonnette et l'y laissa longuement. Pendant qu'ils attendaient une éventuelle réponse, Malika se retourna vers la rue et inspecta les environs du regard. Elle nota rapidement que des débris de verre jonchaient le bord du trottoir d'en face, quelques mètres en amont de leur position. Elle enregistra mentalement ce détail en supposant qu'il pouvait s'agir des vestiges de l'effraction de la Clio. Si c'était le cas, cela s'était produit juste devant une petite échoppe de réparation/revente de matériel informatique en tout genre. Elle sourit en notant dans son *smartphone* le nom du magasin et le numéro de téléphone affiché en gros sur la vitrine. Elle connaissait bien ce genre de boutique et était prête à parier que plusieurs caméras filmaient en permanence l'intérieur. Avec un peu de chance, certaines permettraient de visualiser le trottoir. Dès qu'ils seraient rentrés au commissariat, elle lancerait une recherche sur le propriétaire pour le contacter sans attendre le lundi matin et surtout faire en sorte qu'il ne détruise aucune image avant qu'ils n'aient pu les consulter. Elle suivit des yeux le trottoir jusqu'au feu de signalisation cinquante mètres plus loin. Rien d'autre à signaler de ce côté-là.

Malika se tourna à nouveau vers la porte et Bourdieu qui commençait à s'impatienter. Deux minutes déjà qu'ils avaient sonné et toujours pas de réponse. En maugréant, il appuya sur l'interphone une deuxième fois, encore plus longuement que la première. Après une nouvelle minute d'attente qui finit de faire monter son énervement, ils entendirent enfin un grésillement et une voix quasi inintelligible qui leur grommela quelque chose comme :

— Qu'est-ce que vous venez m'emmerder un dimanche matin, foutez le camp !

Et le bourdonnement s'éteignit dans un claquement.

Charmant accueil, se dit le policier qui, malgré tout, se contenta de sonner à nouveau et, avant que l'occupant des lieux n'ait pu renouveler son message de bienvenue, lui annonça fermement :

— Police criminelle. C'est au sujet de votre véhicule. Pourriez-vous nous accorder quelques minutes ?

Un long silence accompagna sa requête. Était-ce le fait que Bourdieu ait mentionné la criminelle ou la surprise d'avoir des nouvelles de sa voiture, toujours est-il que le locataire en restait muet. L'officier ne lui laissa pas trop le temps de réfléchir et enchaîna :

— Nous avons quelques questions à vous poser, pouvez-vous nous ouvrir s'il vous plaît ?

Et il ajouta pour finir de le convaincre :

— Sans quoi nous allons être obligés de vous convoquer au poste, ce serait dommage d'en arriver là et ce serait du temps perdu bêtement.

Bourdieu n'était pas dupe, ils avaient bien sûr fait quelques recherches sur l'homme en question avant de débarquer ici et il savait que son argument allait faire mouche. Si ce n'était pas un grand délinquant, son casier n'en était pas pour autant vierge de toute infraction. Son parcours était émaillé de quelques menus larcins et d'une plainte pour agression sexuelle finalement classée sans suite. Cela suffisait à lui faire passer l'envie de se rendre dans un commissariat. Ils entendirent le déclic caractéristique du loquet et poussèrent la porte pour entrer dans l'immeuble alors que le locataire se contentait d'une réponse laconique :

— Troisième étage, deuxième porte à gauche.

Les deux agents pénétrèrent dans le bâtiment. Ils franchirent d'abord un long couloir encombré d'un bric-à-brac invraisemblable. Vélo rouillé posé là depuis bien trop longtemps pour être encore utilisable, caddie rempli de pièces automobiles tout aussi hors d'usage et matériel hi-fi plus ou moins récent jouxtaient des piles de pneus et de vieux journaux. S'ils étaient venus pour enquêter sur du recel ou du marché noir, ils auraient sans aucun doute trouvé leur bonheur dans ce foutoir, comme dans la plupart des halls d'immeubles du quartier. Ils franchirent pourtant le couloir sans y prêter plus d'attention qu'un simple coup d'œil de limier et débouchèrent sur une petite cour intérieure où gisait le même mélange hétéroclite plus quelques pots de fleurs et jardinières aux plantations douteuses. Pas non plus dans leurs préoccupations du jour. Pas d'ascenseur dans ce coin de Paris, seul un vieil escalier étroit aux murs décrépits permettait d'accéder aux étages supérieurs. Ils ne croisèrent pas un chat jusqu'au pas de la porte de l'homme qu'ils étaient venus rencontrer. Malika, bien plus alerte que Bourdieu, n'attendit pas qu'il la rejoigne et frappa sèchement après avoir constaté qu'au lieu de sonnette, il n'y avait que deux fils dénudés qui sortaient du mur. Bourdieu finit par la rattraper et lui dit en haletant :

— Tu pourrais m'attendre, tu connais les procédures.

— T'as qu'à faire un régime Bourdieu, on gagnera en efficacité, lui répondit-elle en souriant.

Ils attendirent quelques minutes devant l'ouverture close, ne percevant que quelques grattements et bruits sourds provenant de l'intérieur. De toute évidence, Goasguen cherchait à faire un peu de rangement avant d'ouvrir à la police. Au moment où Malika levait la main pour cogner à nouveau contre le montant, la porte s'écarta.

Un individu, vêtu d'un simple caleçon douteux et d'un vieux T-shirt taché et troué, leur fit face. Mal rasé et les cheveux hirsutes, ses yeux cernés et jaunâtres en disaient long sur son hygiène de vie. Il avait visiblement peu dormi et l'odeur qu'il dégageait s'engouffrait dans le couloir en provenance de l'appartement, donnant des indices certains sur ses activités récentes. Composée d'un mélange de tabac froid, de vieux gin et de rhum additionnés à quelques autres senteurs plus suspectes, l'atmosphère du petit logement n'avait pas dû être renouvelée depuis des lustres. Quand il ouvrit la bouche pour les accueillir, l'haleine qu'il projeta et qui empesta tout le palier finit de confirmer les a priori que les policiers avaient déjà à son sujet. Sans un bonjour, il se contenta de leur demander :

— Qu'est-ce que vous voulez ? Vous avez retrouvé ma caisse ?

Il espérait encore pouvoir couper court à cette entrevue et garder les forces de l'ordre à l'extérieur de son antre. Malika, imperturbable malgré le dégoût que cet homme lui inspirait, annihila ses espoirs en lui répondant fermement :

— Nous avons quelques questions à vous poser, vous aurez bien un moment à nous accorder.

Et sans lui laisser le temps d'objecter quoi que ce soit, manière aussi de montrer que ce n'était pas la peine de tenter une ridicule et inutile résistance, Bourdieu fit un pas en avant, forçant le locataire à reculer et à les laisser pénétrer dans l'appartement.

L'intérieur était à l'image du personnage et de ce qu'ils en avaient perçu de l'extérieur. Le logement ne devait pas faire plus d'une vingtaine de mètres carrés. Dans un coin, un canapé recouvert d'un sac de couchage d'une couleur sombre qui avait au moins le mérite de masquer son état de propreté véritable servait apparemment de lit. Sur une vieille commode en face, une télé dernier cri, bien trop grande pour si peu de recul, jurait en comparaison du délabrement général de l'endroit. Sur le touret de câble en bois servant de table basse les séparant, une boîte de pizza vide côtoyait plusieurs bouteilles de divers alcools forts, toutes consommées, et deux cendriers, pleins à ras bord de mégots classiques et d'autres plus douteux. Malika continua en entrant son tour d'horizon des lieux, photographiant mentalement les éléments qui s'étalaient sous ses yeux. Sur sa gauche, une minuscule kitchenette dans un état lamentable et qui n'avait pas dû être nettoyée depuis un long moment. La vaisselle immonde et couverte de moisissures entassée dans le petit évier en témoignait. Dans le fond, une porte entrouverte laissait apparaître une petite salle d'eau aux murs tachetés d'humidité. Le papier peint était en partie décollé derrière le canapé et carrément absent autour de la porte d'entrée et au sol, on apercevait un trou dans le parquet au pied du chambranle de la porte de la salle de bains. Malika ne put contenir un léger sursaut quand elle y vit grouiller plusieurs cafards.

Cet endroit était un véritable taudis comme il en existait encore malheureusement bien trop dans Paris, se dit-elle en reportant son attention vers leur hôte. Elle laissa Bourdieu mener les débats.

— Vous êtes bien propriétaire d'une Renault Clio année modèle 1999 immatriculée 2341CJ75, attaqua-t-il sans préambule.

— Ouais, c'est ma bagnole, grogna Goasguen.

— Vous l'avez déclarée volée hier matin, c'est bien cela.

Réponse de l'intéressé par un simple hochement de tête.

— Quand vous en étiez-vous servi pour la dernière fois et où l'aviez-vous garée ?

Cette fois l'homme s'énerva brutalement :

— J'ai déjà raconté tout ça aux flics hier, putain. J'ai perdu deux heures et demie dans ce putain de commissariat à parler à des mecs qu'en avaient rien à foutre de ma putain d'histoire. Les voitures volées, y a que quand on est ministre ou plein de fric que les keufs les recherchent vraiment. Les types comme moi, c'est juste bon pour les statistiques. Alors vous avez qu'à aller les voir si vous voulez des détails !

Un léger silence suivit la réaction épidermique du malheureux conducteur. Bourdieu maîtrisait parfaitement ce genre de type, il lui répondit en haussant légèrement le ton. Pas d'agressivité, mais suffisamment ferme pour rendre sa voix déjà grave sans contestation.

— Je pense qu'il serait préférable pour tout le monde que l'on ne rentre pas dans ce genre d'affrontement futile qui ne nous mènera nulle part. Je vous prierai donc de répondre à nos questions sans tergiverser afin que nous ne soyons pas obligés d'en passer par une nouvelle visite au poste qui ne semble pas vous avoir plu.

Tout en disant cela, il s'était imperceptiblement avancé vers l'homme qui, en réaction, baissa immédiatement le regard et, acculé, s'assit sur le bord du canapé.

— Je disais donc, quand avez-vous utilisé votre véhicule pour la dernière fois ?

— Vendredi, répondit le poivrot beaucoup plus docilement. En ce moment, je bosse sur un chantier dans le 93, je me suis garé vers 18 h 30 dans la rue, juste en face de l'immeuble, et samedi matin, elle était plus là. Y avait juste des bouts de verre par terre. Ils ont dû péter une vitre.

— À quelle heure avez-vous remarqué sa disparition ?

— Je sais pas, vers midi moins le quart je pense. Je suis ressorti pour aller... enfin, j'avais un rendez-vous.

Il ne devait de toute évidence pas travailler que sur les chantiers et n'avait pas envie de s'étendre sur ses activités du week-end. Peu importe, ils n'étaient pas là pour ça, aussi Bourdieu continua son interrogatoire sans s'attarder sur ce point :

— Y avait-il des objets de valeur qui auraient pu attirer l'œil de voleurs de passage ?

— Des objets de valeur ? Vous déconnez ? Vous avez vu dans quoi je vis, vous croyez vraiment que si j'avais des objets de valeur, je les laisserais traîner dans ma bagnole dans un quartier pareil ? Non, y avait absolument rien dedans, y a même pas d'autoradio. C'était une vraie poubelle cette caisse, faut vraiment être con pour voler un truc pareil. Y a rien à en tirer ! Maintenant je sais pas comment je vais faire pour aller bosser demain. Si je chope le connard qui a fait ça !

Et il ponctua sa phrase d'un gros coup de son poing fermé sur l'ersatz de table basse.

— Laissez donc les représentants des forces de l'ordre s'occuper des sanctions, le remit en place Bourdieu. Vous n'avez rien remarqué de particulier vendredi quand vous vous êtes garé ?

— Non, rien de spécial, c'est toujours plus ou moins agité dans ce quartier. Vous savez... – il marqua un temps d'hésitation avant de poursuivre sa phrase et finit par se lancer – vous savez très bien qu'il y a toujours un peu de trafic en tout genre dans certains immeubles du coin. Vendredi c'était plutôt calme. En fait je crois même que j'ai croisé personne en rentrant.

Malika, qui assistait calmement à la discussion, se décida à intervenir. Elle sortit de la poche de sa veste une photo qu'elle avait pris soin d'imprimer avant de partir : celle du mystérieux barbu de l'aérodrome, capturée via la pièce d'identité qu'il avait dû fournir. Elle s'avança et tendit le cliché au locataire.

— Reconnaissez-vous cet homme ? lui demanda-t-elle.

Le propriétaire du véhicule fut légèrement décontenancé par cette requête. Il ne voyait pas le rapport avec le vol le concernant. Néanmoins, il finit par baisser les yeux et se concentra sur les traits du visage qu'on lui mettait sous le nez. Malika perçut comme une hésitation, aussi le poussa-t-elle à répondre :

— Alors, vous avez déjà vu cet homme ?

Le poivrot la regarda avec défiance, vexé d'être ainsi interrogé par une femme bien plus jeune que lui, et il ne put réprimer une réaction réflexe et parfaitement misogyne :

— Qu'est-ce que ça peut te faire la greluche ?

Le contrecoup fut immédiat. Bourdieu étendit le bras à une vitesse folle et lui asséna une violente claque sur le côté du visage qui le projeta à plat ventre sur le canapé. L'homme se redressa chancelant et entreprit de protester et de proférer des menaces de dépôt de plaintes pour coups et blessures. Bourdieu le coupa d'une voix forte et suffisamment convaincante pour le réduire au silence :

— Ta gueule ! Si tu restes correct, tout se passera bien. Par contre, si tu continues à jouer les petites frappes et à manquer de respect à l'officier Legrand, on va changer de méthode pour ce petit interrogatoire. Et je te promets que tu le regretteras si on en arrive là.

Malika n'avait pas bougé. Son visage exprimait clairement son désaccord. Elle n'intervint toutefois pas et laissa Bourdieu continuer :

— Elle t'a posé une question, alors réponds !

L'homme, qui se frottait toujours la joue endolorie, attrapa brusquement la photo toujours tendue par Malika et la regarda à nouveau.

— Je sais pas trop... Sa tronche me dit quelque chose, mais j'arrive pas à me souvenir de son nom, ni d'où je l'ai vu.

Nouveau silence pendant lequel les deux policiers échangèrent un bref regard. Malika le jugeait sincère cette fois. Ils se heurtaient là au problème classique avec ces types imbibés : ils étaient incapables de se souvenir de quoi que ce soit. Et quand il leur restait quelques bribes de mémoire, leurs neurones atrophiés par les substances toxiques mélangeaient toujours le vrai du faux. Malika changea de sujet pour tenter de faire remonter un souvenir quelconque :

— Qu'avez-vous fait vendredi soir après être rentré ?

— Je suis sorti un peu, histoire de faire passer la semaine.

— Où vous êtes-vous rendu ? continua Malika.

— Au bar un peu plus haut dans la rue.

— Quelle heure était-il ? Et jusqu'à quelle heure y êtes-vous resté ?

— J'ai dû arriver là-bas vers 19 heures et... je sais pas trop à quelle heure je suis rentré en fait – il était un peu penaud de sa réponse –, j'ai un peu picolé et je crois que j'étais dans un sale état en fin de soirée...

Malika n'était pas vraiment surprise et continua son interrogatoire sans sourciller :

— Avez-vous croisé du monde dans ce bar, des personnes que vous n'aviez pas l'habitude de voir là-bas ? J'imagine que c'est plutôt un endroit réservé aux habitués.

— Ça c'est clair, on croise toujours les mêmes gars, répondit-il en ricanant, dévoilant ainsi une dentition incomplète dont les derniers vestiges étaient marbrés de jaune et noir.

Puis son rire s'interrompit brusquement et il reporta son attention sur la photo.

— Putain, c'est là que je l'ai vu ce gus ! Il était dans le troquet vendredi soir. Je m'en souviens maintenant. Il a passé une partie de la soirée à une des tables du fond, à l'écart et seul. On parle pas beaucoup aux inconnus dans ce rade et lui, il inspirait vraiment pas confiance. Il faisait pas très français en plus. Je crois que j'ai même dit à un moment au patron qu'il devrait le foutre à la porte.

Il paraissait presque fier de lui en racontant son anecdote. Un souvenir en entraînant un autre, les enquêteurs le laissèrent continuer sans l'interrompre :

— Je crois même qu'à un moment ce connard est venu me parler. J'étais déjà bien entamé, je me rappelle plus ce qu'il m'a dit... J'ai dû l'envoyer chier, je suppose...

Il ponctua sa déclaration d'un immonde reniflement tout en grattant consciencieusement une partie de son anatomie que Malika se refusa à regarder. Il n'y avait pas grand-chose à tirer de plus de ce type. Ils auraient peut-être plus de chance avec le personnel du bar. Il était grand temps de sortir de cet endroit dont l'atmosphère commençait à devenir irrespirable. Ils firent demi-tour et se dirigèrent vers la porte en concluant :

— Restez joignable et disponible, nous aurons peut-être des questions complémentaires à vous poser.

Le poivrot fut surpris de la fin abrupte de cette conversation.

— Attendez, et ma bagnole dans tout ça, vous l'avez retrouvée oui ou merde ?

— Votre véhicule est impliqué dans une tentative d'homicide, il reste actuellement aux mains des experts de la police scientifique. Nous avons vos coordonnées, vous serez informé si vous êtes autorisé à venir le récupérer.

Et sans attendre sa réaction, Bourdieu quitta l'appartement vétuste suivi de près par sa collègue.

Ils redescendirent rapidement et une fois dehors, Malika inspira une grande bouffée d'air frais pour faire passer l'odeur de l'atmosphère viciée qui obstruait encore ses narines. Ils remontèrent la rue en silence sur quelques dizaines de mètres jusqu'à se trouver devant le bistrot mentionné par le propriétaire de la mystérieuse Clio.

À cette heure-là un dimanche, il était bien sûr fermé. Un rideau métallique recouvrait une étroite vitrine qui, même en plein jour, ne devait pas faire rentrer beaucoup de lumière dans ce vieux rade. Une grille fermait également la porte d'entrée. Par acquit de conscience, Bourdieu frappa tout de même lourdement contre le panneau en bois en passant la main au travers des larges maillons. Comme ils s'y attendaient, ils n'obtinrent aucune réponse, même après deux tentatives supplémentaires.

Malika sortit son téléphone et appela Romans. Sans entrer dans les détails, elle lui donna rapidement le nom et l'adresse du bar et attendit quelques secondes que Lucas retrouve le nom et l'adresse du propriétaire. Elle avait vu juste. Comme souvent, il habitait l'appartement juste au-dessus du bar. Romans ajouta quelques commentaires sur l'historique de l'endroit. Dans leurs fichiers, on ne trouvait qu'une poignée d'amendes pour tapage nocturne et non-respect de la réglementation sur la consommation de tabac dans les lieux publics. Un bistrot typique des établissements que l'on peut trouver dans ce coin de la capitale en somme, même si le propriétaire de celui-ci n'avait, lui, jamais été inquiété pour d'autres trafics.

La jeune femme avisa la porte d'immeuble jouxtant celle du bistrot. C'était elle qui desservait les appartements des étages supérieurs. Après avoir remercié Romans et adressé un clin d'œil à Bourdieu lui signifiant qu'elle avait marqué un point, elle s'approcha et repéra rapidement le nom qui venait de lui être donné sur la série de sonnettes. Elle poussa le bouton et attendit une réponse. Elle ne se fit pas attendre. Le barman fut beaucoup plus prompt à décrocher l'interphone que ne l'avait été son habitué.

— C'est à quel sujet ? demanda-t-il.

— Bonjour monsieur, agents Bourdieu et Legrand, police judiciaire. Nous voudrions nous entretenir avec vous au sujet de la soirée de vendredi.

— Vendredi soir ? Il ne s'est rien passé de particulier vendredi, je ne vois pas ce que je vais pouvoir vous apprendre.

Malika se fit un peu plus insistante, elle ne souhaitait pas passer par la voie officielle de la convocation au commissariat qui leur ferait perdre un temps précieux.

— C'est important, dans le cadre de notre enquête, nous avons quelques questions à vous poser au sujet des personnes présentes.

Après un temps d'hésitation, le barman finit par leur répondre :

— Bien comme vous voulez. Laissez-moi quelques minutes, je descends vous ouvrir.

Les deux enquêteurs attendirent patiemment quelques minutes de plus avant de voir dans un grincement métallique le rideau du bar s'élever lentement. Un cliquetis de serrure plus tard, la porte s'ouvrit sur un homme d'une cinquantaine d'années, barbe fournie et proprement taillée, petites lunettes rondes perdues au milieu d'un visage poupon et joufflu, et chemise en lin parfaitement repassée surmontant un pantalon en toile beige immaculé. En bref, la parfaite antithèse du poivrot qu'ils venaient de quitter et pas vraiment le genre de type qu'ils s'attendaient à trouver comme tenancier d'un tel établissement. Ni Bourdieu ni Malika ne laissèrent paraître toutefois leur surprise devant l'allure du personnage. Il les invita à le suivre à l'intérieur et passa par le compteur électrique pour allumer les lustres qui jalonnaient la petite salle avant de se rendre derrière son bar. Étonnamment, une fois l'éclairage enclenché, même tamisé, l'endroit ne paraissait pas si sombre que l'étroite devanture ne le laissait envisager. Le mobilier était récent et en bon état, et le sol comme les tables et les chaises étaient d'une propreté surprenante en comparaison de la façade et du trottoir.

Arrivé derrière son comptoir, le patron enclencha la machine à café et demanda poliment :

— Souhaitez-vous boire un café ?

Malika refusa, Bourdieu, lui, ne se fit pas prier. Tout en lui préparant une tasse, le cafetier demanda enfin :

— Que me vaut cette visite dominicale ? En quoi puis-je vous être utile ?

Malika prit la main sur l'interrogatoire :

— Nous enquêtons au sujet d'un véhicule qui a été volé dans la rue dans la nuit de vendredi à samedi un petit peu plus haut, au niveau du numéro 114.

Le barman s'interrompit et les regarda tous les deux successivement l'air surpris.

— Deux officiers, pour une simple voiture volée ? C'est chose relativement courante par ici, et je dois vous avouer que c'est la première fois que je vois des enquêteurs venir sur le terrain dans notre quartier pour si peu.

Malika ne releva pas la remarque et continua :

— Ce véhicule appartient à monsieur Goasguen, un de vos habitués d'après nos informations.

Elle marqua un temps d'arrêt pour lui laisser le temps d'acquiescer, ce qu'il fit sans rechigner.

— En effet, ce cher Didier participe de manière significative à mon chiffre d'affaires.

— Nous confirmez-vous qu'il était bien présent dans ce lieu vendredi soir ?

— En effet, comme quasiment tous les soirs.

— À quelle heure est-il arrivé ?

— Eh bien… je n'ai pas vraiment fait attention, il y avait un peu de monde vendredi. En général, Didier s'installe vers 19 heures.

— Qu'a-t-il fait ensuite ?

— Ce qu'il sait faire le mieux, pouffa le barman, picoler ! Il a enchaîné les verres toute la soirée.

— Il n'a pas bougé d'ici ?

— À part pour aller se soulager de temps en temps, il n'a pas levé le postérieur de son siège, non.

Puis comme s'il venait d'avoir un flash, il ajouta :

— Ah non, ce n'est pas vrai, vendredi soir, il me semble qu'il est sorti quelques minutes pour aller s'acheter un kebab. Je ne sers que quelques cacahuètes. Certains se font livrer des pizzas directement ici, cette fois Didier voulait un kebab.

— S'est-il absenté longtemps ?

— Eh bien, il n'y a pas grand-chose dans le quartier. Le restaurant le plus proche est à deux stations de métro, mais le plus rapide est de franchir le périphérique et d'aller un peu plus loin au nord. En voiture, il faut cinq ou dix minutes. Connaissant l'animal, j'imagine que c'est ce qu'il a fait, car il a dû s'absenter moins d'une demi-heure.

— Vous n'avez rien remarqué de particulier à son retour ?

— Non, il a mangé son sandwich en silence tout en continuant à boire.

— A-t-il parlé à quelqu'un pendant la soirée ?

Le barman réfléchit plus longuement, il semblait refaire le cours de la soirée mentalement avant de donner sa réponse.

— Maintenant que vous le dites, oui il a eu une brève discussion avec un autre client un peu après être revenu avec son repas. Je n'ai pas entendu la teneur de leurs échanges, cela n'a pas duré longtemps. Didier était déjà bien trop saoul pour tenir des propos cohérents avec qui que ce soit, ajouta-t-il en soupirant.

— Connaissiez-vous son interlocuteur ?

— Non, c'était la première fois que je voyais cet homme ici. Ce bar est plutôt un repaire d'habitués alors les nouvelles têtes ne passent pas inaperçues. Surtout celle-là.

— Qu'entendez-vous par là ?

— Eh bien, disons qu'il ne faisait pas très couleur locale si je peux m'exprimer ainsi. D'habitude, ne s'asseyent dans ce bar que des bons Français.

Le masque se fissurait. Sous ses airs joviaux de gentil tenancier de bar à l'ancienne se cachaient une idéologie et un discours bien plus douteux. Tout en disant cela, il regardait Malika droit dans les yeux. De père marocain et ayant passé une partie de son enfance dans les rues de Casablanca, elle avait le teint bien trop ensoleillé pour seoir au propriétaire des lieux. Il cherchait de manière évidente à la provoquer. Il insista :

— Ça me rend malade de servir ce genre de métèque, on n'est plus chez soi nulle part dans ce foutu pays de nos jours, je vous le dis.

Malika avait l'habitude de ce genre de raciste identitaire, quoique tous ne fussent pas si directs. Elle savait qu'il ne servait à rien de tenter de les raisonner et d'entamer une discussion avec de tels fanatiques. Il n'y avait jamais d'issue à ces échanges. Trop d'extrémisme et d'années de lavages de cerveau à grands coups de slogans radicaux rendaient le voyage de retour quasi impossible. Elle croisait souvent, de plus en plus elle devait bien se l'avouer, des personnes du même acabit au cours de ses enquêtes, aussi n'eut-elle aucun mal à ne pas réagir et à rester dans la bulle de son interrogatoire. Elle n'en était néanmoins pas si convaincue concernant Bourdieu. Elle lui jeta un petit regard inquiet, mais suffisamment discret pour ne pas être perçu par le vieux fasciste et constata, soulagée, que hormis la veine sur sa tempe qui battait la mesure au diapason du bouillonnement qui montait en lui, il gardait son calme pour l'instant.

Elle sortit le portrait de l'inconnu de sa poche et le colla devant le nez du barman.

— Est-ce l'homme dont vous parlez ?

Déçu que les deux policiers ne rentrent pas dans son petit jeu, le vieux barbu daigna baisser les yeux vers la photo qu'elle lui présentait. Il répondit immédiatement, catégorique :

— Oui c'est lui, sans aucun doute.

Il était redevenu poli et souriant, la haine avait disparu de son regard. Voyant que sa provocation ne prenait pas, il avait remis son costume de tenancier au-dessus de tout soupçon.

— Puisque vous avez remarqué immédiatement cet homme, vous devez être en mesure de nous dire à quelle heure il est arrivé et à quel moment il a quitté votre petit paradis, interrogea Bourdieu sèchement.

— En effet, il est entré ici quelques minutes après le retour de Didier, il devait être dix heures moins le quart et il est reparti une heure et demie plus tard.

— À part avec monsieur Goasguen, a-t-il parlé à d'autres clients ? Qu'a-t-il fait pendant la soirée ?

— Non, il s'est assis à une table isolée, dans le fond de la salle, en arrivant, et a commandé un coca. Il est resté là, seul, pendant un sacré bout de temps. Il me semble qu'il observait surtout Didier. À un moment je me suis dit que cet idiot avait encore dû se mettre dans une situation délicate. Surtout quand j'ai vu le basané se lever et se diriger vers lui après une bonne heure. Comme je vous l'ai dit, je n'ai pas entendu ce qu'ils se disaient et cela n'a duré que quelques minutes. Il est ensuite retourné s'asseoir, a fini rapidement sa consommation et est sorti sans demander son reste. Didier dormait déjà sur le comptoir à ce moment-là.

Malika regarda son collègue, tout cela ne leur apportait pas grand-chose de plus. Bourdieu posa une dernière question pour la forme :

— Avez-vous remarqué autre chose durant cette soirée, un autre élément inhabituel ?

Le barman fit mine de réfléchir et répondit en souriant :

— Non, rien de particulier, c'était une soirée très calme.

— Très bien, merci, conclut Malika en se retournant et en se dirigeant vers la porte sans le regarder.

Son collègue salua à son tour le propriétaire du bar, lui enjoignit de rester disponible au cas où ils auraient d'autres questions à lui poser et ils sortirent à l'air libre sur le trottoir.

Alors qu'ils marchaient rapidement vers leur véhicule stationné un peu plus haut et qu'ils entendaient déjà le bruit du rideau métallique du bistrot qui redescendait, Bourdieu demanda à sa jeune collaboratrice :

— Qu'est-ce que t'en penses ?

— Ce qui est sûr, c'est que ce gros lard nous cache quelque chose. Même si ça n'a peut-être rien à voir avec notre enquête et cette histoire de voiture volée, il est évident qu'il ne souhaite pas s'étendre sur ce qu'il se passe dans son bar.

Puis elle ajouta en regardant Bourdieu :

— C'est la caméra qui t'a empêché de lui écraser le nez sur son comptoir ?

Le vieux flic sourit en lui rendant son regard.

— Tu l'as remarquée toi aussi, ça ne m'étonne pas de toi ! Je ne l'ai pas vue tout de suite... Sa provocation était tellement grossière que ça m'a paru bizarre alors j'ai refait un tour des lieux plus attentif et j'ai repéré le petit œilleton caché entre les bouteilles. Ce connard cherchait une réaction violente de notre part et tu peux être sûre qu'il serait allé illico porter plainte avec ses images sous le bras et on se serait retrouvés avec l'IGPN sur le dos. Je suis d'accord avec toi, ce type cache quelque chose, il va nous falloir une commission pour récupérer les images de sa caméra, si elles existent encore.

Malika ne répondit pas, elle était entièrement d'accord avec lui. Ils avaient encore des choses à creuser dans cet endroit.

Chapitre 8

Après sa visite au manoir des Laverne, Camille était repassée par son petit appartement avant de retourner au commissariat. C'était déjà le début de l'après-midi et son très frugal petit déjeuner était loin. Elle n'avait pas un gros appétit et il pouvait lui arriver, pendant des planques notamment, de rester des journées entières sans rien avaler. Ce jour-là, la soirée de la veille n'aidant pas, elle commençait à ressentir un cruel manque d'énergie. Elle était à la limite de l'hypoglycémie. Elle avala rapidement quelques restes encore consommables qui traînaient dans son frigo et en profita également pour s'allonger une vingtaine de minutes sur son canapé. C'était son mode de fonctionnement depuis des années : quelques microsiestes dès que l'occasion se présentait suffisaient à la requinquer.

Quand elle poussa la porte de leur bureau en fin d'après-midi, la pièce était toujours vide, aucun de ses adjoints n'était encore remonté. En attendant que son équipe arrive, elle s'installa et reprit calmement les notes qu'elle avait prises le matin même à l'aérodrome et chez les Laverne. Même si elle avait tous les éléments parfaitement en mémoire, se relire ainsi faisait partie de son rituel lorsqu'elle enquêtait pour remettre les déclarations et les événements en perspective.

Sur la première page de son calepin quasiment neuf, elle en prenait un nouveau à chaque enquête, elle souligna la fausse identité du mystérieux barbu qui avait sauté avec Laverne. C'était une des clefs. S'ils voulaient avancer rapidement, il fallait qu'ils trouvent cet homme très vite. Et plus les heures passaient, moins ils avaient de chances de lui mettre la main dessus. Elle tourna ensuite la page et tomba sur les quelques annotations au style télégraphique qu'elle avait prises au sujet des filles de Thomas et Claire Laverne. Cela n'avait a priori aucun rapport avec cette nouvelle enquête, elle n'avait toutefois pas pu s'empêcher de repenser à l'épisode tragique survenu deux ans plus tôt. Sur l'une des pages, elle avait juste écrit « Héloïse + Justine, lien ? » et elle avait souligné deux fois le dernier mot. Certes, Thomas Laverne avait une vie particulièrement exposée, mais il était assez surprenant qu'autant de malheur tombe ainsi sur la même famille. Camille ne croyait que très peu au hasard et un tel enchaînement de faits divers n'était pas anodin. Ils ne devaient pas négliger l'éventualité d'une connexion entre toutes ces affaires. C'était une piste qu'ils devraient rouvrir et il faudrait qu'elle rencontre à nouveau les fillettes, et, pour cela, qu'elle réussisse d'abord à convaincre leur mère.

Elle fut tirée de ses réflexions par l'entrée dans le bureau de Bourdieu suivi de près par Malika et Romans. Son équipe au complet, il était temps d'entamer leur brainstorming. Elle démarra donc en leur relatant par le détail son entrevue avec madame Laverne. Elle évoqua l'attitude très distante de la mère de famille vis-à-vis de l'accident et de l'état de son mari dont elle avait à peine demandé des nouvelles. Tous convinrent que pour un couple tel que le leur, cela n'avait rien de surprenant et ne constituait pas un élément déterminant. Elle passa rapidement sur les deux fillettes, mentionnant juste au passage qu'ils devaient tous avoir à l'esprit un éventuel lien entre la tentative de meurtre du matin et la disparition d'Héloïse deux ans plus tôt, puis elle décrivit sa visite du local de rangement et le dispositif de surveillance qui équipait maintenant la propriété.

— Avec un tel matos, si quelqu'un était venu saboter le parachute de Laverne dans ce hangar, il serait forcément passé par le champ d'une des caméras, intervint Bourdieu.

— C'est aussi mon avis, répondit Camille. Madame Laverne a mentionné une alarme intrusion hier soir et a précisé qu'il n'y avait rien sur les images. Il faut quand même que l'on récupère ces bandes pour les éplucher. Lucas, ajoute cette demande auprès de l'avocat, de toute façon il faudra qu'on passe par lui.

— OK, ça roule, répondit Romans en s'asseyant devant son PC pour envoyer un mail immédiatement. D'ailleurs tu as rendez-vous demain matin à 10 heures au manoir. Il est d'accord pour qu'on jette un œil au bureau de Laverne, par contre il veut être présent.

— Parfait, tu viendras avec moi. T'a-t-il dit quelque chose sur des menaces qu'aurait reçues Laverne ?

— Oui, il a effectivement déposé une plainte il y a quelques semaines après avoir trouvé dans sa boîte aux lettres un courrier anonyme qui prévoyait une issue assez funeste pour lui et ses proches. Il m'en a envoyé une copie, je vous ai fait quelques impressions, dit-il en tendant les feuillets à ses collègues.

Camille s'en saisit et parcourut rapidement les lignes manuscrites. C'était un courrier de menace qu'on aurait pu qualifier de « classique ». L'écriture était vive et agressive, on sentait clairement la colère de l'auteur dans les pleins et les déliés qui s'enchaînaient sèchement. Il était adressé nominativement à Thomas Laverne et après une litanie d'insultes assez fleuries, le corbeau énumérait les reproches qu'il avait à lui faire. Bourreau, tortionnaire, pilleur de patrimoine, chômage et conséquence sur une vie déchue. Les griefs semblaient bien liés aux activités professionnelles du groupe. Ils allaient devoir éplucher toutes les dernières faillites auxquelles l'entrepreneur avait été mêlé de près ou de loin.

— Tu sais ce qu'il te reste à faire Lucas, il nous faut la liste de tous ceux qui se sont retrouvés sur le carreau par sa faute ces six derniers mois.

— J'ai déjà commencé, et on n'est pas au bout de nos peines ! Il y a eu pas mal de monde concerné, soupira-t-il.

Camille avait toujours les yeux sur la lettre et terminait les dernières lignes qui n'étaient pas plus surprenantes : « Tu vas payer pour ce que tu nous as fait. »

— Où est arrivé ce courrier ? demanda-t-elle en relevant les yeux.

— Directement au manoir. Pas de cachet de la poste, il a été déposé dans la boîte par l'expéditeur. Rien à tirer du côté des caméras de surveillance ou presque. L'avocat m'a transféré les images enregistrées à l'époque. On voit un type arriver en moto, casque et combinaison de cuir noir. Il s'arrête une demi-seconde pour jeter son petit mot doux et repart sur les chapeaux de roues. La plaque que l'on devine est fausse, c'est celle d'un tracteur dans le Cantal…

— Qu'ont donné les investigations de l'équipe qui a bossé là-dessus ? continua Camille.

Romans la regarda, légèrement étonné.

— Tu plaisantes ? Je sais que Laverne a le bras long, mais tu connais la situation, personne n'a le temps de se pencher sur une affaire comme ça ! À part les vérifications dont je viens de vous parler et une poignée de conseils pour lui dire de renforcer sa sécurité, on n'a rien de plus.

Camille n'était pas surprise, c'était comme ça dans tous les commissariats. Pas assez d'effectifs et trop d'affaires, ils étaient obligés de faire un tri. Et tout le monde pouvait passer à côté de son droit à la justice, même quelqu'un comme le puissant industriel. Oh, bien sûr, il avait dû y avoir quelques coups de téléphone au ministre qui avait vaguement mis un coup de pression sur le patron du bureau chargé des recherches pour que ça passe en priorité. Ça n'allait toutefois pas plus loin que ça. Personne ne souhaitait voir son nom évoqué si l'opinion publique apprenait qu'ils avaient fait passer d'abord une banale histoire de lettre de menace alors que des dizaines d'enquêtes beaucoup plus sordides restaient sans coupable. La vindicte populaire était alors bien pire pour le complice abusant de sa position que pour les bourreaux véritables.

— Bien, reprit-elle, fais-nous apporter demain toutes les pièces de cette affaire, tout cela mérite maintenant d'être regroupé. Ça leur fera même probablement plaisir de s'en débarrasser. Après le rendez-vous avec l'avocat, tu continueras à éplucher la liste des suspects.

Romans acquiesça en silence, c'était son truc le travail de fourmi sur les bases de données longues comme un bon vieux bottin. S'il y avait des recoupements possibles entre leurs différents points d'entrée, il les trouverait.

Camille n'en avait pas fini avec lui, elle continua à l'interroger :

— Puisque tu as la parole Lucas, t'as le rapport d'expertise du parachute et de la voiture ?

— Les premiers éléments, oui. Je suis allé dans les bureaux du BEA assister au début de l'analyse, ça m'intéressait de voir comment ça marche. Y a aucun doute, c'est pas un accident. Et ce qui est sûr, c'est que le type qui a saboté ça est un connaisseur.

Il sortit une liasse de photos qu'il étala sur la grande table au centre de leur petit bureau et continua ses explications en désignant successivement plusieurs clichés.

— Les fils de la poignée d'activation de la voile principale ont été sectionnés net par un outil du type pince coupante sans doute. Suffisant pour bien foutre la merde dans le fonctionnement du joujou, mais normalement pas assez pour s'assurer que le client y reste. Pour deux raisons, la première c'est la voile de secours que Laverne a essayé d'actionner, elle ne s'est pas déployée totalement. Une partie du tissu est restée emmêlée parce que les suspentes formaient un véritable sac de nœuds. D'après les gars du labo, et je les rejoins là-dessus, la probabilité de parvenir à un tel foutoir uniquement par le fruit du hasard est quasiment nulle. Autrement dit, quelqu'un a volontairement provoqué ça.

Romans s'interrompit quelques secondes pour laisser le temps à ses collègues de regarder les différentes photos qui appuyaient son hypothèse. Bourdieu, qui se fermait comme une huître dès que le moindre composant électronique s'approchait de lui, s'arrêta sur la photo d'un petit boîtier ouvert qui contenait une petite carte électronique.

— C'est quoi ce machin ? demanda-t-il.

Romans sourit en lui répondant :

— T'as mis le doigt dessus mon vieux, tu vois que la technologie ça peut te parler quand tu veux.

— Fais pas chier et dis-nous plutôt ce que c'est que cette merde, bougonna Bourdieu qui n'appréciait que moyennement les moqueries sur son incompétence, pourtant totale et notoire, dès qu'il ne s'agissait pas de mécanique à l'ancienne.

Il était capable de remonter les yeux fermés le moteur d'une deux-chevaux, il en avait retapé quatre. En revanche, il était incapable d'installer une application sur les *smartphone*s à leur disposition pour leurs enquêtes.

Romans n'insista pas.

— Ce petit bijou, c'est le boîtier de sécurité du parachute et c'est la preuve irréfutable que quelqu'un a bien voulu vérifier si Laverne pouvait voler. Parce que normalement, même avec une commande de parachute défectueuse et des fils sectionnés comme on les voit ici, il n'aurait même pas dû avoir besoin de tenter la voile de secours. Ce coffret contient un altimètre programmé pour ouvrir automatiquement le parachute une fois franchi un palier prédéfini. Cela évite par exemple qu'un gars qui perd connaissance s'écrase comme une pierre. Or si vous regardez la petite carte de commande d'un peu plus près, vous constaterez qu'il manque un des processeurs.

Lucas accompagna sa déclaration d'un geste du doigt montrant un emplacement précis en gros plan sur une photo couleur format A4. Il était le seul dans ce bureau à réellement comprendre ce qu'il voyait, mais même un inculte de l'électronique comme Bourdieu voyait qu'il manquait quelque chose au milieu. Romans continua son explication :

— Sans ce composant, cet équipement ne sert strictement à rien et ce n'est qu'une boîte en plastique sans intérêt.

Camille poursuivit le fil de ses questions :

— Est-il possible qu'il s'agisse d'une malfaçon ? As-tu contacté le fabricant ?

— Pas besoin, ces composants sont soudés sur des lignes de fabrication automatisées, toutes équipées de contrôles optiques capables de détecter l'absence d'éléments bien plus petits. Il est impossible qu'une carte dans cet état ait été assemblée dans un boîtier. D'autant qu'il y a ensuite un dernier test final sur les coffrets terminés pour s'assurer de leur fonctionnement. Là encore, il aurait forcément été écarté. Et puis, il n'y a pas que ça. Les petites rayures que l'on voit de chaque côté sont les marques laissées par l'outil, probablement une petite pince, utilisée pour faire sauter le processeur. Je vous l'ai dit, le mécanisme a été volontairement rendu inopérant, aucun doute là-dessus.

Personne ne rebondit sur ces révélations, aucun n'était en mesure de contester les conclusions de Romans, c'était leur caution scientifique et technologique dans toutes leurs enquêtes, ils n'avaient pas de raison de douter de son exposé, par ailleurs très convaincant.

Camille continua à réfléchir en silence en regardant les clichés étalés sur la table. Tout cela ne pouvait vouloir dire qu'une seule chose. Elle finit par formuler à voix haute ce qu'ils avaient tous en tête :

— Ça veut donc dire que tout cela a été prémédité longtemps à l'avance et savamment préparé. Autant les fils peuvent avoir été sectionnés au dernier moment, pendant les ultimes vérifications, afin d'être sûr que la victime ne s'aperçoive de rien, autant le sabotage de l'électronique ne peut pas avoir été effectué dans son dos. Celui qui a fait ça a dû d'abord dévisser les quatre fixations pour accéder à la carte, Laverne se serait forcément rendu compte de quelque chose. Surtout que le boîtier n'est pas facilement accessible une fois tout l'équipement enfilé. Le coupable a donc dû accéder au parachute bien avant qu'il ne saute. Il est de plus en plus indispensable que l'on mette la main sur notre barbu. Qu'avez-vous trouvé chez le propriétaire de la voiture ? ajouta-t-elle à l'adresse de Bourdieu et Malika.

C'est cette dernière qui leur résuma la visite du matin.

— Personne d'autre n'a rien vu ou entendu dans ce bar ?

— Apparemment non, on a interrogé aussi le patron du bistrot, un charmant personnage du reste, dit-elle très ironiquement. Il a reconnu le suspect et a affirmé qu'il ne lui avait pas parlé et qu'il ne savait pas ce qu'ils s'étaient dit avec Goasguen.

— Et vous le croyez ?

Bourdieu et Malika se regardèrent en souriant, c'était une chose qu'ils appréciaient tous les deux chez Camille, elle sentait tout de suite quand ils avaient autre chose en tête. Cette fois, ce fut l'aîné de leur groupe qui poursuivit :

— Que dalle, ce gars nous bourre le mou. Il a essayé de nous provoquer un peu pour chercher la bavure. Heureusement, on avait tous les deux repéré la caméra cachée derrière son zinc. Je suis pas convaincu que ça ait quelque chose à voir avec notre affaire, je crois plutôt qu'il se passe des trucs pas très clean dans son rade et il a surtout pas envie que la police vienne fourrer son nez chez lui. C'est un gros con de raciste, je serais pas étonné qu'il ait dit vrai quand il a affirmé qu'il a pas adressé la parole au barbu.

— Quoi qu'il en soit, si cette soirée a été filmée, il nous faut les images, répondit Camille. Malika, appelle...

— C'est déjà fait, la coupa la jeune policière. J'ai appelé le juge en sortant du bar pour qu'on ait une commission rogatoire afin de saisir les enregistrements de sa caméra de surveillance, en espérant qu'il n'ait pas tout effacé. On devrait l'avoir demain matin.

Sourire complice des deux jeunes femmes. C'était décidément un atout indéniable d'avoir des adjoints qui devançaient ses requêtes. Leurs investigations n'en étaient que plus efficaces.

Camille se tourna à nouveau vers Romans.

— Et la voiture ça donne quoi, ils ont trouvé quelque chose ?

— À première vue pas grand-chose, je viens juste de recevoir le rapport donc j'ai pas encore tout épluché. Des prélèvements ADN ont été effectués, on n'aura pas les résultats tout de suite. En plus, on risque surtout de trouver celui du propriétaire. D'ailleurs y aura pas besoin de prélèvement en ce qui le concerne, ce cher Goasguen est déjà présent dans le fichier national grâce à ses précédents exploits.

Tout en parlant, il continuait de feuilleter les quelques pages posées sur son bureau.

— Rien dans le coffre ni dans la boîte à gants, des mégots plein le cendrier. Là encore d'après ce qu'ont vu Bourdieu et Malika, c'est sans doute l'œuvre de Goasguen. Ah, attendez, dit-il en s'arrêtant sur la dernière page. Ça, ça peut être intéressant. Les techniciens ont retrouvé un ticket de péage coincé dans le siège. Il est daté d'hier, donc après le vol de la voiture.

— Quelle gare de péage ? demanda Camille.

Romans releva la tête vers sa supérieure.

— A14, péage de Chambourcy à 19 h 49.

Ils savaient tous ce que cela signifiait. Ce fut encore Camille qui résuma :

— C'est la sortie la plus proche du domicile des Laverne. Je crois pas aux coïncidences. Il faut qu'on creuse ça et qu'on reconstitue son emploi du temps. Lucas, demain matin tu appelles le service des autoroutes et tu retrouves à quel endroit il est rentré. Fais toutes les recherches que tu peux sur les caméras de surveillance, il y en a forcément où on l'aperçoit. Rien d'autre au sujet de la voiture ?

Romans se replongea dans les fiches et termina le rapport :

— Rien de significatif.

Camille regarda successivement l'ensemble de ses collaborateurs et ajouta pour conclure :

— Bon, on n'a pas grand-chose, mais on a de quoi démarrer. Remonter la piste de ce barbu est notre meilleure chance d'avancer alors on met tous nos efforts là-dessus pour l'instant. Rentrez vous reposer, on fera pas grand-chose de plus ce soir. Rendez-vous ici demain matin à 7 heures.

Elle attrapa sa veste en cuir et s'apprêtait à sortir du bureau. Romans l'interrompit avant qu'elle n'ait franchi la porte :

— T'as des nouvelles de Laverne ?

Camille se retourna dans l'entrebâillement et répondit :

— Ouais, j'ai appelé l'hosto tout à l'heure, il est sorti du bloc et c'est pas brillant. Il est cassé de partout, ils ont réussi à stabiliser les hémorragies, mais le pronostic est plus que réservé. Il est dans le coma et s'il passe la nuit, il aura déjà de la chance.

Et elle quitta les lieux sans plus de commentaires.

Chapitre 9

Ludivine avait peur, très peur. Elle avait froid aussi. Et elle avait mal. Il lui avait fait très mal. Depuis quand était-elle ici ? Longtemps c'était sûr, même si elle avait petit à petit perdu la notion du temps qui passe.

Elle se souvenait de tout, malheureusement, et l'absence de fenêtre et de lumière dans son petit réduit l'avait embrouillée rapidement. Dès son premier assoupissement, elle avait perdu le fil. Incapable de savoir si elle avait fermé les yeux quelques minutes ou plusieurs heures, elle n'avait plus réussi à situer le jour et la nuit. Pourtant, même sans ces repères, elle savait qu'elle était là depuis longtemps, plusieurs semaines sans doute. Elle se raccrochait à ses sensations et à son organisme pour garder un ancrage temporel. Son estomac lui rappelait régulièrement qu'il était l'heure de manger. Et au moins, sur ce point-là, ne la laissait-il pas dépérir. Il lui apportait des plateaux souvent trop garnis pour son petit appétit. Il n'y avait eu que quelques rares périodes où le temps entre deux repas lui avait semblé long. Elle avait parfois cru qu'il l'avait oubliée ici. Les jours passant, elle parvenait de moins en moins à toucher la nourriture qu'il lui apportait. Elle sentait ses forces l'abandonner petit à petit.

Hormis quand il lui amenait ses repas, il la laissait dans le noir complet dans cette petite cellule. Elle avait appris à profiter de ces rares moments de lumière pour se repérer et connaissait maintenant suffisamment son environnement pour s'y retrouver, même dans l'obscurité. Ce n'était pas chose compliquée du reste. À part un vieux matelas taché dans un coin, il n'y avait aucun mobilier. Il n'y avait que ces deux crochets au mur où il l'avait attachée à chaque fois. Elle savait de quel côté ils se trouvaient. Elle évitait de s'en approcher. Ils l'effrayaient. À chaque fois qu'elle avait entendu la porte s'ouvrir après la première fois, elle s'était recroquevillée sur sa couche, terrorisée à l'idée de savoir s'il allait recommencer ou s'il venait la nourrir. Et il avait recommencé, plusieurs fois. Brutalement et violemment, il lui avait volé son innocence. Alors petit à petit, tel un animal traqué, elle avait régressé et pris l'habitude de ne se fier qu'à ses sensations primaires. Et en ce moment, elle avait faim. Elle avait tâtonné jusqu'à la porte en bois en longeant les murs en pierre suintant d'humidité et avait collé son oreille contre le panneau. Pas un bruit, le silence total. Qu'allait-elle devenir s'il ne revenait pas ?

Elle n'avait jamais vu son visage, pas même au début. Elle se souvenait du premier jour. Elle jouait tranquillement dans le petit chemin derrière la maison. Elle avait pris son vélo et malgré les avertissements de sa mère, elle s'amusait à aller de plus en plus loin. Grisée par la sensation de braver l'interdit et par l'envie de découvrir de nouveaux horizons, elle s'était enfoncée dans le petit bosquet. D'abord juste à l'orée, puis de plus en plus profondément. Elle voulait aller jusqu'à ce gros chêne qu'elle apercevait depuis sa chambre. Après quatre allers-retours, elle avait pris son courage à deux mains et avait pédalé sans se retourner dans la pénombre du sous-bois, loin du champ de vision de quiconque. Elle avait découvert, émerveillée, le tronc qu'elle trouvait gigantesque. Elle avait laissé tomber sa bicyclette et s'était approchée pour en faire le tour. Elle ne l'avait pas atteint. Elle avait entendu un bruit derrière elle et, avant d'avoir pu se retourner, elle s'était retrouvée avec un linge lui couvrant la totalité du visage. Elle s'était débattue, mais une poigne puissante l'avait facilement immobilisée. Elle avait voulu hurler de toutes ses forces, mais une main aussi large que sa figure l'en avait empêchée. Plus elle ouvrait la bouche pour se faire entendre, plus le tissu l'obstruait, rendant de plus en plus difficile sa respiration. Alors pour ne pas étouffer, elle avait cessé de se débattre. Elle avait senti qu'on lui attachait les mains et les pieds et elle avait été soulevée comme un fétu de paille et emportée loin de chez elle. Elle était pétrifiée et ne comprenait pas ce qu'il lui arrivait. Elle avait ensuite entendu un claquement de portière et l'homme l'avait jetée dans ce qu'elle identifia comme un coffre de voiture. Elle était allongée sur un tapis inconfortable et entendait un moteur qui ronronnait. Le véhicule avait démarré et ils avaient roulé longtemps, très longtemps, jusqu'à ce qu'il la jette dans cette geôle qu'elle n'avait plus quittée depuis. Il l'avait libérée de ses liens et du tissu qui obstruait sa vue et elle avait alors tourné la tête vers lui pour voir son kidnappeur. Elle avait poussé un cri strident en le voyant. Il portait un masque effrayant, un mélange de clown à la Stephen King et du masque de Jason Voorhees. Et à chacune de ses visites il portait cet accoutrement.

Que faisaient ses parents, pourquoi ne venaient-ils pas la chercher ? Ludivine rampa sur le sol de terre jusqu'à la couche et s'y recroquevilla. Elle ferma les yeux, et épuisée tant par le manque de nourriture que par le stress permanent qu'elle subissait dans sa prison obscure, elle sombra dans un sommeil désormais peuplé de monstres, de violences bestiales et de douleurs atroces.

Chapitre 10

Camille était rentrée rapidement dans son petit appartement. Elle s'était juste arrêtée au *sushi-bar* en bas de chez elle pour acheter de quoi se nourrir et s'était installée dans son salon. Elle était épuisée et avait besoin de sommeil. Malgré tout, elle était partie du commissariat avec un épais dossier sous le bras qu'elle avait entrepris de feuilleter dans sa totalité tout en dînant. Ce dossier, elle le connaissait déjà presque par cœur. Pourtant, elle avait ressenti le besoin dans l'après-midi de s'y replonger.

Elle avait parcouru en détail le rapport médical établi lorsque la petite Héloïse était réapparue deux ans auparavant et avait à nouveau eu des haut-le-cœur en lisant les termes médicaux, d'une brutalité inouïe, qui décrivaient le calvaire qu'avait vécu la malheureuse. Elle avait relu rapidement les pages d'expertises psychologiques qui n'avaient pas permis de tirer la moindre information sur ce qu'avait pu voir la fillette. Puis elle avait cherché dans ses notes les comptes-rendus et les photos du manoir et de ses environs. C'étaient ces éléments-là qu'elle voulait voir en particulier. Lors de sa visite du matin, elle avait noté plusieurs changements qu'elle voulait clarifier.

Comme elle l'avait remarqué, les murs extérieurs et l'ensemble du parc avaient été truffés de caméras de surveillance qui n'existaient pas à l'époque. Elle passa rapidement sur les photos de la façade du manoir qui n'avait pas bougé et ressortit les quelques clichés du hangar à matériel de Thomas Laverne. Il y avait peu d'éléments à ce sujet, cette pièce avait été sommairement fouillée durant l'enquête. Elle ne présentait que peu d'intérêt et avait vite été mise de côté. L'intérieur était moins bien ordonné sur les clichés que ce qu'elle avait vu le jour même. Il n'y avait qu'une seule étagère et la remorque avec les jet-skis était absente. Ce devait être une passion plus récente. Le petit vestiaire attenant était, lui, déjà présent, avec sa douche grand confort et son sauna à côté duquel Camille avait annoté à l'époque « pas utilisé ? ».

Après la liasse de photos des lieux susceptibles de contenir à l'époque des éléments pouvant les aider dans les recherches de la petite, elle tomba sur une série d'épreuves bien plus étranges. Ces photos-là n'étaient pas en lien direct avec la disparition d'Héloïse, à première vue tout du moins, mais l'avaient fortement interpellée à l'époque. Suffisamment pour qu'elle les immortalise et les joigne au dossier. C'étaient les dessins de Justine. Ceux que madame Laverne avait fini par lui montrer quand elle l'avait interrogée à plusieurs reprises sur son comportement. Camille avait eu un pincement au cœur quand ses yeux s'étaient posés sur les croquis la première fois. La gamine n'avait pas 10 ans au moment où elle avait fait ces dessins et il s'en dégageait une tristesse et une noirceur particulièrement profondes. Elle y avait représenté plusieurs saynètes évoquant ce qui ressemblait à un petit personnage, toujours identique. Une sorte de poupée de chiffon sans visage, sa tête était systématiquement coloriée en noir et on ressentait à travers ce coloriage une colère profonde. Ce bonhomme simplifié se trouvait successivement dans plusieurs lieux sombres : ici une pièce fermée où il était recroquevillé dans un coin, là une forêt d'arbres épais où il slalomait entre les troncs pour échapper à une forme sombre et impersonnelle qui semblait le poursuivre. Cette figure éthérée était présente sur presque tous les dessins et sur certains elle semblait s'en prendre physiquement au petit personnage qui était alors barré de traits rouge vif, seule couleur que la petite avait utilisée, en divers endroits du corps.

Vaincue par la fatigue d'un week-end avec trop peu de sommeil, Camille avait fini par se glisser dans son lit et avait sombré dans un sommeil agité, l'esprit encore habité des étranges images qu'elle venait de consulter. Néanmoins, quand son réveil sonna tôt le lendemain matin, elle se sentait à nouveau d'attaque pour poursuivre cette nouvelle enquête. Il valait mieux, car elle était certaine qu'ils allaient subir une pression importante. Compte tenu de l'identité de la victime, cela allait faire du bruit et ils seraient sommés d'obtenir des résultats rapides. Ce qui avait le don d'énerver Camille, comme s'ils prenaient plaisir à faire traîner les autres affaires. Ils en avaient tellement en cours que la rapidité était bien sûr un de leurs principaux objectifs.

Elle était encore la première arrivée quand elle poussa la porte du bureau ce matin-là. Elle n'eut pas à attendre très longtemps. Si elle était légèrement en avance, ses adjoints n'avaient pas pour habitude d'être en retard et à 7 heures passées de quelques minutes, ils étaient tous en place, attendant les instructions. Malika lui avait apporté un grand café américain pris au Starbucks en bas de la rue. Elle savait que sa patronne en raffolait, au grand dam de Bourdieu qui considérait ce breuvage comme de la pisse d'âne et qui ne jurait que par les bons vieux expressos coulés d'un percolateur parisien, à l'ancienne. Camille remercia son adjointe d'un sourire qu'elle appuya d'un clin d'œil en direction du vieil officier qui grogna en la voyant porter le gobelet à ses lèvres. Puis elle se tourna vers le tableau sur lequel elle avait réorganisé les quelques éléments actuellement en leur possession, en y laissant des espaces vides qu'elle comptait bien combler dès aujourd'hui.

— Bon, on a du pain sur la planche ce matin, il va falloir qu'on avance sérieusement. J'ai encore eu un appel du commissaire, vous vous doutez bien qu'on attend de nous des réponses rapides sur ce coup-là. Pour l'instant, tout ce qui a fuité c'est que Thomas Laverne a eu un accident de parachutisme hier matin. Un journaliste est parvenu à rentrer en contact avec l'hôpital hier soir. Heureusement, le service juridique a réussi à faire en sorte que rien ne soit divulgué ni concernant son état, ni sur le fait que ça n'a rien d'un accident. Donc on ne va pas avoir tout de suite les caméras à la sortie du commissariat scrutant tous nos faits et gestes. Ça ne va pas durer… On ne devrait avoir qu'un jour ou deux de tranquillité, après, d'une manière ou d'une autre, les informations paraîtront dans la presse. La hiérarchie souhaite donc prendre les devants et veut organiser une conférence de presse.

Cette dernière annonce révéla quelques murmures de réprobation parmi son assistance. Dès que la presse s'en mêlait, ils marchaient sur des œufs. Non seulement cela leur bouffait un temps précieux qu'ils passaient à préparer des discours ou des présentations au lieu d'enquêter, mais en plus ils se trouvaient sans cesse épiés et éprouvaient les pires difficultés à travailler en toute discrétion. Camille ne comptait plus les interpellations manquées parce qu'un journaliste avait pourri leur planque en débarquant la fleur au fusil ou les perquisitions gâchées parce que le suspect avait au préalable reçu des coups de téléphone que la presse croyait anodins. Elle avait même une fois dû faire jouer son autorité pour faire expulser un pigiste à la recherche d'un bon papier qui avait carrément essayé de pénétrer chez elle en se faisant passer pour un plombier.

Elle coupa court aux grognements qui montaient dans le bureau :

— Je sais, moi non plus ça ne m'enchante pas, mais ça fait partie du job. Vous vous doutiez bien qu'avec une victime comme Laverne, ça ne resterait pas entre nos murs. J'ai quand même obtenu que la conférence ne soit programmée que demain matin. D'ici là, ça nous laisse la journée pour affiner nos hypothèses. On verra ce soir si on peut se servir de la presse pour faire venir à nous des informations complémentaires.

Elle se tourna vers Bourdieu et Malika en leur montrant une photo de la Clio punaisée sur le panneau.

— Le premier axe de recherche concerne la Renault. Vous deux, vous continuez à creuser cette piste. Remontez l'historique des péages et récupérez toutes les vidéos de surveillance que vous pourrez, il faut qu'on réussisse à reconstituer son trajet depuis le vol dans la nuit de vendredi à samedi. Autre chose, on devrait pas tarder à avoir la commission pour saisir les films du bar et fouiller un peu plus en détail sur les activités qui s'y déroulent. Dès qu'on l'a reçue, vous filez là-bas pour lui tomber dessus avant qu'il n'ait fait le ménage.

Les deux adjoints acquiescèrent sans plus de commentaires, ils avaient commencé à bosser sur la voiture, il était évident qu'ils devaient continuer à creuser. Puis Camille se décala devant le tableau et s'arrêta devant la lettre de menace qu'avait reçue la victime quelque temps avant l'accident.

— Lucas et moi, on retourne au manoir. On va voir ce que l'avocat a à nous dire et ce qu'il nous laisse voir du bureau. Là-dessus, ça risque de coincer un peu. Il est fort probable qu'il y ait quelques histoires pas très catholiques dans les affaires de Laverne. On ne fait pas d'omelette sans casser des œufs et on n'arrive pas là où il en est sans faire quelques dommages collatéraux. Je doute fort que son avocat nous laisse les coudées franches pour fouiller de ce côté. Il va falloir ouvrir les yeux, Lucas.

Romans approuva en silence et prit une copie de la lettre de menace qu'il plia et mit dans la poche de sa veste. Camille avait continué à parcourir les éléments affichés sur leur tableau et était parvenue à la dernière partie où s'étalaient des photos du parachute saboté et du hangar de rangement.

— Cet après-midi, on se repenchera sur le mode opératoire. D'ici là, les techniciens auront analysé le matériel saisi hier soir. Ça nous aidera peut-être.

Elle se retourna vers son équipe et pour la forme leur demanda :

— Vous avez des questions ?

Personne ne répondit, ils connaissaient leur boulot. Ils se levèrent tous pour aller mener leurs investigations et au passage de la porte, Malika ajouta tout de même :

— Il a passé la nuit ?

— Oui, état stable. Toujours dans le coma et dans un sale état. Rien de pire qu'hier soir.

Et ils se séparèrent en sortant du parking.

Camille et Romans filèrent directement chez les Laverne. Ils étaient en avance, le rendez-vous avec l'avocat n'était fixé qu'à 10 heures. En chemin, Lucas lui demanda :

— Qu'est-ce que tu as en tête, le rendez-vous n'est que dans deux heures et on sera là-bas dans même pas une demi-heure ?

— Je voudrais qu'on refasse un tour du propriétaire et des environs et qu'on évalue le système de surveillance de la propriété. Je pense pas que ce soit un hasard qu'il y ait eu une alerte intrusion samedi soir. La coïncidence paraît trop grosse.

— Tout dépend de la sensibilité de leur matériel, répondit Romans avec une moue dubitative. J'ai déjà vu des propriétés où le système s'affolait à la moindre feuille morte.

— D'après madame Laverne, cela arrive de temps en temps, sans être très fréquent. Que cela arrive pile le jour où le parachute a été saboté est un peu surprenant, non ?

— Certes, c'est un point à vérifier je te l'accorde, mais pour l'instant nous n'avons aucune certitude sur le fait que le matériel ait été saboté ici. Et elle t'a bien dit qu'il n'y avait rien sur les enregistrements vidéo ?

— Oui, c'est exact, apparemment, il n'y a rien.

C'était une des choses qu'elle appréciait dans le travail avec Romans. Il apportait toujours la juste contradiction et les contre-arguments à toutes ses hypothèses, même les plus farfelues. Son intuition lui disait pourtant qu'il y avait quelque chose d'anormal dans cette intrusion nocturne.

Lorsqu'ils arrivèrent aux environs du manoir, ils commencèrent par en faire le tour en roulant doucement. Le parc était ceint d'un haut mur en pierre de près de deux mètres de haut. On pouvait le longer sur trois des côtés. Celui de l'entrée principale était bordé par la petite route parfaitement goudronnée tandis que les deux latéraux suivaient des chemins vicinaux qui finissaient en cul-de-sac. Le dernier, l'arrière du parc, donnait sur un bosquet dense de chênes et de noisetiers. Camille se gara au bout du chemin praticable et descendit du véhicule.

— Viens, on va aller inspecter un peu ce côté-là.

Romans jeta un œil sur la caméra tournée dans leur direction au coin du mur.

— Tu n'as pas peur qu'on déclenche les alarmes ou qu'on nous prenne pour des intrus ?

— T'inquiète pas, j'ai prévenu madame Laverne que nous ferions une reconnaissance des environs ce matin. Elle ne sera pas surprise de nous voir dans l'objectif de ses joujoux.

Avant de s'enfoncer dans le sous-bois, Camille se pencha dans la voiture et sortit de sa sacoche une carte IGN flambant neuve des environs qu'elle déplia sur le capot du véhicule. Elle identifia rapidement l'emplacement du manoir et les murs d'enceinte qu'ils avaient sous les yeux.

— Bon, on est arrivés par le nord, dit-elle en pointant du doigt la route jaune qui arrivait de l'autoroute. Ensuite on a longé le côté est pour venir jusqu'au coin où on se trouve actuellement.

Romans s'était penché sur la carte et voyait maintenant où voulait en venir sa patronne.

— OK, le hangar à matériel est à peine à cent mètres du mur sud, le plus court chemin pour quelqu'un qui souhaiterait y pénétrer est donc de passer par le bois. Par contre, si l'éventuel intrus est venu jusqu'ici par la route et les chemins, il devrait forcément apparaître sur une des caméras. Il ne peut pas avoir suivi un des côtés sans avoir été repéré. Donc...

— Donc il n'est pas passé par là, le coupa Camille, il est forcément arrivé par le bois.

— Rien d'insurmontable, reprit Romans. Depuis la route la plus proche, là, dit-il en montrant un chemin communal de l'autre côté du bosquet, il n'y a pas plus de huit cents mètres et c'est un sous-bois tout à fait praticable.

— Allons jeter un coup d'œil.

Et Camille replia la carte qu'elle fourra dans la poche intérieure de sa veste en s'engageant sur le petit sentier qui longeait le mur en lisière du sous-bois, Romans sur ses talons. Ils parcoururent ainsi les quelques centaines de mètres du côté sud de la propriété. Ils marchaient lentement et regardaient attentivement le haut du mur, cherchant à repérer une trace, même infime, qui indiquerait une tentative d'intrusion. Arrivés au coin suivant, Romans se retourna vers sa patronne.

— Je vois pas comment quelqu'un aurait pu passer ce mur sans laisser la moindre trace et sans se faire repérer. J'ai noté une caméra tous les trente mètres et leurs champs se recoupent. Je sais que t'es convaincue du contraire, mais franchement, si un intrus est passé par là, c'est Gérard Majax en personne. D'accord, compte tenu de la position des caméras, je pense qu'il est possible de venir quasiment jusqu'au pied du mur sans être vu, et après ? Pour passer par-dessus, il faut au moins une échelle, les arbres les plus proches sont trop loin pour être utilisés comme passerelle, et une fois au sommet, il n'y a pas d'angle mort.

Camille ne répondit pas, elle restait songeuse en fixant le haut du mur d'enceinte. Son adjoint avait parfaitement raison, elle était arrivée aux mêmes conclusions que lui au fur et à mesure de leur promenade.

Lucas continua :

— Tu as dit que l'alarme s'était déclenchée à quel niveau déjà ?

— Je ne l'ai pas dit. C'est le signal d'intrusion du hangar qui a été activé samedi soir, rien au niveau des détecteurs placés sur les murs d'enceinte.

Romans la regarda sans chercher à masquer sa surprise.

— Je te suis plus Camille. Pourquoi es-tu alors si persuadée qu'il y a eu intrusion ? Franchement, cet endroit est devenu un véritable bunker. C'est impossible que quelqu'un soit arrivé jusqu'au bâtiment sans rien déclencher avant. Et même là-bas, il devrait apparaître sur les caméras filmant l'intérieur du local. En plus, tu as constaté toi-même qu'il n'y avait aucune trace d'effraction.

Camille ne répondit pas, les arguments de Romans étaient bien sûr tout à fait recevables et tout ce qu'il y a de plus logiques. Au fond d'elle-même, elle avait toujours ce sentiment diffus que quelque chose clochait dans ce manoir et son système de surveillance.

— Viens retournons à la voiture, se contenta-t-elle de dire. Cela va être l'heure de notre rendez-vous.

Sur le chemin du retour, elle marcha légèrement plus rapidement et continua à observer attentivement les environs. Cette fois, son regard était braqué vers le sous-bois plutôt que sur le mur d'enceinte. Pour pénétrer dans cette forêt, certes praticable, il fallait tout de même progresser à travers d'épais et denses parterres de fougères et slalomer entre des troncs vermoulus jetés au sol par quelques tempêtes hivernales. À mi-chemin, Camille s'arrêta net. N'entendant plus le bruit des pas faisant craquer les branchages derrière lui, Romans se retourna pour voir ce qui avait attiré son attention.

Sa patronne s'était avancée vers la lisière. D'une main elle écarta quelques branches cassées jetées là de manière peu spontanée et découvrit ainsi une trouée qui n'avait rien de naturel. Les branches basses étaient cassées et les plantes au sol avaient été écrasées sur quelques mètres carrés. Les piétinements continuaient vers le sud et le chemin ainsi formé s'enfonçait dans le sous-bois. Lucas suivit sa supérieure qui s'était engagée sous les branches basses avec précaution. Elle regarda le sol attentivement avant de déclarer :

— Regarde, là sur le côté, il y a des empreintes partielles. Quelqu'un est venu par ici il y a très peu de temps. Il ne faut pas plus de quelques jours à ce type de fougère pour se redresser. Les traces s'avancent jusqu'à l'extrême limite du chemin et il n'y a rien sur le chemin à découvert plus près du mur.

Lucas continua les constatations :

— Celui qui est venu jusqu'ici s'est bien gardé de rentrer dans le champ des caméras. Il s'est apparemment avancé au plus près sans sortir de l'abri que lui procurait la forêt. C'est étrange, un promeneur lambda n'aurait pas pris cette peine.

— Donc celui qui a laissé ces marques savait très bien qu'il pouvait être vu et n'est certainement pas arrivé jusqu'ici par hasard.

— Cette fois, je suis d'accord. La grande question, c'est pourquoi ? Quel est l'intérêt de traverser tout le bois jusqu'au mur sans pouvoir s'approcher plus. Il n'y a rien à voir ici.

Camille ne répondit pas, c'était très exactement ce qui la perturbait. Elle s'avança encore plus profondément dans le sous-bois et remarqua que les piétinements se faisaient plus nombreux au pied d'un grand tronc qui s'élevait sous leurs yeux. Elle s'en approcha et entreprit d'en faire le tour en l'auscultant de plus près. Elle nota une branche encore verte qui gisait au pied de l'arbre, et sur le moignon toujours accroché à l'arbre, elle saisit délicatement d'une main qu'elle venait de ganter un petit bout de tissu qu'elle mit aussitôt dans une poche en plastique hermétique.

— OK, dit Romans en l'observant, le type est monté dans cet arbre. La branche paraissait solide, ça devait être un bon gabarit pour la faire céder, quatre-vingts, quatre-vingt-dix kilos minimum. On commence à y voir plus clair, s'il n'est pas venu ici pour tenter de franchir le mur, il cherchait peut-être juste un point de vue pour voir ce qu'il se passait à l'intérieur du parc. Il peut très bien s'agir d'un simple paparazzi Camille. Laverne a pas mal fait les choux gras de la presse people ces derniers temps. Je serais pas étonné que certains aient envoyé leurs limiers pour essayer de voler quelques clichés.

— Un paparazzi n'aurait pas pris autant de précautions et n'aurait peut-être même pas remarqué le dispositif de surveillance Lucas. Celui qui est venu ici n'était pas un amateur. Monte donc voir un peu si la vue est belle depuis là-haut.

— Tu plaisantes ?

— Pas du tout, je veux savoir ce que l'on aperçoit depuis ces branches, lui répondit-elle sèchement.

Romans n'était pas enchanté, mais il savait qu'il était vain, voire dangereux de continuer à négocier. Il s'avança vers le large tronc et entreprit de l'escalader en s'appuyant sur les branches à portée de main, heureusement faciles d'accès. Il haleta en se hissant de plus en plus haut.

— Tu fais chier Camille, j'ai pas fait de sport depuis le cross du collège en troisième, si je me brise le cou en tombant à tes pieds, t'auras ça sur la conscience.

Camille sourit en le regardant progresser.

— Dis pas n'importe quoi, un enfant de 5 ans arriverait à monter dans cet arbre. Dirige-toi un peu vers la gauche, là, vers cette grosse branche qui s'élève vers le mur.

Romans s'exécuta et s'arrêta lorsqu'il parvint à se tenir en équilibre sur une sorte de grande fourche qui lui permettait de presque s'asseoir, le dos bien calé contre le tronc. Il était maintenant près de trois mètres plus haut que le mur d'enceinte.

— Bien, qu'est-ce que tu vois ?

— T'as raison, la vue est imprenable. J'aperçois parfaitement l'entrée du hangar et les fenêtres du local attenant.

— OK, c'est bien ce que je pensais, prends quelques photos avec ton téléphone pendant que t'es là-haut. Et dis-moi, est-ce que tu es dans le champ des caméras ?

Romans sortit son *smartphone* et prit différents clichés pour avoir une vue panoramique du parc tel qu'il apparaissait depuis son poste. Puis, il se pencha un peu en avant pour sortir la tête des branchages et visualiser le dispositif de surveillance.

— Hum, je serais pas catégorique, faudra vérifier depuis l'intérieur. Je suis prêt à parier qu'il faudrait faire encore au moins deux mètres vers le mur pour être capturé par l'objectif de la première. La deuxième, à gauche, c'est sûr que non, son angle est trop incliné vers le bas.

Romans prit quelques photos supplémentaires, inspecta rapidement les branchages autour de lui sans rien y détecter et entreprit de redescendre. Quand il posa lourdement les pieds au sol, il s'adressa à sa patronne qui fouinait dans les environs :

— Alors, t'en penses quoi ?

— J'en pense que quelqu'un s'est servi de cet emplacement récemment pour surveiller les allées et venues à l'intérieur du parc. Avec une telle vue sur le hangar, je dirais que ça pourrait tout à fait avoir un rapport avec notre affaire. Et compte tenu de nos observations, celui qui est monté là-haut avant toi connaissait les lieux et le système de surveillance. Il a trouvé l'emplacement idéal qui lui permettait d'observer sans être repéré.

— Ouais, c'est probable, mais ça ne rend pas plus plausible l'hypothèse d'une violation de l'espace privé des Laverne. Quel intérêt de venir mater ici si de toute façon tu ne peux pas pénétrer à l'intérieur ?

— Ça, j'en sais rien, répondit Camille songeuse, le regard fixé sur le chemin de fortune qui s'enfonçait dans le bois. On reprendra ce point plus tard, allons voir l'avocat.

Ils rejoignirent rapidement leur véhicule et à 10 heures précises, ils sonnaient au visiophone de l'entrée principale du parc. La lourde grille s'écarta quasi instantanément sans que personne leur réponde et ils s'avancèrent jusqu'au manoir. Ils gravirent rapidement les marches et avant qu'ils n'en aient atteint la dernière, la porte s'ouvrit sur la propriétaire.

— Bonjour madame Laverne, entama Camille chaleureusement. Comment vous sentez-vous ce matin ?

— Très bien merci, répondit-elle toujours aussi froidement. Si vous voulez bien me suivre, Me Fiorenos est déjà là, il vous attend dans le bureau de mon mari.

Et sans tergiversations, elle tourna les talons et les précéda à l'intérieur de l'imposante bâtisse. Camille et son adjoint se jetèrent un coup d'œil rapide dans le dos de la maîtresse des lieux. Ils avaient échangé en chemin sur la froideur et la distance dont elle avait fait preuve la veille à l'annonce de l'accident. Elle ne ressentait de toute évidence pas plus d'émotions après une nuit de sommeil censée être pleine de doutes sur la santé de son époux. En entrant, ils avaient pris à l'opposé de la cuisine où l'enquêtrice avait été reçue la veille et ils s'étaient engagés dans un long couloir longeant les grandes fenêtres. Camille profita de cette courte marche pour poser quelques questions :

— Comment va votre mari, madame Laverne ? Avez-vous eu des nouvelles ce matin ?

— Vous le savez très bien, répondit-elle sèchement sans se retourner. Je ne doute pas que vous avez vous-même pris ce genre d'informations auprès de l'hôpital.

— Oui, évidemment, continua Camille, gênée par cette attitude. Je tenais justement à m'assurer que les médecins ne vous avaient rien caché, mentit-elle en complément.

— Je ne pense pas qu'ils aient pris ce risque, non.

Et après un léger blanc, Claire se décida à développer un peu en soupirant :

— Ils m'ont dit que Thomas était toujours dans le coma. Les opérations qu'il a subies hier se sont bien passées, dans la mesure du possible tout du moins, car il semble qu'ils se soient contentés pour l'instant de limiter les atteintes aux fonctions vitales. De nombreuses fractures restent encore à réduire. Il est toutefois trop faible pour subir d'autres anesthésies à court terme. Ils devront s'occuper de ça ultérieurement. Ils ne se prononcent pas sur l'issue, comme d'habitude. Ils m'ont juste dit que chaque heure qui passe est un pas de plus vers une potentielle guérison, 1 % de plus sur leur échelle d'optimisme.

— Effectivement… les médecins ne peuvent pas s'avancer pour l'instant. Son état est trop critique et vous ne pouvez malheureusement pas faire grand-chose de plus qu'attendre, madame Laverne.

— J'ai l'habitude avec lui, l'attente fait partie de mon quotidien depuis des années.

Camille ne releva pas la remarque ironique et posa l'autre question qui lui brûlait les lèvres :

— Avez-vous annoncé la nouvelle à vos filles ?

— Non, pas encore, elles n'ont pas besoin de ça. Je préfère ne pas les perturber avec cette histoire.

Cette fois, Camille s'était arrêtée. Madame Laverne se retourna pour voir pourquoi les deux policiers ne la suivaient plus. L'enquêtrice principale la fixait, le regard plus dur qu'à l'accoutumée quand elle s'adressa à elle :

— Ne pensez-vous pas qu'elles sont en droit et en âge de connaître la vérité ? Comment réagiront-elles à votre avis si votre mari meurt et qu'elles s'aperçoivent que vous ne leur avez pas donné l'occasion de lui dire au revoir ?

Claire Laverne fit demi-tour et franchit les quelques mètres qui la séparaient de ses invités. Elle se planta devant Camille et lui répondit avec une froideur empreinte d'une telle colère que ses lèvres en tremblaient presque :

— Écoutez, lieutenant Lambert, je vous remercie de vous inquiéter de la santé psychologique de mes filles, mais je vous saurais gré de vous mêler de ce qui vous regarde et de les laisser en dehors de tout ça. Il ne vous appartient pas de savoir ce qui est bon pour elles et de quelle façon je dois les élever. Je pense être la plus à même de gérer leur éducation, car voyez-vous, c'est moi qui les vois grandir, moi qui calme toutes leurs nuits remplies de cauchemars, moi qui m'évertue depuis plusieurs années à faire en sorte que leurs vies soient aussi douces que possible malgré les événements qu'elles ont dû subir. Alors vous savez quoi, lieutenant, plutôt que de me donner des conseils sur leur éducation, si vous souhaitez vraiment leur rendre service, trouvez donc le monstre qui les a plongées dans cet état.

Claire Laverne avait les poings serrés, ses jointures blanchissaient sous l'effet de la colère qui l'habitait et qu'elle avait laissé entrevoir. Elle cachait habituellement ce traumatisme familial derrière un masque de mère de famille modèle qu'il ne fallait surtout pas laisser se fissurer. Elle devait faire bonne figure en permanence et ne s'autorisait pas à laisser libre cours à la rancœur qu'elle ressentait à l'endroit de la police. L'agresseur de sa fille était toujours dans la nature et elle considérait cela comme le pire des échecs et comme le point noir qui les empêchait de tourner la page. Pas de deuil sans punition, pas de reconstruction sans coupable identifié. La remarque de la policière avait fait subitement remonter à la surface tous ses ressentiments et elle n'avait pas pu contenir sa réaction impulsive.

Camille n'était pas du genre à se laisser marcher dessus et ne goûtait que très peu les attaques et les agressions verbales. Elle était piquée au vif par les reproches qui lui étaient faits ouvertement. Bien sûr, c'était monnaie courante dans ce métier. Aucune famille n'était satisfaite des enquêteurs. Les avancées étaient toujours trop lentes à leurs yeux et ils ne se privaient souvent pas de s'en prendre à la police, faute de pouvoir déverser leur haine et leur soif de vengeance sur les véritables coupables. Néanmoins, les époux Laverne, s'ils avaient été pressants durant l'enquête sur la disparition d'Héloïse et après sa réapparition, n'avaient jamais dépassé les limites. Ils ne s'étaient en tout cas pas montrés agressifs et Camille ne s'attendait pas à une telle attaque. La surprise aidant, elle s'apprêtait naturellement à riposter. Elle fit un pas en avant et au moment où elle allait lui asséner sans filtre le fond de sa pensée, elle sentit une main se poser sur son bras. Surprise, elle baissa les yeux et vit la main de son adjoint qui la retenait. Elle se tourna vers lui, Lucas Romans la fixait calmement et se contenta de lui faire un léger signe de la tête. Un mouvement négatif quasi imperceptible qui lui déconseillait de réagir comme elle s'apprêtait à le faire. Il n'y avait pas d'agressivité chez Lucas, ni dans son regard, ni dans sa poigne suffisamment appuyée toutefois pour faire passer son message.

Camille le comprit aussitôt et reprit le contrôle de ses émotions. La réaction de madame Laverne était légitime. Il ne lui appartenait pas de juger ses méthodes d'éducation. L'enquêtrice n'aimait pas le ton qu'elle avait employé, mais ce n'était ni le lieu ni le moment pour rentrer en conflit avec la famille de la victime sur laquelle ils enquêtaient. Calmée par le geste fort posé par Lucas, Camille se contenta de répondre laconiquement, sans s'excuser pour autant :

— Soit, ce sont vos enfants, c'est à vous de décider.

Claire Laverne se radoucit en entendant sa réponse. Elle avait bien sûr noté le court échange entre les deux policiers et avait clairement compris que le lieutenant n'était pas du tout convaincue du bien-fondé de sa réponse... Elle savait aussi qu'elle s'était laissé emporter et elle était d'une certaine façon reconnaissante que Camille ne surenchérisse pas. Sans attendre, pour ne pas ajouter un silence gênant à cette situation somme toute assez inconfortable, elle tourna les talons et revint rapidement au sujet qui les intéressait ce matin :

— Continuons, Me Fiorenos nous attend dans le bureau de Thomas.

Et elle reprit sa marche en avant, suivie par ses deux invités qui l'accompagnaient silencieusement.

Ils parcoururent les derniers mètres du long couloir jusqu'à une porte sur la gauche. Ils pénétrèrent dans un bureau de facture très classique qui dénotait avec l'image de modernité que Thomas Laverne cherchait à véhiculer, tant au niveau de sa vie privée que pour ses diverses entreprises. Le tout récemment construit siège parisien de la holding familiale se voulait un modèle du genre. Écoconception, domotique dernier cri, mobilier design et épuré et hyperconnexion en faisaient un exemple déjà cité dans plusieurs magazines d'architecture. Camille avait entendu parler de la modernité du bâtiment. Tout l'inverse de ce qu'ils avaient sous les yeux. Dans le fond de la pièce, un grand bureau massif en acajou occupait un large espace devant les hautes fenêtres encadrées par d'épais rideaux de velours pourpre.

Les murs latéraux étaient couverts par d'imposantes bibliothèques chargées de livres ouvragés et reliés de cuir terni par les années. Seules touches de xxie siècle dans cette pièce, le fauteuil en cuir noir dernier cri qui jurait ostensiblement avec le mobilier et l'iMac et son écran grandes dimensions qui trônait sur le grand sous-main en cuir vert. Bref, c'était un bureau d'une autre époque qu'ils avaient sous les yeux.

L'endroit avait bien sûr été fouillé l'année précédente pas ses collègues. Camille, elle, y pénétrait pour la première fois. Madame Laverne nota qu'elle détaillait scrupuleusement chaque recoin de la pièce et malgré le visage quasi impassible du lieutenant, elle perçut sa surprise devant la nature des lieux.

— Cet endroit était auparavant le bureau du père de Thomas. À part quelques éléments indispensables, mon mari n'a jamais pu se résoudre à en modifier la décoration ou le mobilier.

Une telle révélation n'était pas sans éveiller plus encore la surprise chez Camille. Le sentimentalisme n'était pas une notion qu'elle avait perçue comme fondamentale chez Thomas Laverne. Elle ne l'avait que peu entendu parler de son père et rarement en des termes élogieux. Elle avait plutôt la sensation qu'il le considérait comme un has been. Il était même convaincu que s'il n'avait pas repris les rênes, l'entreprise familiale aurait inévitablement périclité jusqu'à disparaître. C'était un anachronisme pour le moins surprenant dans la vie de l'industriel. Son étonnement initial passé, Camille termina son tour d'horizon des lieux en reportant son attention sur les deux imposants fauteuils à destination des invités, situés face au bureau, desquels s'était extirpé un homme en costume qu'elle avait volontairement ignoré jusqu'à maintenant.

Il se dirigea vers eux d'un pas qui se voulait nonchalant et qui témoignait d'un manque d'assurance certain. Cette impression était contrebalancée par le regard acéré qu'il dardait sur ses interlocuteurs. Arrivé face à eux, il tendit une main vers Camille en la saluant :

— Bonjour lieutenant Lambert, ravi de faire votre connaissance. Me Fiorenos, l'avocat principal de monsieur Laverne. J'ai bien sûr été prévenu du terrible accident survenu hier et de votre requête pour accéder à ce bureau. Je ferai tout ce qui est en mon pouvoir pour que la lumière soit faite sur ce tragique événement. Sans bien sûr que cela ne nuise aux intérêts de mon client et de sa société.

Camille saisit la main tendue au creux de laquelle elle ne rencontra qu'une moite et très faible résistance. Le genre de poignée de main mollassonne qui vous donne envie de ne surtout rien confier à son propriétaire. L'enquêtrice fit néanmoins durer le contact, le temps pour elle d'étudier plus en détail son interlocuteur. Fiorenos était grand. Elle lui rendait une bonne quinzaine de centimètres, ce qui devait le conduire tout proche du mètre quatre-vingt-dix. Vêtu d'un costume gris mal taillé enfilé sur une chemise trop large, il donnait l'impression d'un commis d'office sans envergure abonné aux affaires sordides. Pourtant, il officiait dans un des plus grands cabinets d'affaires de la capitale dont il était même un des principaux actionnaires. Camille s'était renseignée à son sujet avant de venir. Sa réputation était bien établie sur la place parisienne et il passait pour quelqu'un d'extrêmement compétent et surtout, il possédait un immense réseau qui lui permettait de conclure des arrangements avant de devoir passer devant les tribunaux. C'était un négociateur aguerri qui ne reculait devant rien et qui n'avait aucun état d'âme quand il s'agissait de faire prospérer ses clients. Même si cela devait mettre à la porte ou au chômage des dizaines de victimes collatérales de leurs accords commerciaux. Son visage ne reflétait aucune émotion. À 45 ans, il en paraissait quinze de plus et son crâne déplumé n'était pas pour rien dans son apparence déplorable. Autant il était nettement plus grand que Camille, autant sur une balance, elle doutait qu'il affichât un résultat supérieur à son propre poids. Le bras qui sortait des manches trop courtes de sa chemise était tellement décharné que ses os saillaient de manière presque choquante. Son visage reflétait également cette extrême maigreur. Ses traits émaciés lui donnaient un air maladif que son teint blafard renforçait. Camille devait se rendre à l'évidence, cet homme était d'une laideur telle qu'elle avait du mal à soutenir son regard. Était-il malade ou était-ce son aspect naturel ? se surprit-elle à se demander. Ce n'était pourtant pas son physique qui suscitait le plus profond malaise chez Camille. Elle avait l'habitude de croiser au quotidien ceux qu'elle appelait les égarés de cette société. Ceux qui par leurs différences ne rentraient dans aucun moule et devenaient des cibles idéales pour les chantres de la pensée formatée qui claironnaient que la normalité est dans l'uniformité. Non, ce n'était pas ça qui dérangeait Camille. Ce qui la gênait, c'était ce qu'elle percevait au fond des yeux sombres de cet avocat qui la fixait étrangement. Elle y voyait plus qu'une dureté d'homme d'affaires habitué à jongler avec les vies comme avec les millions. Elle y devinait une cruauté, un plaisir à jouer les fossoyeurs qu'elle aurait du mal à occulter pendant leurs discussions.

Elle lui répondit pourtant poliment, l'heure n'était pas encore à l'affrontement :

— Bonjour maître, merci d'avoir accepté de nous rencontrer au pied levé dès ce matin malgré un emploi du temps que j'imagine très chargé.

— En effet, j'ai dû déplacer quelques rendez-vous à la dernière minute. C'est le moins que je puisse faire pour monsieur Laverne. Nous travaillons ensemble depuis des années et je n'hésiterais pas à dire que c'est même devenu un ami. Au-delà de l'impact que cette tragédie pourrait avoir sur la bonne marche de ses sociétés sur laquelle les membres du directoire m'ont chargé de veiller dès hier soir, je souhaite très sincèrement que toute la lumière soit faite sur cet incident et que les responsabilités soient clairement établies.

Camille ne s'attarda pas sur ces déclarations pompeuses. Qu'elles soient sincères ou non ne changeait rien à son enquête, aussi rentra-t-elle directement dans le vif du sujet.

— Votre client avait-il reçu des menaces récemment ?

Fiorenos ne s'attendait pas à une réaction empreinte de compassion de la part des fonctionnaires de police. Il ne fut donc pas surpris par la question directe de son interlocutrice sans autre forme de commentaires.

— Eh bien, il y a ce courrier datant de quelques semaines. Vous êtes déjà informés de cette affaire malheureusement toujours au point mort.

Le reproche était à peine voilé, Camille l'évacua sans ménagement.

— Oui, nous avons repris ce dossier, nous avons décidé de centraliser tous les éléments ayant trait à la sécurité de monsieur Laverne. Vous parlez poliment d'accident depuis tout à l'heure. Vous savez déjà que ce n'est pas notre hypothèse principale. Tout nous porte à croire que son équipement a été volontairement mis hors d'usage. Comment a-t-il réagi lorsqu'il a reçu cette lettre ?

— Pour être tout à fait honnête avec vous, il ne l'a pas vraiment prise au sérieux. Il m'a juste demandé de déposer une plainte en bonne et due forme. Il tenait à savoir qui se permettait ce genre de plaisanterie et il est passé à autre chose.

— Comment expliquez-vous qu'il n'y ait pas prêté plus d'attention ? l'interrompit Camille.

— Je ne sais pas si vous connaissez le monde des affaires lieutenant... Disons que tout n'est pas toujours rose. Il peut arriver régulièrement que certaines personnes subissent quelques désagréments lorsqu'un accord est signé. Il ne peut y avoir que des vainqueurs. Et parfois le ton monte un peu trop haut et des paroles relativement virulentes peuvent être échangées.

— Vous voulez dire que monsieur Laverne avait déjà été menacé auparavant ?

— D'une certaine manière, oui. Mais ce genre de propos assénés impulsivement sous le coup de la colère est totalement différent. C'est monnaie courante et tout est oublié dès que la porte de la salle de réunion est franchie.

— C'était le cas lors du dernier comité d'entreprise de l'entreprise savoyarde il y a deux mois n'est-ce pas ?

— En effet, cette réunion a été particulièrement houleuse.

— Que s'est-il passé exactement ?

— Je ne peux entrer dans les détails techniques, je peux juste vous dire que monsieur Lagravière, l'ancien propriétaire qui avait revendu à la holding, tout en continuant à siéger au conseil d'administration, a eu beaucoup de mal à digérer l'annonce de la fermeture.

— On peut le comprendre, non ? Ne lui avait-on pas promis que l'activité serait maintenue ?

— Oui, sans connaître des éléments qu'il nous avait volontairement cachés sur les finances de sa société ! En l'état, ce n'était plus viable, même avec la meilleure volonté du monde, nous n'aurions pas pu maintenir le navire à flot sans faire prendre de sérieux risques à l'ensemble du groupe.

— Il a donc ouvertement menacé monsieur Laverne en pleine réunion ?

— Lui, non, il a fait part de sa grande déception avec une colère non feinte, mais malgré tout maîtrisée. Ce n'était pas le cas de son fils qui, lui, a explosé et a juré qu'il lui ferait payer cette traîtrise. Nous avons dû faire appel à la sécurité pour qu'il n'en vienne pas aux mains et que nous puissions finaliser cette réunion.

— Nous n'avons pas encore épluché tous les dossiers de nos collègues, j'imagine que tout cela leur a été communiqué et que cette piste a été évoquée au sujet de la lettre de menace ?

— Oui, bien sûr, et elle a été écartée. Une analyse graphologique a été réalisée, ce n'est pas lui qui l'a écrite en tout cas, et rien n'a permis de le relier à cette missive.

— Monsieur Laverne avait-il une idée sur son auteur ?

— Je vous l'ai dit, il n'y accordait que peu d'importance. Il estimait que ce n'était là encore que l'expression d'une colère qu'on pouvait penser légitime et que ce n'était qu'un moyen de lui faire peur. Que l'auteur de ce courrier ne passerait jamais à l'acte. J'estime pour ma part que c'est tout de même assez différent d'une menace proférée sous le coup de l'émotion lors d'une réunion. Envoyer un tel courrier, en prenant qui plus est le soin de s'assurer que la piste ne remonterait pas jusqu'à vous, demande une réflexion certaine. Oserais-je dire une préméditation. Je ne suis pas aussi confiant que mon client sur le non-passage à l'acte de ce corbeau.

— A-t-il eu par la suite d'autres contacts avec messieurs Lagravière ? ajouta Camille en notant les noms des industriels floués dans son petit carnet.

— Pas avec le fils à ma connaissance. Il a par contre recroisé son père quelques semaines plus tard pour des signatures d'actes officiels.

— Il n'y a pas eu d'autres menaces à ce moment-là ?

— Non, comme je vous l'ai dit, monsieur Lagravière est un homme empreint d'une certaine élégance. Pour tout vous dire, il a même commencé par s'excuser pour l'attitude de son fils. Il était toujours très marqué par toute cette affaire alors il s'est contenté de dire à monsieur Laverne qu'il le considérait comme une personne indigne et qu'il regrettait amèrement de lui avoir fait confiance. Et maintenant que j'y pense, il a également ajouté qu'en affaires tout se paie un jour et qu'il sera très heureux le jour où la roue aura tourné et que le retour de bâton se sera fait sentir. Retour qui pour lui était inéluctable compte tenu de ses agissements. Je ne pense pas que l'on puisse considérer cela comme une menace. C'était plutôt la sentence d'un vieil homme au crépuscule de sa vie professionnelle.

— Oui, probablement. Pas d'autres éléments à ajouter, rien parmi les salariés sur le carreau qui finalement ont bien plus perdu que les Lagravière ?

— Il y a bien eu quelques noms d'oiseaux qui ont fusé du côté des syndicalistes les plus virulents qui s'étaient regroupés devant l'usine pour faire barrage... Ils n'ont pas insisté, la messe était dite. Nous leur avons octroyé un supplément de prime de licenciement et beaucoup s'en sont contentés et ont tourné la page.

Camille était outrée par les réponses de l'avocat qui était décidément à la hauteur de sa réputation : aucun état d'âme. Comme si un petit chèque supplémentaire allait suffire à faire vivre des familles entières dans une région où le vivier d'emplois était faible. Elle ne put retenir le sarcasme de sa question suivante :

— Je suppose que ni vous ni votre patron n'avez remis les pieds dans cette région depuis et que vous n'avez pas la moindre idée de ce que sont devenus aujourd'hui les deux cent cinquante-trois salariés licenciés ?

— En effet, nous n'avons pas de temps à perdre en considérations sentimentales. Cette histoire fait partie du passé, nous préférons mettre notre énergie à profit sur de nouveaux projets plus prometteurs, répondit Fiorenos, sans masquer le petit sourire mesquin que lui inspirait la remarque de l'enquêtrice et qui en disait long sur son état d'esprit.

Camille marqua un temps d'arrêt, elle crevait d'envie de lui rentrer dedans. Elle ne connaissait que trop bien les conséquences désastreuses que pouvait engendrer la descente aux enfers que subissaient les ex-salariés du groupe Laverne. Mais ce n'était pas son propos aujourd'hui, elle n'était pas là pour jouer les Robin des Bois. Elle se contenta de noter sur son calepin qu'une visite était à prévoir rapidement chez les Lagravière afin de confronter les différentes versions. Elle releva la tête et changea de sujet.

— Pouvons-nous jeter un coup d'œil aux e-mails de monsieur Laverne et aux courriers qu'il a reçus récemment ? demanda-t-elle en montrant du doigt une bannette dans laquelle se trouvaient une demi-douzaine d'enveloppes déjà ouvertes.

— Eh bien, en ce qui concerne le courrier, j'ai pris la liberté de le consulter avant votre arrivée, répondit l'avocat.

Il ajouta en levant la main en signe d'apaisement avant que Camille n'ait pu protester :

— Cela fait partie de mes prérogatives en tant que mandataire de la holding et n'ayez crainte lieutenant, j'ai pris soin de mettre des gants avant de toucher quoi que ce soit. Je sais l'importance que peut revêtir ce genre d'indices potentiels.

Camille soupira devant les réponses de cet avocat qui jouait les détectives et s'approcha des enveloppes en enfilant à son tour une protection. Elle commença à scruter les documents, Romans regardant par-dessus son épaule. Fiorenos donna quelques détails supplémentaires :

— Vous ne trouverez malheureusement rien de bien utile dans ces missives, ce ne sont là que factures, relevés de compte et demandes de subventions.

En silence, Camille continua à éplucher les lettres et arriva à la même conclusion, rien d'essentiel pour leur enquête. Elle reporta son attention sur l'avocat et lui demanda :

— Et les e-mails ?

— Eh bien, j'ai fait une demande ce matin à l'entreprise qui gère la sécurité informatique du groupe pour récupérer les identifiants de monsieur Laverne et pour pouvoir nous connecter à son poste. Cela fait aussi partie de nos procédures de sauvegarde. Je devrais maintenant les avoir reçus, répondit-il en sortant un *smartphone* dernier cri de sa poche. Oui, voilà, j'ai tous les éléments, ajouta-t-il en contournant le bureau, suivi de près par les deux policiers, pour se diriger vers le clavier.

Il activa l'écran et tapa rapidement le login et le mot de passe qu'il venait de recevoir. Le poste se déverrouilla et l'avocat dirigea la souris sur l'icône de la boîte mail. Il s'interrompit avant de lancer l'application et s'adressa pompeusement à Camille :

— Je consens à vous laisser consulter la liste des éléments reçus, toutefois, je n'ai pas connaissance de ce qui s'y trouve, je vous saurais donc gré de me demander avant d'ouvrir un courriel. Il est indispensable que je m'assure d'abord qu'il n'y a rien de trop confidentiel.

Camille était ulcérée par ces pertes de temps. Elle appuya elle-même sur la souris en répondant sèchement à l'avocat :

— N'ayez crainte pour vos petites confidences de businessman, nous sommes sous couvert du secret de l'instruction.

Une longue liste de messages entrants apparut à l'écran. La messagerie indiquait cent cinquante-trois e-mails non lus depuis le vendredi soir. Rien avant cette date. Thomas Laverne avait dû faire son dernier archivage à ce moment-là. Camille commença méthodiquement à remonter chronologiquement le fil des réceptions, interrogeant Fiorenos sur les noms qu'elle voyait apparaître dans le champ expéditeur. À deux ou trois reprises, lorsque l'avocat ne connaissait pas le nom de l'émetteur, elle ouvrit le message en entier : rien d'intéressant. Ici, une demande d'interview d'un magazine économique, là, une demande de partenariat avec un club sportif. Rien qui pouvait être en relation avec leur affaire. Ils remontèrent ainsi l'historique des mails et arrivèrent jusqu'au dimanche, jour de l'accident, où les missives se raréfiaient. Seuls quelques cadres ambitieux du groupe prenaient soin d'envoyer des messages au patron le dimanche afin de lui montrer qu'ils s'investissaient corps et âme dans leurs activités professionnelles. Elle fouilla même les spams, où elle ne trouva pas plus d'éléments.

Elle revint ensuite sur la boîte de réception pour en finir l'exploration. Les quelques messages du début de semaine qui suivait avaient, eux, clairement un caractère professionnel. Rien d'autre de ce côté-là. Camille ferma la boîte mail et se retourna vers l'épouse qui ne s'était que très peu intéressée à l'exploration du courrier.

— Madame Laverne, vous nous avez parlé d'une alerte intrusion samedi soir, pourrions-nous voir les images des caméras de surveillance ?

Claire Laverne resta un temps sans réaction puis répondit sans détour :

— Si vous le souhaitez, mais je vous l'ai dit, on n'y voit rien. On doit pouvoir les visionner directement depuis le poste de Thomas, il a insisté pour y avoir accès quand bon lui semblait.

Elle s'approcha du bureau et saisit la souris que Camille venait d'abandonner. Elle la remua rapidement et ouvrit un logiciel dédié sur lequel apparut une mosaïque de petites vignettes renvoyant en instantané les images de toutes les caméras jalonnant la propriété. Elle passa ensuite sur un onglet historique où chaque dossier, jour par jour, était conservé. Les fichiers remontaient au début du mois. Les époux Laverne ne conservaient sans doute pas les images au-delà de ce délai, cela n'avait pas grand intérêt et du reste, une telle installation devait déjà nécessiter des serveurs puissants dignes des municipalités les plus riches. Claire ouvrit le dossier du samedi, les vidéos y étaient classées par heure. Elle lança celle de 21 heures à 22 heures et se recula après avoir mis les images en plein écran pour laisser les enquêteurs regarder sans entraves.

— Voilà, vous n'allez pas avoir à attendre longtemps, l'intrusion a eu lieu vers 21 h.

Ils avaient sous les yeux les images tournées par une caméra dans le parc, orientée vers la porte principale du hangar. Rien ne se passait, seul un léger vent agitant les feuillages alentour indiquait qu'il ne s'agissait pas d'un arrêt sur image. À 21 h 03 et 27 secondes précisément, un voyant rouge se mit à clignoter sur l'écran. Un plan schématique du hangar s'incrusta et une fenêtre jouxtant la porte se mit à clignoter. Sur les images prises par la caméra, on voyait très nettement cette ouverture, parfaitement close et sans aucun intrus. Au bout de trente secondes, le voyant s'éteignit et l'image ne montra rien de plus que les branchages.

— Voilà, vous avez vu ce qu'il y avait à voir, conclut Claire Laverne. Absolument rien. Je vous l'ai dit, ce genre de fausse alerte arrive de temps en temps. Les techniciens nous ont dit que c'était normal, que cela pouvait aussi bien être dû à un léger faux contact ponctuel qu'à la présence d'un petit rongeur ou même d'un insecte passant trop près du capteur et invisible sur les caméras.

Si elle n'en attendait pas grand-chose, Camille était tout de même déçue par ce qu'elle venait de voir, ou plutôt de ne pas voir. Ce fut Lucas qui intervint le premier :

— Pourrions-nous tout de même avoir une copie de tout ça s'il vous plaît, pour que notre dossier soit complet ?

Camille fut d'abord surprise par sa requête. Lorsqu'elle se retourna vers son adjoint, elle nota qu'il avait l'air légèrement soucieux. Elle connaissait ce regard, il avait une idée derrière la tête, aussi ne dit-elle rien de plus et attendit la réponse de l'intéressée. Surprise par la demande, cette dernière jeta un coup d'œil à l'avocat qui se tenait en retrait. Celui-ci perçut son doute et ne tergiversa pas.

— Ceci n'est pas de mon ressort madame Laverne. Il s'agit là d'images privées qui n'ont aucun rapport avec la holding. C'est à vous de prendre la décision. Permettez-moi juste de vous dire qu'à mon humble avis, cela ne vous engage à rien.

Convaincue par Fiorenos, Claire Laverne répondit :

— Bien, comme vous voulez, je ne vois pas ce que vous allez pouvoir faire de ces images… vous pouvez les prendre.

Lucas s'empressa de sortir une petite clef USB de sa poche et, après quelques manipulations rapides, l'y remit remplie de l'ensemble des vidéos du samedi soir. Camille en profita pour adresser une dernière requête à la propriétaire des lieux :

— Pourrions-nous également visionner les enregistrements de ce matin, entre 9 et 10 heures s'il vous plaît ? En particulier ceux réalisés par la caméra du mur sud.

Claire ne chercha pas à comprendre et ouvrit sans rechigner les fichiers correspondants. Lucas, lui, avait parfaitement saisi ce que Camille avait derrière la tête. Ils apparurent tous deux sur l'écran, alors qu'ils inspectaient les murs d'enceinte quelques minutes plus tôt. Ils virent alors Camille s'arrêter au milieu du chemin, scruter le sous-bois quelques secondes et s'y engager finalement, suivie par son adjoint. Plusieurs minutes s'écoulèrent ensuite sans que rien de plus n'apparaisse sur les images que les branchages d'un grand chêne qui toisait le rempart. Ils ressortirent enfin sur le sentier et reprirent leur chemin vers le véhicule stationné au coin de la propriété. Camille se leva satisfaite et prononça à voix haute la conclusion que Lucas avait évidemment lui aussi tiré de ce visionnage :

— C'est bien ce que nous pensions, l'emplacement en haut de l'arbre est parfaitement invisible et hors champ des caméras.

Chapitre 11

Bourdieu et Malika avaient passé le début de la matinée à tenter de retracer le plus fidèlement possible le parcours de la Clio dans l'espoir que cela leur donne une piste pour retrouver leur principal suspect. Grâce au ticket de péage oublié dans le véhicule, ils étaient facilement remontés au parcours autoroutier. Comme l'avait déjà constaté Camille, ce véhicule était sorti à Chambourcy samedi soir à une vingtaine de kilomètres de la propriété des Laverne. Les images de vidéosurveillance confirmaient par ailleurs son passage. On voyait nettement le visage du barbu au volant de la voiture. Impossible toutefois de savoir s'il était allé jusqu'au manoir. Le trajet pour s'y rendre était essentiellement constitué de petites départementales et ils n'avaient aucun moyen de le suivre. Ils eurent plus de chance avec son point de départ. Là encore grâce au fichier des autoroutes, ils l'identifièrent immédiatement : la première entrée après la porte Maillot. Et cette fois, grâce au recoupement des images prises par les innombrables caméras de surveillance de la capitale, ils purent retracer son parcours jusqu'à une petite rue à deux pas de celle où la voiture avait été volée. Ils constatèrent que le véhicule était resté garé là une partie de la journée. Le voleur était arrivé par la station de métro adjacente qu'il avait atteinte par le RER en provenance du Blanc-Mesnil où ils perdaient sa trace.

Par acquit de conscience, ils s'étaient rendus en banlieue pour mener une rapide enquête de voisinage. Évidemment, ils ne trouvèrent personne qui reconnut leur suspect. Quand bien même quelqu'un l'aurait aperçu, il y avait fort à parier qu'il n'en aurait pas touché un mot à la police. Ils n'étaient pas à proprement parler les bienvenus dans ces quartiers. Ils regagnèrent leur voiture et échangèrent rapidement sur les pistes qu'il leur restait pour retrouver l'homme en question. Malika fit part de ses réflexions.

— Si c'est un habitant du coin, nos chances de lui mettre la main dessus ici sont infinitésimales. Personne ne voudra nous parler.

Bourdieu rebondit sur cet avis.

— On pourrait planquer discrétos, mais ça fait un sacré paquet de bicoques à mater. En plus il a sans doute décarré depuis des plombes.

— Par contre, s'il n'est pas d'ici, cela signifie qu'il avait trouvé dans ce quartier un logement temporaire. Y a quoi par ici ?

Tout en parlant, elle sortit son *smartphone* et fit une recherche rapide d'hôtels à proximité.

— Bon, il n'y a pas trente-six solutions. Il ne serait pas descendu à cet arrêt s'il avait dû aller jusqu'aux zones hôtelières à proximité du Bourget, on peut donc éliminer tous ces établissements.

Elle accompagna son commentaire d'un geste du doigt sur une partie de la carte locale constellée de petits drapeaux rouges affichée sur son écran. Bien qu'incapable de réaliser cette simple opération sur une application très courante, Bourdieu, qui s'était penché vers sa collègue, n'en demeurait pas moins tout à fait capable de lire un plan. Il montra à son tour un unique point isolé non loin de la gare RER.

— Donc il nous reste plus que ce petit hôtel vers l'hosto ! C'est notre prochaine étape poulette ! conclut-il en démarrant le moteur, un sourire accroché au visage.

Malika aussi affichait un air de satisfaction, ils reprenaient espoir. Leur stratégie était, certes, basée sur un certain nombre d'hypothèses qu'ils n'étaient pas en mesure de vérifier pour l'instant... Au moins avaient-ils un os à ronger. Et son instinct de fliquette lui disait qu'ils étaient sur la bonne piste.

Au moment où Bourdieu s'apprêtait à quitter leur stationnement pour prendre la direction du petit hôtel qu'ils avaient repéré, le téléphone de l'enquêtrice émit un signal sonore indiquant l'arrivée d'un message qu'elle consulta immédiatement. Son sourire s'agrandit encore lorsqu'elle dit à Bourdieu :

— Notre séjour à l'hôtel va attendre un peu mon gros, on a la commission pour le bar du facho. La patronne nous envoie quelqu'un directement là-bas avec la paperasse.

Bourdieu pouffa à la blague de sa coéquipière et reprit sérieusement :

— T'as raison, faut qu'on commence par aller fouiller le troquet. Faut pas qu'on lui laisse le temps de tout liquider.

Par chance, ils étaient maintenant du bon côté de Paris et il ne leur fallut qu'une grosse vingtaine de minutes pour revenir se garer devant le petit bistrot.

La grille était levée et les lumières allumées à l'intérieur. Le bar était ouvert. En descendant, les deux policiers commencèrent par prendre dans le coffre de la voiture une mallette contenant des équipements qui leur permettraient, si besoin, de faire quelques constatations et d'emmener avec eux les pièces à conviction qu'ils trouveraient.

Malika poussa la porte et pénétra la première dans l'atmosphère enfumée du lieu. Le vieux tenancier était à son poste derrière le zinc et face à lui, deux habitués sirotaient ce qui ne devait pas être leur premier apéritif de la matinée.

Le vieux joufflu tourna la tête vers eux. Il ne parut pas surpris de les voir et les accueillit d'un air de défi.

— Eh ben, Shéhérazade, tu peux plus te passer de moi on dirait ? Désolé ma chérie, je mange pas de cette race-là !

Sa remarque fit pouffer ses deux clients. Il avait une image à tenir vis-à-vis de sa clientèle. Il n'était pas question qu'il perde la face devant eux, d'où son attitude agressive. Il en fallait toutefois bien plus pour impressionner Malika :

— Je vais vous demander de bien vouloir sortir de derrière le bar et de venir vous asseoir à une table pendant que nous perquisitionnons votre établissement, dit-elle en claquant sur le comptoir le document officiel qui les y autorisait.

Elle s'adressa ensuite aux deux poivrots :

— Vous deux, dehors !

Les deux hommes ne se firent par prier et décampèrent rapidement après avoir pris soin d'écraser tous deux le mégot qu'ils avaient au coin de la bouche, ce qui fit ajouter à Malika :

— Par ailleurs, je prendrai le temps, lorsque nous aurons fini, de vous verbaliser pour non-respect de la réglementation sur l'interdiction du tabac dans les lieux à usage collectif.

Le propriétaire semblait cette fois un peu plus décontenancé. Avant d'obtempérer, il prit le temps d'attraper le papier et de le lire en détail. Puis il contourna son bar en bougonnant des paroles quasi inaudibles qui ne reflétaient pas un amour incommensurable pour les forces de l'ordre et pour la jeune femme en particulier, et il s'assit sans rien dire à la première table. Il s'attendait à ce qu'ils reviennent lui poser des questions sur sa clientèle, pas à ce qu'ils débarquent pour fouiller son établissement.

Bourdieu posa la lourde mallette sur le comptoir, l'ouvrit et enfila une paire de gants tout en en tendant une autre à sa collègue. Ils passèrent tous les deux de l'autre côté du bar et se dirigèrent directement vers l'objet principal de leur visite, la petite caméra dissimulée au milieu des bouteilles. Malika la saisit délicatement, débrancha le fil, et la mit dans un petit sac plastique qu'elle alla poser dans un compartiment de la mallette. Le gérant les suivait de ses petits yeux grossis par des verres épais, furieux de constater qu'ils avaient sans doute repéré son dispositif dès leur première visite. Bourdieu, quant à lui, tira légèrement sur le fil en prenant garde de rien faire tomber et suivit son cheminement derrière les bouteilles, puis vers l'arrière d'un placard quelques mètres plus loin. Il se baissa et tenta d'ouvrir le panneau qui lui résista. Il se redressa et lança à l'adresse du barman :

— Ouvrez cette porte.

— Démerdez-vous, répliqua l'homme, plus par réflexe que par défi.

Bourdieu ne détestait rien de plus que les témoins ou suspects qui se mettaient en travers de leurs enquêtes et qui leur barraient ouvertement le chemin. Il avança d'un pas décidé vers le vieil homme, la fureur durcissant encore ses traits bourrus. Le propriétaire, le voyant arriver ainsi et craignant une réaction violente, se recula sur sa chaise. Malika, elle, continuait d'inspecter consciencieusement les tiroirs de la caisse de l'établissement.

Le flic se planta devant la table, posa brutalement ses mains calleuses à plat sur le plateau et se pencha vers son suspect pour lui souffler :

— Je crois que t'as pas tout pigé. Meurtre avec préméditation, ça te parle ? Pour l'instant, on l'a joué gentillet... Par contre, si tu continues à nous les briser menu, on va te faire passer un petit moment en cabane. Quarante-huit heures offertes, ça te va ? Et t'inquiète, je m'occuperai de te choisir des colocs. Faudrait pas qu'ils apprennent que tu bouffes seulement du Blanc et que tu rechignes sur la couleur...

La menace n'était pas voilée. Malika ne put retenir un sourire que le barman ne pouvait pas voir. Ils avaient en fait bien trop peu d'éléments pour l'instant pour le coffrer, mais ça, il ne le savait pas.

Le barman déglutit avec difficulté. Une perle de sueur coulait le long de sa tempe alors qu'il regardait avec effroi le visage de Bourdieu qui se trouvait à quelques dizaines de centimètres du sien et qui le fixait sans ciller. Il porta une main à la poche intérieure de son gilet et en sortit un trousseau de clefs qu'il tendit en bredouillant timidement :

— C'est la petite clef rouge.

Satisfait, Bourdieu s'en saisit et retourna vers le placard qu'il déverrouilla facilement. À l'intérieur tournait un PC sur l'écran duquel s'affichait maintenant un cadre noir en lieu et place des images de la caméra qu'ils avaient débranchée. Le policier se tourna vers sa coéquipière.

— J'ai le bouzin ici, je te laisse regarder.

Et il s'écarta pour laisser la place à Malika. Il se savait très incompétent dans ce domaine et il valait mieux que ce soit elle qui fasse les premières recherches sur l'ordinateur. Lui aurait été capable de tout effacer d'une simple fausse manipulation. Il resta néanmoins à ses côtés pour observer par-dessus son épaule ce qu'elle y trouvait. Elle dénicha très facilement le logiciel associé au dispositif de surveillance. C'était une solution bon marché et très grand public, et un raccourci avait même été ajouté sur le bureau pour y accéder.

Malika ouvrit l'application et une liste de dossiers s'afficha. Tous étaient nommés par une date et le plus ancien remontait au premier jour du mois.

— Bien, on dirait qu'il y a encore tous les fichiers de ce week-end. Apparemment, ils ne s'effacent qu'au bout de trois semaines et notre ami n'a pas dû penser que nous nous y intéresserions, ajouta-t-elle satisfaite.

Elle attrapa dans la mallette une clef USB vierge et y recopia l'ensemble des enregistrements vidéo pour pouvoir faire rapidement un premier visionnage lorsqu'ils seraient rentrés. Puis, elle éteignit le poste et entreprit de tout débrancher délicatement pour emmener l'unité centrale qui serait examinée en profondeur par Romans. Ils avaient ce pour quoi ils étaient venus. Avant de partir, ils prirent tout de même le soin de fouiller les lieux sommairement.

Rien de particulier derrière le bar que Bourdieu ausculta rapidement. Les placards et les tiroirs ne contenaient rien d'autre que des ustensiles ou des produits parfaitement à leur place dans ce genre d'établissement. Malika balaya la salle du regard et repéra un passage dans le fond fermé par un vulgaire rideau de cordes tressées. Elle s'approcha et écarta les lianes pour pénétrer dans un couloir sombre. Bourdieu, toujours affairé parmi les bouteilles, se contenta de relever la tête pour surveiller ce que faisait sa collègue.

Malika ouvrit une première porte sur sa gauche qui, conformément au pictogramme qui l'habillait, ne contenait que des toilettes d'une propreté surprenante dans un tel endroit. Elle nota au passage que c'était un homme dessiné et que son pendant féminin n'avait pas sa place ici. Elle referma les latrines et continua vers le fond du couloir où la seconde ouverture débouchait sur une sorte d'arrière-boutique qui visiblement servait de débarras au propriétaire. Des étagères remplies de produits de réserve couvraient les murs de chaque côté. Face à elle, un panneau métallique surmonté de l'insigne lumineux « issue de secours » donnait sur une courette intérieure pour autant qu'elle pouvait en juger par le petit hublot. Elle sourit à nouveau en constatant que le passage vers la liberté en cas de problème était verrouillé par une chaîne métallique à gros maillons fermée par un énorme cadenas. À sa gauche, il y avait un lavabo et de l'autre côté trônaient un aspirateur et du matériel de ménage. Le sol au centre de la pièce était, lui, recouvert d'un grand tapis aux accents persans qu'elle fut très surprise de trouver là. Elle n'eut pas le loisir de s'attarder dans cet endroit. Elle entendit une sonnerie de téléphone et Bourdieu qui décrochait. Elle fit demi-tour et referma derrière elle.

— Salut Wilson, quoi de neuf ?

Un blanc de quelques dizaines de secondes suivit sa question. Malika eut le temps de revenir dans la salle principale du café et de se planter devant lui, attendant qu'il finisse d'écouter attentivement les directives de leur patronne.

— OK, ça marche, finit-il par conclure en raccrochant.

Il regarda sa montre et annonça à sa collègue :

— On doit se retrouver au poste en début d'aprèm, ça nous laisse le temps de retourner à l'hôtel. Moi j'ai terminé ici, et toi ?

— Pareil, il y a juste un cagibi et les toilettes là-bas dans le fond. On verra quand on sera au poste si on peut tirer quelque chose des images de la caméra de surveillance.

Ils rangèrent rapidement leur matériel et leurs prélèvements. Le propriétaire des lieux les regardait toujours sans broncher, assis patiemment à une de ses tables. Bourdieu sortit sans rien dire. Malika, elle, se retourna avant de franchir la porte et lança sèchement :

— Ne quittez pas la ville, nous pourrions avoir besoin de revenir rapidement, il serait dommage que nous ayons à fracturer la porte pour entrer.

Et elle rejoignit son collègue sans prêter attention au regard furieux que lui lançait le vieil homme qui tenait encore dans la main le P-V qu'elle avait pris le temps de lui dresser.

Ils roulèrent rapidement et ne mirent pas plus longtemps à refaire le chemin inverse jusqu'en banlieue. Ils trouvèrent facilement l'hôtel et n'eurent aucun mal à se garer sur le petit parking. Les places étaient peu nombreuses, mais il n'y avait que trois voitures stationnées devant l'établissement qui ne semblait pas être de première jeunesse. La façade aurait mérité un bon ravalement et l'ensemble du bâtiment ne paraissait pas particulièrement entretenu. Au rez-de-chaussée, une fenêtre sur deux avait les stores intérieurs baissés et ceux que l'on pouvait apercevoir tombaient en morceaux. Les deux enquêteurs s'avancèrent le long d'une petite allée en partie mangée par les mauvaises herbes. Les jardins et l'entretien extérieur n'étaient pas non plus la préoccupation des propriétaires. Bourdieu poussa une porte battante qui couina sur ses gonds et ils pénétrèrent dans le hall d'entrée de l'immeuble. Pas de chaise, pas de fauteuil, juste un guichet dans le fond d'où émergeait une touffe de cheveux hirsutes et jaunâtres. De part et d'autre, des couloirs desservant les chambres, et dans le coin, un ascenseur sur lequel avait été apposé un écriteau « en panne » et une porte entrouverte donnant sur la cage d'escalier. Pas de salle de restaurant, pas de petits déjeuners ici. Ce n'était pas le genre d'hôtel où descendaient des salariés en déplacement professionnel. Ici, les chambres étaient louées soit à l'heure, soit à la semaine. Refuge pour vieux pervers ou dernier rempart avant la rue pour ceux qui disposaient encore de quelques billets ou n'avaient pas les garanties nécessaires pour avoir mieux. Malika repéra immédiatement la petite caméra au-dessus du guichet. Elle déchanta vite en voyant les fils dénudés qui pendouillaient.

Ils s'avancèrent vers le comptoir et Bourdieu présenta sans attendre sa carte pour couper court à toute velléité de blague ou remarque douteuse de la part du préposé.

— Bonjour, on a des questions sur un type qui crèche ici.

— Je ne suis pas au courant de ce qui peut se passer dans les chambres, mais je vous garantis que tout est en règle.

— Du calme mon vieux, on s'en tamponne de tes histoires de cul ! On est là pour un homicide, répondit brièvement Bourdieu.

— Il n'y a jamais rien eu de tel dans mon établissement ! s'offusqua leur interlocuteur.

Ce n'était sans doute pas la première fois qu'il avait affaire à la police dans son hôtel, mais visiblement, il ne les fréquentait pas pour ce genre de délit.

Malika ne prêta pas attention à son objection et posa sur le comptoir, juste à hauteur de ses yeux, la photo du suspect qu'ils recherchaient.

— Connaissez-vous cet homme ? Nous avons de bonnes raisons de croire qu'il a pu séjourner chez vous récemment.

L'homme s'était repris. Il ne regarda même pas la photo et répondit par réflexe :

— Il y a du passage ici, je ne peux pas connaître tout le monde.

Il avait l'habitude de ne surtout rien dire et rien voir. Les gens qui finissaient dans ses chambres miteuses avaient en général besoin d'oubli ou de discrétion. Bourdieu, de son côté, commençait à nouveau à s'impatienter.

— T'as pas bien compris apparemment mon vieux, on n'est pas là pour un de tes habitués. Alors tu vas regarder cette photo et tu vas répondre à la question qu'elle vient de te poser, et arrête de faire le mariole, sinon...

Il ne finit pas sa phrase. Il n'en avait pas besoin. Le ton qu'il avait employé en avançant son visage carré et peu amène était bien assez convaincant. Le réceptionniste avait sensiblement pâli en se reculant sur sa chaise. Il déglutit et consentit à regarder la photo. Après quelques nouvelles secondes d'hésitation, il répondit :

— Votre photo n'est pas très nette... Je crois effectivement que cet homme est descendu dans notre établissement.

— Continuez, l'invita Malika plus aimablement. Quand est-il arrivé ?

— Il est arrivé mercredi dernier. Il a pris une chambre jusqu'à hier, et en fait, il ne m'a toujours pas rendu sa clef.

Bourdieu et Malika échangèrent un regard et elle reprit l'interrogatoire :

— Quand l'avez-vous vu au juste ces derniers jours ?

— Eh bien, je l'ai vu sortir jeudi matin, il devait être huit heures et demie, quelque chose comme ça. Je l'ai pas vu rentrer. Vendredi il était revenu parce qu'il est repassé devant moi à peu près à la même heure.

— Et ce week-end ?

— Aucune idée, je l'ai pas revu depuis. Je vais pas tarder à récupérer la chambre. Dans des cas comme ça, j'attends toujours vingt-quatre heures, des fois qu'ils réapparaissent quand ils ont décuvé un peu, et après je reloue.

— Je suppose qu'on paie d'avance ici. Comment a-t-il réglé sa note ?

— Ça, c'est clair qu'on paie d'avance, sinon je passerais mon temps à fournir des chambres à l'œil ! pouffa l'hôtelier. Et il a payé en liquide, comme tous mes clients. D'ailleurs maintenant que vous le dites, il était pas vraiment comme les autres, ce gars. Il avait une sacrée liasse de biftons dans son portefeuille. D'habitude, les types qui viennent là font plutôt les fonds de tiroir pour trouver quelques piécettes. Lui, putain, il aurait pu se payer le Ritz avec tout ce qu'il avait et au lieu de ça, il prend une piaule dans mon lupanar ! Il devait en avoir gros à cacher !

— Il a vu du monde pendant qu'il nichait dans ton palace ? ajouta ironiquement Bourdieu.

L'hôtelier ne releva même pas la pique.

— Pas vu. En tout cas, si quelqu'un est monté le voir, il est pas rentré avec lui. Je l'ai toujours vu passer seul. En plus, si un gus que je connais pas se présente ici, je lui demande où il va avant de le laisser monter. En général, c'est plutôt des filles pas beaucoup habillées qui débarquent ici pour un rendez-vous, si vous voyez ce que je veux dire ! ricana-t-il. Je vous assure que personne a demandé après votre bonhomme.

— T'es tout seul pour garder ce havre de paix ? continua Bourdieu sur le même ton. Pas d'autre personnel qui aurait pu le voir ?

— Je fais tout ici mon vieux. Je suis proprio, réceptionniste, gardien de nuit de temps en temps, concierge, et je fais même la maintenance. Y a que le ménage que je sous-traite. Vous verriez dans quel état certains me rendent les chambres, ça vous ferait gerber.

Malika rebondit à son tour sur ses commentaires.

— En parlant de maintenance, votre système de vidéosurveillance là, dit-elle en pointant du doigt la caméra hors service. Ça fait combien de temps qu'il est dans cet état ?

La question arracha à nouveau un sourire à l'hôtelier.

— Ça ! Houlà, très longtemps ! En fait, ça a même jamais fonctionné. J'ai installé ce truc il y a quelques années pour faire un peu de dissuasion. J'avais eu deux-trois vols dans la caisse. Au début je voulais vraiment m'en servir, et puis j'ai eu la flemme de faire tous les branchements. Fallait faire des saignées dans le mur et tout, trop compliqué... Au moins ça suffit à leur faire peur pour la plupart.

— Vous devriez au moins faire l'effort de cacher les fils qui pendouillent alors, lui rétorqua Malika.

Le réceptionniste regarda, songeur, son dispositif et haussa les épaules. Il ne semblait pas comprendre l'intérêt de la dernière remarque. Ou alors il n'en avait juste rien à foutre... Toujours est-il qu'il n'y avait rien à espérer de ce côté-là, songea l'enquêtrice.

— Vous dites qu'il avait payé jusqu'à hier soir, c'est ça ? reprit-elle.

— Ouais, c'est ça.

— Êtes-vous allé dans sa chambre ce matin ?

— Non, je vous dis, j'attends toujours un peu. Et j'avais des trucs à faire ce matin.

En répondant, il jeta un petit coup d'œil réflexe à son ordinateur qui n'échappa pas à Malika. Elle se pencha imperceptiblement sur le côté pour ouvrir son champ de vision sur l'écran poussiéreux. Il était ouvert sur la page internet d'un site porno qu'il n'avait même pas pris la peine de réduire. L'enquêtrice n'insista pas.

— Malgré vos importantes occupations monsieur, auriez-vous l'amabilité de nous montrer sa chambre s'il vous plaît ?

Le réceptionniste hésita un peu. Son fonds de commerce était la discrétion et il n'aimait pas accéder à ce genre de demande. En général on venait le voir pour des délits bénins. Les deux flics avaient parlé d'homicide. Si la piste de son client était sérieuse, ils n'auraient aucun mal à avoir une commission pour revenir s'il refusait. Et ça lui ferait vraiment une mauvaise pub s'ils débarquaient avec la cavalerie. Et surtout, ils risquaient de ne pas le lâcher de sitôt. Pas bon non plus pour les affaires et sa tranquillité ça. À regret, il attrapa en soupirant un trousseau de clefs dans un tiroir et commença à se lever. Malika l'interrompit dans son mouvement.

— Attendez, avant de nous faire visiter, dites-nous à quel nom cet homme a réservé chez vous.

Sans se rasseoir, l'hôtelier feuilleta le cahier de réservations.

— Joseph Lubitz. C'est le nom chelou qu'il m'a donné en arrivant. Et franchement c'est pas le pire ! Si vous saviez ce que je note des fois dans ce cahier. J'ai souvent des Johnny ou des Marilyn par exemple. Les gens qui viennent là sont pas toujours très originaux pour essayer d'être discrets ! L'autre jour j'ai même eu un Donald Trump !

— Il vous a laissé un numéro de téléphone ?

— Ouais, bien sûr, il m'a même laissé son empreinte ADN, son adresse perso et même celle de ses parents, ricana-t-il en sortant de derrière le comptoir.

Il les précéda et s'engagea dans la cage d'escalier. Une ampoule clignotante était la seule source lumineuse qui permettait de ne pas rater de marche. La couche de poussière dans les coins de chaque palier prouvait que cet endroit ne devait pas faire partie du contrat de la femme de ménage. Ils montèrent jusqu'au troisième et dernier étage du petit immeuble et débouchèrent dans un couloir à peine plus propre. Devant certaines chambres, des sacs de fast-food avaient été jetés sans précautions, attendant que quelqu'un daigne les ramasser. D'après les mouches qui tournaient autour de certains, le ramassage était loin d'être quotidien. Le propriétaire, nullement gêné par l'état de délabrement de son établissement, les amena jusqu'à la dernière chambre au bout du couloir et bricola la serrure quelques secondes avec son passe avant de parvenir à ouvrir la porte. Il s'apprêtait à y entrer quand une main puissante se posa sur son épaule, le convainquant de s'écarter pour laisser les policiers pénétrer d'abord dans la pièce.

Bourdieu passa le premier. Il ne prit pas la peine de sortir son arme. Il resta tout de même sur le qui-vive et commença par s'assurer que l'endroit était bien vide, sanitaires compris. Une fois rassurés sur ce point, ils firent un rapide tour d'horizon. Pas le moindre indice à se mettre sous la dent. La chambre donnait presque l'impression de ne pas avoir été occupée. Le locataire avait refait le lit sommairement. Pas de valise sur le meuble prévu à cet effet. Pas de vêtement dans la penderie et pas même d'affaires de toilette dans la salle de bains. Leur suspect voyageait léger apparemment. Malika se retourna vers l'hôtelier.

— Avait-il des bagages en arrivant ?

— Je sais plus trop, réfléchit-il à voix haute. Je crois bien qu'il avait un petit sac de sport le premier jour... J'ai pas trop fait gaffe. Et je saurai pas vous dire s'il l'avait avec lui la dernière fois que je l'ai vu sortir.

Par acquit de conscience, Malika vérifia une dernière fois les tiroirs du bureau et passa une main gantée sous le matelas. Puis elle se tourna vers Bourdieu.

— On trouvera rien de plus ici.

— Ouais, on n'avance à rien... On verra tout à l'heure avec Wilson si ça vaut le coup de faire quand même descendre les rats du labo.

Malika acquiesça d'un mouvement de tête et s'adressa au réceptionniste :

— Laissez cette chambre dans l'état où elle est, interdiction de la relouer tant que nous ne vous en avons pas donné l'autorisation.

L'homme tenta vaguement de protester :

— Et mon chiffre d'affaires dans tout ça, qui est-ce qui va payer pour une chambre inoccupée ? Je vous envoie la facture ?

— Parce que t'affiches complet peut-être ? sourit Bourdieu en le bousculant pour sortir à son tour.

L'hôtelier capitula et referma lentement la porte sans plus se soucier des deux policiers qui redescendaient déjà vers le hall. Bourdieu, songeur, reprit le volant en se demandant à haute voix comment ils allaient pouvoir retrouver ce fantôme. Tout indiquait que ce n'était pas un amateur et que le coup avait été très bien préparé. Malika était d'accord avec lui. Pour réussir à ne laisser aucune trace de cette façon, c'était forcément un pro. Perdus dans leur discussion, aucun des deux ne remarqua l'homme barbu qui les observait à l'autre bout du parking, abrité derrière une fourgonnette abandonnée sur quatre parpaings.

Chapitre 12

Marc avait attendu plusieurs minutes sans quitter son abri après avoir vu les deux policiers sortir de son hôtel. Tout cela était fâcheux, songea-t-il légèrement en colère. Comment avaient-ils réussi à le retrouver jusque dans ce trou miteux ? Il devait se rendre à l'évidence, il avait été négligent. Ce n'était pas dans ses habitudes, il fallait qu'il reprenne la main sur cette situation. Cela n'allait pas lui plaire, c'était certain. Ses consignes étaient claires et en règle générale, il ne valait mieux pas la décevoir.

Depuis le début, il ne sentait pas cette histoire, mais il n'était pas là pour réfléchir. Lui était là pour obéir, appliquer les ordres et faire en sorte que les contrats soient menés à leur terme. Il fit demi-tour et s'engouffra quelques mètres plus loin dans le véhicule qu'il avait volé un peu plus tôt. Plusieurs choses n'étaient pas satisfaisantes dans le déroulement des événements récents. Rien n'était toutefois irrémédiable. Il avait encore largement le temps et les moyens de réparer tout ça comme si de rien n'était. S'il passait à la vitesse supérieure, ce serait sans conséquence et pourrait presque passer inaperçu.

D'abord, il devait changer de pied-à-terre. Cet hôtel merdique étant maintenant tricard, pas question qu'il y remette les pieds. Il avait besoin d'un lieu de retraite et il allait devoir activer un de ses plans de secours. Ça non plus, ça ne lui plaira pas. L'appartement du 17e sera parfait pour ça. Il y avait tout ce qu'il fallait là-bas et le proprio n'était pas près de revenir. Cela lui laissera un peu le champ libre pour s'organiser. Il démarra et quitta le parking prudemment, même s'il savait que la police avait disparu depuis longtemps.

En chemin, il réfléchit à son second problème, le plus fâcheux des deux. Sa cible était encore en vie. Ça, c'était clairement inacceptable et pouvait lui coûter très cher. Il ne pouvait pas, il ne voulait pas, décevoir. Il tapa d'un poing rageur sur son volant. Ce fumier avait vraiment eu le cul bordé de nouilles. Il aurait dû finir en bouillie et au lieu de ça, il était toujours dans le coma à l'hosto. La faute à un bout de parachute qui avait bien voulu le ralentir et à un buisson bien placé. Il devait finir le boulot au plus vite. Les ordres étaient on ne peut plus clairs à ce sujet. Il fallait qu'il aille jusqu'à l'hôpital et qu'il réussisse à l'approcher. Il allait devoir improviser, la pire chose qui pouvait arriver. Leurs plans étaient toujours millimétrés. Dans ce genre de job, il n'y avait pas de place pour l'improvisation. L'à-peu-près, c'était le danger, le facteur x qu'ils ne maîtrisaient pas. Et le secret de leur réussite jusqu'à maintenant, c'était de ne jamais se retrouver dans une situation non voulue et hors d'un contrôle total. Le pire de tout serait que sa bévue ne soit pas corrigée. La présence des flics bien trop près de ses talons devant cet hôtel, il devrait pouvoir la passer sous silence. Il y avait des tas de raisons valables pour expliquer qu'il déménage dans une autre de leur planque. Par contre, Laverne devait y passer, dès que possible.

Il prit sa décision et bifurqua brusquement sans clignotant, provoquant l'ire et un concert de klaxons de la part des autres automobilistes, et s'engagea sur le périphérique en direction de l'ouest de Paris. Il avait découvert rapidement dans quel hôpital avait été amené l'homme d'affaires. C'était à quelques portes de son prochain point de chute. Il pourrait s'y rendre rapidement. Il devait juste prendre le temps de se reposer un peu et de sécuriser sa nouvelle planque. Une fois sur place, il aviserait sur le meilleur moyen d'approcher sa victime.

Chapitre 13

Camille et Romans s'étaient arrêtés pour déjeuner rapidement dans une petite brasserie avant de retourner au poste. Lucas semblait préoccupé et n'avait pas voulu répondre aux questions de sa supérieure. Il voulait d'abord vérifier un truc quand ils seraient de retour au bureau, avait-il dit. Il était comme ça, jamais de suppositions sans avoir la certitude de ce qu'il avançait. Elle n'insista pas.

Ils arrivèrent les premiers. Malika avait téléphoné alors qu'ils reprenaient la route et avait indiqué sommairement qu'ils n'avaient rien trouvé et qu'ils seraient de retour d'ici quarante-cinq minutes. Romans se posa immédiatement devant son écran, téléchargea les images qu'il avait ramenées et entreprit de les visionner à nouveau à travers ses propres logiciels. Camille, elle, commença à consulter le rapport des experts qui avaient examiné les parachutes prélevés chez Laverne, et qui était posé sur son bureau. Elle fut interrompue dès les premières pages par le retour de ses autres collaborateurs. Sans un mot, ils s'assirent tous à leurs bureaux et les trois paires d'yeux se tournèrent simultanément vers le lieutenant qui leva les siens du document.

— Bon, même si je n'ai pas encore fini d'éplucher les données des techniciens, leurs conclusions sont sans appel, tous les parachutes de la petite collection de Laverne ont été sabotés. Les suspentes sont encore en bon état et les commandes manuelles également. Le dispositif d'ouverture automatique par contre est HS sur tous les exemplaires.

Sa déclaration ne troubla pas outre mesure ses collaborateurs. Ils savaient depuis la veille qu'il y avait du pas clair dans cette histoire. Camille continua donc à voix haute ses déductions. C'était le mode de fonctionnement qu'ils avaient trouvé depuis qu'ils avaient commencé à travailler tous les quatre. Elle menait les débats, supposait, déduisait, mais laissait toujours une porte ouverte lorsqu'elle avait un doute ou une incertitude. Et il y avait toujours un de ses adjoints pour rebondir et creuser les pistes qu'elle omettait, volontairement ou non.

— Vous serez d'accord, ça ne peut vouloir dire qu'une chose : préméditation de longue date. Ces parachutes n'ont pas bougé du hangar de la propriété. C'est donc là qu'ils ont été sabotés. Celui qui a fait ça a donc réussi à pénétrer dans le parc malgré les systèmes de surveillance.

Malika intervint pour lever le point qu'ils avaient déjà tous en tête.

— Ou alors, celui qui a fait ça a ses entrées dans la propriété, voire y habite. Vous connaissez les stats. Vous savez que le coupable est bien souvent dans le premier cercle.

— Oui, bien sûr, c'est une possibilité, répondit Camille. Pourtant je n'y crois pas. On a fait le tour de la propriété ce matin avec Lucas avant le rendez-vous avec l'avocat. Et on a découvert d'évidentes traces dans la forêt le long du mur sud. Les stigmates laissés par quelqu'un qui a traversé le bois pour venir jusque-là et qui a escaladé un arbre pour observer par-dessus le mur de clôture. Et en prenant bien soin de choisir le poste qui le mettait à l'abri du regard des caméras.

— Un paparazzi peut-être, risqua Bourdieu sans grande conviction. Ou un voisin jaloux ?

— On s'est posé la même question, sourit Camille. Et franchement, le dispositif est très discret. Dans cette zone, il est même quasiment invisible. Même les meilleurs fouineurs se font prendre avec ce type de matériel. Non, si vous voulez mon avis, ça ressemble beaucoup plus au travail d'un pro. En plus, si c'était pour des photos volées, quel intérêt de mater l'entrée du hangar ? Il y a des tas d'arbres un peu plus loin avec un point de vue nettement meilleur sur les fenêtres du manoir.

— OK, va pour le contrat sur sa tête alors, intervint Malika. Dans ce cas, y a forcément un moment où il a franchi le mur. Vous avez pu récupérer les images ? On doit bien le voir pénétrer à l'intérieur ?

Camille prit un air contrarié.

— C'est là que ma théorie se prend un coup de frein. On a effectivement les images de la dernière semaine et on n'y voit rien du tout. Pas l'ombre d'une violation du périmètre...

C'est ce moment que choisit Lucas pour intervenir. Il n'avait pas perdu une miette des échanges et pianotait en même temps sans relâche sur son ordinateur. Il avait toujours fait ça. Au début, cela avait profondément agacé Bourdieu qui, lors de leurs premières enquêtes, l'avait copieusement incendié en lui reprochant de faire autre chose pendant que les autres parlaient. Les deux ou trois premières fois, il l'avait bombardé de questions sur ce qui venait de se dire pour le mettre en défaut et lui faire perdre la face devant le reste de l'équipe. Lucas avait toujours su répondre. Il avait ce don communément attribué à la gent féminine d'être capable de faire plusieurs choses à la fois. Il était en mesure de suivre sans problème la conversation tout en développant un petit algorithme pour compiler des données susceptibles de les intéresser ou de lancer un de ses logiciels barbares que lui seul dans ce bureau était à même de maîtriser. Et c'était exactement ce qu'il venait de faire. À peine assis, il avait transféré les vidéos sur son poste surpuissant que Camille avait eu bien du mal à obtenir de sa hiérarchie et il s'était mis à analyser les images consciencieusement. Il était rapidement arrivé au passage qui l'avait fait tiquer dans le bureau de Laverne.

— En fait, je crois que je suis pas tout à fait d'accord, annonça-t-il.

Camille le regarda surprise et attendit la suite.

— Y a un truc qui m'a dérangé ce matin dans les images, regardez.

Il tourna son large écran vers ses collègues qui s'avancèrent vers son bureau pour mieux voir ce qu'il avait à leur montrer. Le film défilait en accéléré et Lucas ne remit la vitesse normale que lorsque le *time code* affichait 21 heures.

— Vous voyez, c'est le moment de la fameuse alarme intrusion fantôme. Très exactement, maintenant ! ajouta-t-il en pointant du doigt le voyant lumineux qui signalait l'incursion.

Ils regardèrent tous attentivement le film où rien ne se passa jusqu'à l'extinction de la petite lumière rouge. Circonspects, ils regardèrent Romans qui affichait un air satisfait de son effet. Il n'en abusa toutefois pas, ce n'était pas son style, et leva le voile sur ce qui le tracassait dans ces images.

— Regardez attentivement cette zone, là, dit-il en montrant un coin de ciel et en remontant le temps juste avant le déclenchement de l'alarme.

Il passa alors au ralenti sur quelques secondes en faisant plusieurs retours en arrière. Au début, Camille ne remarqua rien. Puis, au bout de quelques visionnages, elle comprit. Elle formula son idée à voix haute :

— Le ciel change de couleur brusquement. C'est à peine perceptible. Regardez, là ! Hop, on passe d'un coup dans un bleu plus sombre.

Lucas souriait, c'était exactement où il voulait en venir.

— Exact, et je vais même aller un peu plus loin, continua-t-il en cliquant rapidement sur plusieurs icônes.

Il recentra l'image vers la zone qui les intéressait et zooma. On y apercevait dans le bas quelques branches. Il les grossit plus encore et fit apparaître un détail quasiment invisible en taille normale. Sur une des branches, un petit pinson s'ébrouait et lissait les plumes colorées de ses ailes. Puis d'un coup, l'oiseau disparaissait purement et simplement. Il ne s'envolait pas, non, il se volatilisait. Bourdieu, qui jusque-là n'avait rien trouvé de très extraordinaire à ce ciel supposé changer de couleur, ravala un hoquet.

— Putain, il est passé où ce piaf...

Ils avaient tous compris ce que cela supposait. Camille laissa le soin à Lucas de tirer les conclusions de sa découverte.

— C'est un montage messieurs dames. On ne voit rien susceptible d'expliquer l'alarme intrusion, car on a remplacé les images. Je suis sûr que si je reprends les images de la veille à la même heure, je vais retrouver la trace de ce gentil petit oiseau. La météo était quasi identique vendredi dernier, facile de trouver des images très ressemblantes pour masquer quelque chose sans que cela ne se voie. Je dois dire d'ailleurs que c'est du bon boulot, ça aurait presque pu passer inaperçu, conclut-il sans vantardise.

Pas son style non plus, il reconnaissait juste un travail de valeur.

— Pourquoi prendre le risque de trafiquer ainsi les images et ne pas faire disparaître les traces de l'alarme intrusion ? objecta Malika.

— Pas possible, enchaîna Lucas. Ou tout du moins beaucoup plus compliqué. Le déclenchement de l'alarme a eu lieu dans la propriété, mais aussi au central de la boîte de sécurité qui leur a fait l'installation.

Dans la foulée, ils commencent par appeler au domicile pour vérifier s'il ne s'agit pas d'une fausse manip, ce qui représente 95 % des déclenchements. D'ailleurs, ça a été le cas, j'ai déjà vérifié. Et c'est monsieur Laverne en personne qui a signalé que tout allait bien, que c'était encore une fausse alerte. Après, cela devient difficile de passer ça sous silence. Il faudrait rentrer dans les serveurs de la boîte pour effacer l'appel, plus complexe comme job. Sans parler du témoin qui a passé le coup de téléphone… Non, le plus simple, c'est de conserver l'alarme et de trafiquer les bandes. Maintenant la question est : qu'y avait-il sur les vraies images de samedi soir ?…

Effectivement, c'était LA question. Camille resta songeuse quelques instants. Cette découverte remettait en partie en cause ce qu'elle avait prévu pour la suite de l'enquête. Elle réfléchit à voix haute :

— OK, on a donc définitivement affaire à quelqu'un de bien préparé. Il va nous falloir la liste de toutes les personnes qui ont accès de près ou de loin à ces images. Si on trouve qui les a trafiquées, on sera plus très loin de notre tueur. J'avais prévu de partir ce soir pour la Savoie pour creuser un peu la piste des messages de menaces reçus par Laverne. On va changer un peu nos plans. Bourdieu, Malika, c'est vous qui allez vous y coller.

Et avant de les laisser partir pour prendre la route, elle leur fit un résumé détaillé des échanges qu'ils avaient eus avec l'avocat à ce sujet. Malika récupéra les dossiers qui avaient été ramenés dans leur commissariat et qui contenaient les maigres informations recueillies par leurs collègues sur cette histoire. Elle enfourna les chemises dans sa petite sacoche. Elle aurait tout le temps de les consulter pendant le trajet. Comme d'habitude, Bourdieu ne la laissera pas conduire de toute façon. Avant de sortir, ils firent à leur tour un résumé de leur matinée. Ils n'avaient pas grand-chose à se mettre sous la dent de ce côté-là. Ils confièrent le matériel récupéré chez le barman à Lucas et ne perdirent pas plus de temps. Ils avaient plus de cinq heures de route pour arriver à Annecy. Ils ne pourraient de toute façon commencer leurs investigations que le lendemain matin.

Restés seuls dans le bureau, Camille s'adressa à Romans :

— De ton côté, tu vas continuer à creuser cette histoire de vidéo. Épluche les jours précédents pour voir si tu aperçois quelque chose. Occupe-toi aussi des bandes du bistrot. Vérifie si les images confirment les dires du proprio et du poivrot, et essaie de sortir un portrait net de notre suspect. Là aussi, remonte le temps et visionne toutes les bandes. S'il s'est passé quelque chose dans ce bar, il faut qu'on le découvre.

— Tu fais quoi pendant ce temps-là ? questionna Romans tout en ayant une idée assez précise de la réponse.

— Je vais rendre visite à la boîte qui a installé et qui surveille la propriété des Laverne. Si c'est eux les dépositaires de ces images, ils nous doivent des réponses. On verra après si cela mérite que l'on refasse un saut au manoir. Je passerai aussi par l'hosto en rentrant pour voir un peu où on en est au niveau médical et si on a une chance de pouvoir interroger un jour notre victime...

Et sans s'étendre plus, elle quitta le bureau où son collègue, resté seul, était déjà en train de pianoter sur plusieurs claviers en même temps.

Chapitre 14

Camille avait noté lors de sa dernière visite le nom de l'entreprise qui fournissait le système de sécurité de la propriété. Cela lui évitait d'avoir à rappeler Claire Laverne pour lui en demander les coordonnées. Pas la peine d'attirer son attention sur le fait qu'elle faisait des recherches de ce côté-là. Elle sentait confusément que la propriétaire des lieux ne lui disait pas tout. Il y avait quelque chose qui la dérangeait dans son attitude. Contrairement à Romans, Camille n'avait rien remarqué au premier visionnage des bandes de surveillance. Par contre, elle avait noté quelques signes de fébrilité dans le comportement de madame Laverne à ce moment-là. Rien de très précis, rien même qui pourrait être considéré comme suspicieux. Elle avait trouvé étranges les petits regards qu'elle lui lançait à la dérobée, comme pour scruter sa réaction face aux images. Ces constatations prenaient un autre sens après les révélations de Lucas sur la falsification. Plus elle revoyait mentalement le déroulé des événements, plus la jeune femme se persuadait d'une chose : Claire Laverne était au courant de cette supercherie. Que cherchait-elle à cacher ? Quoi qu'elle découvre au siège de l'entreprise de surveillance, Camille était maintenant persuadée qu'elle avait une nouvelle visite à effectuer au manoir. Elle avait encore des questions à poser. Devant le fait accompli, la malheureuse épouse serait bien obligée d'abattre ses cartes car en l'état, cela faisait d'elle la principale suspecte dans l'accident de son mari.

Remisant ses réflexions à plus tard, Camille se gara dans le parking souterrain du grand bâtiment, dans le quartier de la Défense, qui abritait le siège et surtout les serveurs sécurisés de l'entreprise. Pas d'accueil dans le hall de l'immeuble, seul un grand panneau le long de l'ascenseur listant les entreprises logeant ici et l'étage correspondant à leur bureau. Camille jeta un rapide coup d'œil et prit la direction du douzième. Arrivée sur le palier, elle sonna à la porte et entra sans attendre comme indiqué sur l'affichette. Cette fois, il y avait un grand bureau devant elle derrière lequel se trouvait une pimpante et jeune secrétaire qui lui fit signe d'avancer. Camille s'était renseignée avant de venir. L'entreprise était en fait une filiale du groupe Laverne. Outre la sécurité du manoir, c'étaient eux qui surveillaient la plupart des sites industriels du groupe.

— Bonjour madame, lui adressa la réceptionniste avec un grand sourire, que pouvons-nous faire pour vous ?

— Bonjour, lieutenant Lambert, police judiciaire. Je viens au sujet de la sécurité de la propriété de monsieur et madame Laverne. Je souhaiterais parler à un responsable.

Le sourire de la demoiselle s'était figé quand Camille avait annoncé sa fonction et un voile de tristesse avait traversé son regard à l'évocation du grand patron. La nouvelle de l'accident ne faisait pas encore la une de la presse, le lendemain sans doute, mais le bruit avait tout de même couru au sein du groupe que quelque chose de grave était arrivé. Pour eux, ce n'était qu'un tragique accident de sport extrême.

La secrétaire paraissait toutefois gênée par la requête. Elle oscillait entre l'obéissance immédiate qu'imposait la présence dans leurs bureaux des forces de l'ordre et le respect qu'elle devait aux consignes de sa hiérarchie qui étaient de ne pas les déranger. Elle bredouilla :

— Eh bien, je crains que ce ne soit un peu compliqué ce matin. Le comité de direction est en pleine réunion mensuelle. Ils ne sortiront pas avant une heure avancée de la soirée. En général, ils terminent vers 22 heures. Peut-être pouvez-vous me laisser vos coordonnées et je verrai si nous pouvons vous trouver un rendez-vous.

Elle tourna la tête vers son écran et cliqua rapidement sur sa souris pour ouvrir l'agenda du directeur et reprit :

— J'ai peur que ce ne soit difficile cette semaine... Monsieur Laurent part en déplacement demain matin et ne sera de retour que vendredi. La semaine prochaine peut-être, continua-t-elle songeuse en faisant défiler les jours sur son écran.

Elle semblait avoir déjà oublié qui lui faisait cette demande et répondait maintenant comme elle l'aurait fait avec un représentant lambda. La patience de Camille ayant des limites, elle la coupa dans ses digressions :

— Je pense que vous n'avez pas bien saisi l'objet de ma visite. Je suis ici dans le cadre d'une enquête criminelle, il serait regrettable que je note dans mon rapport que votre société a fait obstruction à nos services lorsque nous avons mené nos recherches sur l'accident de monsieur Laverne. Cet événement va être très médiatisé dans les prochains jours, cela ne va pas vous faire une très bonne publicité. Je n'ai pas l'intention de revenir la semaine prochaine, ni même demain. Nous n'avons pas de temps à perdre, je vous demanderai donc d'aller déranger monsieur Laurent et de lui faire part de ma requête.

Cette fois, c'était trop de responsabilités pour la secrétaire. Elle n'était pas à même de juger si elle devait ou non renvoyer cette importune, même si elle allait peut-être se faire remonter les bretelles, car le patron détestait par-dessus tout être dérangé en réunion. Une fois, elle l'avait vu renvoyer sur-le-champ un collaborateur qui avait eu l'outrecuidance, en plus d'être arrivé en retard, de répondre à un coup de téléphone en plein comité. Mais si effectivement il avait mauvaise presse à cause d'elle, les conséquences seraient bien pires. Son sourire avait disparu de son visage. Elle se leva en regardant froidement celle qui venait de gâcher sa semaine et disparut vers le fond de l'*open space* que Camille apercevait derrière les cloisons de l'accueil.

Camille n'eut pas à attendre longtemps. Quelques minutes plus tard, la secrétaire réapparut précédée d'un homme au pas rapide qui s'avançait vers elle, visiblement énervé.

— Que puis-je faire pour vous madame ? attaqua-t-il d'emblée sans même la saluer.

— Bonjour, répondit calmement Camille. Lieutenant Lambert, police judiciaire, j'ai quelques questions à vous poser au sujet de monsieur Laverne.

— Je sais qui vous êtes, la coupa le directeur, mademoiselle Duchâteau m'a prévenu. Et je ne vois pas en quoi nous pouvons vous être utiles. Voyez-vous, l'accident de monsieur Laverne est tragique, mais nous ne pouvons pas nous permettre de nous lamenter en attendant qu'il se remette. Nous avons beaucoup d'occupations et pas de temps à perdre. Si vous ne voulez pas gaspiller le vôtre, je vous suggère de plutôt vous intéresser aux activistes qui ne cessent de perturber certains des sites industriels du groupe et qui nous causent un certain nombre de problèmes.

Une fois sa diatribe terminée, il se retourna et s'apprêtait à faire demi-tour pour retourner vaquer à ses occupations. Camille ne l'entendait pas de cette oreille et le coupa dans son élan :

— Monsieur... Laurent, c'est bien ça ? commença-t-elle. Je vais vous faire un aveu. Je vais vous confier une information dont vous n'avez pas encore connaissance. Figurez-vous que Thomas Laverne n'a pas été victime d'un accident. C'est une tentative d'homicide.

Le patron avait fait demi-tour et la regardait maintenant curieusement.

— Et si je suis ici, c'est parce qu'il y a des éléments troublants dans le système de sécurité de la propriété des Laverne qu'il va nous falloir éclaircir. Or, il se trouve que vous êtes l'installateur et le gestionnaire de ce dispositif. Donc vous avez un choix à faire : ou vous coopérez, vous répondez à mes questions sans tergiverser et vous nous aidez à avancer dans notre enquête. Ou vous continuez à jouer ce petit jeu et je reviens demain matin avec une commission rogatoire et toute une équipe, je fais saisir tout votre matériel et je fais fermer vos bureaux jusqu'à la fin de l'enquête.

Camille avait légèrement haussé le ton et son sourire poli avait disparu. Elle arborait maintenant l'air décidé et le regard perçant qu'elle prenait quand elle était proche de sortir de ses gonds. Ses paroles n'étaient pas des menaces en l'air. Elle détestait devoir passer inutilement par les magistrats. Le temps était un élément capital dans toute enquête. Une journée perdue – quelques heures mêmes parfois – suffisait à rater le coche et à laisser filer un meurtrier. C'était sans cesse une course contre la montre. Pourquoi fallait-il toujours que les gens, les hommes et les femmes de pouvoir encore plus, se sentent au-dessus des lois et se croient autorisés à considérer les forces de l'ordre avec dédain ? Depuis qu'elle était entrée dans la police, elle constatait cet état de fait. Elle y avait assisté dès ses débuts. Plus les témoins interrogés étaient riches et puissants, plus ils étaient méfiants à leur égard. De là à dire qu'un smicard avait souvent moins de choses à se reprocher qu'un milliardaire, il n'y avait qu'un pas. Cette fois-ci cependant, son attaque tranchante eut l'air de fonctionner. Le patron avait stoppé net et s'était déjà retourné. Son opinion envers elle avait changé : beaucoup moins de condescendance et beaucoup plus de respect et d'attention.

— Mademoiselle Duchâteau, allez dire au comité que la réunion est suspendue, demanda-t-il à la secrétaire sans même la regarder. Si vous voulez bien me suivre lieutenant.

Et il la précéda vers le couloir de droite où il la fit entrer dans un grand bureau moderne et richement garni. Une grande fenêtre donnait directement sur l'esplanade de la Défense et, le temps étant clément aujourd'hui, on pouvait y apercevoir l'alignement de la Grande Arche et de l'Arc de Triomphe au loin. Le directeur s'assit derrière le meuble immaculé et invita Camille à prendre place dans l'un des trois sièges confortables qui lui faisaient face.

— Qu'est-ce qui vous permet de dire que ce n'est pas un accident et surtout qu'est-ce qui vous permet d'affirmer que nous puissions y être liés ? demanda-t-il ensuite.

— Le matériel de monsieur Laverne a été saboté, répondit Camille laconiquement, elle n'était pas là pour échanger sur leurs théories. C'est vous qui avez installé le système de sécurité de leur manoir, c'est exact ?

— Oui, c'est exact, nous avons sécurisé la propriété il y a près de deux ans à la demande de monsieur Laverne.

— Vos systèmes sont-ils fiables, monsieur ?

— Pardon ? Évidemment qu'ils le sont, ce sont les meilleurs du marché. Nos serveurs sont parfaitement sécurisés. Bien sûr, aujourd'hui, certains vous diront que rien n'est inviolable... Je peux toutefois vous garantir que nous sommes parmi les plus vigilants sur ce point. Notre société gère la sécurité des lieux et des données de toutes les branches de la holding de monsieur Laverne.

Nous avons à gérer quotidiennement des tentatives d'intrusions aussi bien physiques que virtuelles. Aucune société proposant de la surveillance de domicile ne peut se targuer d'avoir autant de moyens et de compétences que nous dans cette lutte incessante. Je peux donc vous affirmer sans problème que le manoir est aujourd'hui une vraie forteresse aussi bien gardée qu'un site sensible de l'État.

— D'après madame Laverne, poursuivit Camille, il y a eu une alerte intrusion samedi dernier qui s'est avérée être une fausse alerte. Vous pouvez le confirmer ?

— C'est tout à fait plausible, effectivement. Ce type de matériel est sensible, il n'est pas rare qu'il se déclenche par inadvertance ou à cause d'un animal quelconque, surtout dans une zone semi-rurale comme celle-là. C'est d'ailleurs très simple à vérifier.

Et accompagnant ses paroles, il alluma son énorme écran et, après quelques clics, fit apparaître un tableau, similaire à celui aperçu le matin même, et retraçant l'historique des événements survenus dans la propriété. Très peu d'alarmes étaient enregistrées et une ligne signalait effectivement une notification le samedi en début de soirée. Montrant l'événement du doigt, il expliqua à l'enquêtrice :

— Vous voyez, tout est enregistré ici. Alarme intrusion à 21 h 03, signalée par le capteur C123 à l'entrée du hangar. Plus précisément, c'est le détecteur de la fenêtre de droite.

— Vous semblez très bien connaître les lieux, monsieur Laurent.

— En effet, monsieur Laverne avait insisté à l'époque pour que je supervise personnellement l'installation du système. Par ailleurs, nous nous connaissons depuis des années et j'ai plusieurs fois eu l'occasion de me rendre dans son manoir.

— Que s'est-il passé ensuite ? Je veux dire après le déclenchement de l'alarme.

— Eh bien, vous pouvez lire ici que monsieur Jouffre qui était de permanence ce week-end a téléphoné au manoir pour s'assurer que tout allait bien. C'est le premier échelon de notre intervention.

Il cliqua sur l'icône présente dans la case appel et ouvrit un compte-rendu synthétique de l'appel.

— Et voilà le résultat du coup de téléphone. Il a d'abord appelé sur la ligne fixe. Personne n'a décroché. C'est le cas dans la très grande majorité des appels, plus personne ne les utilise de nos jours. Ensuite il a essayé le deuxième numéro de notre liste, le portable personnel de monsieur Laverne. C'est lui qui a répondu et qui a signalé que c'était une fausse alerte.

Il referma le fichier, mais Camille ne comptait pas en rester là, elle était surprise que ce soit lui qui ait répondu.

— Je suppose que vous conservez des enregistrements des conversations, pourrions-nous les écouter s'il vous plaît ?

— Effectivement, nous conservons des traces de ces discussions, répondit Laurent, passablement surpris.

Après un temps d'hésitation, il ouvrit un autre lien et alluma les enceintes posées sur son bureau avant de lancer la bande. On y entendait l'agent de sécurité qui se présentait et qui signalait selon la procédure qu'il venait de recevoir une notification d'intrusion ainsi que son emplacement. Il commençait par demander à son interlocuteur un code de validation, c'était effectivement Thomas Laverne qui répondait. Il semblait légèrement essoufflé et affirmait à son interlocuteur que tout allait bien. Pour finir de le convaincre alors que le planton insistait en lui demandant une seconde fois s'il était bien sûr que tout allait bien, on l'entendait annoncer qu'il était actuellement lui-même dans le hangar en train de préparer son matériel pour sa sortie du lendemain et qu'il pouvait donc facilement lui affirmer qu'il ne se passait rien de particulier. L'agent le remerciait en s'excusant du dérangement et raccrochait dans la foulée.

— Vous voyez lieutenant, il n'y a rien d'étrange dans cette conversation. La procédure a été parfaitement respectée et il semble évident qu'il s'agit d'un déclenchement inopiné. Je vous l'ai dit, tout cela n'a rien de surprenant. Il est très rare que nous ayons affaire à de réelles menaces ou tentatives de cambriolage. Vous savez, ce genre de manoir est une cible privilégiée pour les groupuscules du grand banditisme. En général, leurs opérations sont préparées longuement et nos dispositifs sont de nature à décourager les plus téméraires. Plus qu'un moyen d'intervention rapide en cas de problème, nos systèmes sont surtout de formidables outils de dissuasion. Quand les candidats font des repérages et s'aperçoivent de la couverture totale du domaine, cela suffit à les faire capituler.

Camille l'écoutait attentivement. Elle le laissait volontairement parler, attendant de voir s'il était au courant de quelque chose. Jusqu'à présent, elle ne décelait rien dans son attitude qui pouvait faire penser qu'il cachait quelque chose. Il semblait tout à fait sincère et particulièrement convaincu de la sécurité de ses installations. Mais elle avait encore un atout dans sa manche.

— Avez-vous également les vidéos extérieures du hangar, monsieur Laurent ?

— Bien sûr ! Je crois pourtant savoir que vous avez déjà visionné ces images et que vous en avez même une copie ?

Il était bien renseigné.

— En effet… Je voudrais tout de même les revoir. Peut-être votre œil d'expert y décèlera-t-il quelque chose qui nous a échappé.

Laurent n'était pas dupe, il était évident pour lui que son interlocutrice avait autre chose en tête. Que pouvait-elle bien vouloir à ces images ? Il les avait personnellement regardées le matin même lorsqu'il avait été informé des événements en cours et n'y avait rien détecté.

— Bien, si vous le souhaitez, finit-il par acquiescer en regardant sa montre ostensiblement.

Cet entretien commençait à lui déplaire fortement.

Il tourna légèrement l'écran vers Camille et après quelques clics pour naviguer dans sa base de données, la façade du hangar et les frondaisons apparurent. En silence, ils observèrent les feuilles onduler légèrement dans le vent léger. La pastille rouge signalant le déclenchement apparut, puis disparut aussi vite qu'elle était venue. C'était la même version que celle visionnée chez les Laverne.

— Vous voyez, il n'y a rien à voir ! insista Laurent.

Camille se lança alors dans la même démonstration que Lucas un peu plus tôt.

— Remontez de quelques minutes s'il vous plaît, une dizaine de secondes avant l'alarme, et passez les images au ralenti.

Laurent commençait à se sentir mal à l'aise, il s'exécuta néanmoins. Camille lui montra du doigt en silence le coin de branchages où s'ébattait le petit pinson, bien visible sur le grand écran du P-DG, et attendit la suite en scrutant la réaction de Laurent. Quand l'oiseau disparut soudainement, il ne put retenir un sursaut.

— Enfin... qu'est-ce que cela veut dire ? C'est impossible voyons !

Il remonta la bande à plusieurs reprises pour s'assurer que ses yeux ne lui jouaient pas un mauvais tour. La disparition du volatile était pourtant bien réelle.

— Vous savez ce que cela signifie monsieur Laurent, n'est-ce pas ?

Sur le moment, le visage de l'homme s'était décomposé. Il affichait maintenant plus de colère que de surprise. Il comprenait parfaitement les implications de cette découverte. Les images étaient truquées sans aucun doute. Et plus que l'enquête de police, ce qui l'inquiétait maintenant, c'était la réputation de sa société si cette contrefaçon était rendue publique. Camille se moquait de tout cela, ce qu'elle voulait, c'étaient des réponses.

— Qui a accès à ces images, monsieur Laurent ? Est-il possible que vous ayez été piratés ?

— Non, je vous l'ai dit, nous avons des dizaines de pare-feu et de procédures de sécurité. Si quelqu'un avait forcé nos serveurs, nous ne pourrions pas passer à côté. Non, si ces fichiers ont été trafiqués, c'est forcément... Mon Dieu.

— En effet, vous en êtes à la même conclusion que moi monsieur Laurent. D'où ma question que je réitère : qui a accès à vos serveurs ?

En comprenant que le fruit pourri était dans ses murs, le patron avait perdu de sa superbe. Il bredouilla :

— Eh bien... très peu de monde en fait. Moi bien sûr, Henri Duranteau notre responsable informatique qui est en congé en ce moment. Il est en croisière dans les Caraïbes, il est impossible qu'il y accède depuis son paquebot. Et ensuite il n'y a que Pierre Lacustre, notre directeur technique et sécurité réseaux, qui donne ponctuellement des autorisations à nos développeurs lorsque des interventions de maintenance sont nécessaires. Ce ne sont jamais des accès complets, ils n'interviennent que sur certains secteurs.

— Monsieur Lacustre est-il là aujourd'hui ?

Cette fois, Laurent semblait très gêné. Plus la conversation avançait, plus il entrevoyait des conséquences désastreuses.

— C'est-à-dire que... il aurait dû être là pour le comité de direction et en fait... eh bien, il était absent ce matin.

Tous les sens de Camille étaient maintenant en alerte.

— A-t-il prévenu de son absence ?

— Non, nous n'avons eu aucun appel et pour tout vous dire, j'ai essayé de le joindre sur son portable ce matin et je suis tombé directement sur son répondeur.

— Quand l'avez-vous vu pour la dernière fois ?

— Nous avons fait notre point hebdomadaire jeudi, car j'étais absent vendredi, j'étais à notre succursale de Lyon.

— Est-il venu travailler vendredi ?

— Eh bien, je n'en sais rien... Nous possédons tous un badge pour entrer dans le bâtiment et notre système est prévu pour enregistrer toutes les allées et venues. Nous pouvons vérifier.

Il ouvrit un nouveau logiciel et entra le nom de son directeur technique. Une série de notifications s'affichèrent, correspondant toutes au passage de Lacustre dans le bâtiment.

— Oui, tout à fait, il était là vendredi, à ses horaires habituels. Mais...

— Qu'y a-t-il, monsieur Laurent ?

— Eh bien, c'est étrange, il semblerait que Pierre soit également venu dimanche, ce n'est pas dans les coutumes de la maison. Il est entré dans l'immeuble dans l'après-midi et en est ressorti au bout d'une heure et demie.

Camille nota rapidement les coordonnées complètes ainsi que l'adresse du directeur technique et envoya directement un message au poste afin qu'ils envoient une patrouille à son domicile. Puis elle revint à monsieur Laurent.

— Avez-vous un moyen quelconque de savoir ce qu'il a pu faire lors de sa visite dominicale ?

Après quelques recherches dans ses différents logiciels, le patron répondit :

— D'après les caméras de surveillance, il s'est rendu dans son bureau et je vois qu'il a ouvert sa session informatique. Je suis par contre incapable de vous dire ce qu'il a fait devant son écran. Il n'a pas bougé de là jusqu'à son départ.

Camille en avait assez entendu. Elle n'obtiendrait pas grand-chose de plus ici. Il leur fallait mettre la main aussi sur ce Lacustre maintenant.

Chapitre 15

En quittant La Défense, Camille se dirigea directement vers l'hôpital où se trouvait Laverne. Elle se gara sans aucune gêne sur une des places les plus proches de l'entrée, celle censée être attribuée au Dr Lenoir d'après l'affichette sur le trottoir. Pas de temps à perdre. Et d'ailleurs, si l'éminent praticien n'était pas là à cette heure, c'est qu'il n'était pas de service. Cela lui évitait en outre de se retrouver au fin fond du parking visiteur, bien plus éloigné. Elle passa sans un regard devant le personnel de l'accueil et s'engouffra dans l'ascenseur. Elle savait où elle allait. Thomas Laverne avait passé les premières heures au bloc opératoire après son transfert depuis l'aérodrome et se trouvait maintenant en soins intensifs où les médecins tentaient de le maintenir en vie.

Arrivée au quatrième, elle bifurqua à gauche, suivant l'indication du panneau de signalisation qui lui faisait face. Le couloir se terminait par une double porte battante qui ouvrait sur une zone à l'accès restreint où se trouvaient les cas les plus critiques. Les visites dans cette aile étaient très limitées et réservées aux proches. Camille se tourna vers le bureau qui jouxtait le passage verrouillé et dans lequel deux infirmières vaquaient à leurs occupations.

— Bonjour, lieutenant Camille Lambert, police judiciaire. J'ai prévenu de ma visite tout à l'heure. Je souhaite parler au médecin responsable de ce service.

— Il fait actuellement sa tournée, je vais voir s'il peut se rendre disponible. C'est au sujet de monsieur Laverne, je suppose ?

L'enquêtrice se contenta d'un sobre acquiescement de la tête. Les soignants savaient bien évidemment qui était leur patient et pourquoi il avait été amené ici. Les accidents de ce type ne remplissaient pas leurs chambres tous les jours, mais, ponctuellement, ils avaient l'habitude voir débarquer les forces de l'ordre dans leur hôpital. Soit pour interroger les victimes lorsque cela était possible, soit, comme ici sans doute, pour s'enquérir de l'état de santé du patient et affiner leurs hypothèses quant au déroulement des événements.

L'infirmière raccrocha son téléphone et vint à la rencontre de Camille.

— Il termine ses contrôles postopératoires, il peut vous accorder quelques minutes. Suivez-moi s'il vous plaît.

Typique des grands pontes de ces établissements, se dit la jeune femme. Elle avait le privilège de se voir accorder un peu d'attention de la part de monsieur le professeur, quel honneur ! Mais ce n'était pas le moment de jouer les sarcastiques, aussi se contenta-t-elle d'emboîter le pas à l'infirmière. Elle venait de la précéder et avait déverrouillé la porte d'un simple passage de son badge devant le détecteur enfoncé dans le mur. Les lourds battants s'écartèrent immédiatement et étonnamment vite compte tenu de leur taille.

Sur les talons de son guide, Camille pénétra dans un couloir très aseptisé entouré de boxes vitrés. Certains patients étaient masqués par un rideau, seuls les branchements et les machines de réanimation restaient visibles. D'autres étaient observables, étendus, le plus souvent inconscients, et reliés à la vie par d'innombrables tuyaux. À mesure qu'elles s'avançaient devant ces chambres sous étroite surveillance médicale, elles ne virent qu'un seul homme qui avait les yeux ouverts. Lui voyait peut-être le bout du tunnel. À ses côtés, une femme en blouse verte, charlotte sur la tête et masque sur le visage, lui parlait sans discontinuer. Son regard était celui d'une personne soulagée après d'intenses moments d'angoisse. Cette même terreur pour la vie d'un être cher que Camille n'avait pas vue chez Claire Laverne.

Quelques mètres plus loin, elles s'arrêtèrent devant une paroi vitrée derrière laquelle on voyait deux personnes en tenue médicale s'affairer autour des équipements et d'un patient masqué par un rideau blanc. L'infirmière appuya sur l'interphone.

— Docteur Carpentier, le lieutenant Lambert est ici.

Le médecin se retourna et, sans répondre, se dirigea vers la sortie de la pièce après avoir enlevé et jeté ses gants stériles. Il passa par un sas qui séparait les deux chambres contiguës et déboucha finalement dans le couloir où se trouvaient les deux femmes.

— Bonjour lieutenant, comme vous pouvez le constater, nous avons beaucoup de patients à traiter dans ce service et tous demandent une attention particulière. Si nous pouvions faire au plus vite... Je vous en remercie d'avance.

Camille ne s'offusqua pas de la remarque, elle n'était pas empreinte de condescendance comme on aurait pu le croire. Au contraire, on sentait l'homme sincère et plein de convictions. La prise en charge de ses malades était son unique priorité.

— Merci de me recevoir professeur, je vais faire au mieux. Pouvez-vous me faire un bilan concernant Thomas Laverne ? attaqua-t-elle sans attendre.

En guise de réponse, le médecin frappa du doigt à la vitre et fit un geste explicite à l'aide-soignante restée dans la chambre. Celle-ci attrapa le rideau et l'écarta pour laisser apparaître la personne alitée. Un tube sortait de sa trachée et était relié à un respirateur qui lui gonflait les poumons à intervalles réguliers. De son visage, peu de choses étaient visibles, hormis les tuyaux qui en sortaient. Le haut de son crâne était entièrement emmailloté dans une importante épaisseur de gaze et de bandages. Des pansements couvraient également ses bras et ses jambes.

— Comme vous pouvez le constater lieutenant, monsieur Laverne est dans un état critique. Nous avons pour l'instant réussi à le stabiliser, mais la situation reste très incertaine. Lorsqu'il a été amené hier, il souffrait d'une importante hémorragie cérébrale et de plusieurs fractures aux membres inférieurs, au bassin, et sa colonne vertébrale était également touchée. Sur des polytraumatisés comme monsieur, nous avançons étape par étape. La priorité était de stopper ses saignements et de faire baisser sa pression intracrânienne. Cela nous a pris plusieurs heures au bloc opératoire et la situation du patient reste précaire. Trop pour que nous puissions pour l'instant nous pencher sur les autres blessures. Ses jambes, en particulier, vont nécessiter de nombreuses interventions chirurgicales. Pour être tout à fait honnête avec vous, je doute qu'il puisse à nouveau s'en servir s'il s'en sort. Le scanner a montré que trois de ses vertèbres sont en morceaux et la moelle est indubitablement sectionnée. Et ça, malgré tous nos efforts, nous ne pourrons rien y faire, c'est irrémédiable.

— Je sais que ce n'est pas dans l'habitude du corps médical de faire ce genre de pronostic docteur, mais d'après vous, monsieur Laverne a-t-il une chance de s'en sortir ?

— Ce n'est pas une question d'habitude lieutenant, sourit le professeur. Si nous avons parfois du mal à nous prononcer, c'est aussi parce que, d'une part, très souvent, nous ne connaissons pas cette réponse et, d'autre part, l'expérience m'a appris que le corps humain peut être très surprenant. Il m'est arrivé de voir des patients pour lesquels je n'aurais pas donné cher de leur survie revenir malgré tout parmi les leurs. Dans le cas présent, si je suis honnête avec vous, je dois reconnaître que je n'y crois pas beaucoup. Les blessures sont ici très importantes, trop sans doute, et même s'il est un peu tôt pour l'estimer, les lésions cérébrales sont inévitables. Pour être franc, les quelques prochaines heures seront déterminantes. Ou la pression dans sa boîte crânienne remonte et dans ce cas, c'est à la chambre mortuaire que vous pourrez vous rendre demain, ou elle reste stable et il aura une toute petite chance. Malgré tout, même dans ces conditions, la survie est très peu probable. Et je ne vous parle pas des autres dommages qu'il a subis aux membres et au rachis sur lesquels nous n'avons pour l'instant pas pu nous pencher réellement. Dans le cas de monsieur Laverne, je dirai malheureusement que c'est une question d'heures, de quelques jours au mieux.

— Bien, nous allons donc devoir faire sans son témoignage direct pour retracer les événements... Y a-t-il eu des visites depuis hier, docteur ? Sa femme peut-être ?

— Non, pas à ma connaissance.

Le médecin se tourna vers l'infirmière qui confirma d'un signe de tête que personne n'était venu devant cette chambre.

— Vous êtes la première à venir à l'hôpital... Son épouse a tout de même téléphoné ce matin pour s'enquérir de son état.

— Lui avez-vous parlé directement ?

— Oui, en effet, c'est au médecin responsable du patient de communiquer avec les familles, en particulier lorsque les nouvelles ne sont pas réjouissantes.

— Comment madame Laverne a-t-elle réagi ?

— Eh bien, elle m'a paru relativement froide et a montré très peu d'émotions... Chacun réagit à sa façon aux épreuves telles que celle-là lieutenant. Je peux vous dire d'expérience que nous voyons ici toutes sortes de réactions. Certaines personnes ont besoin de plus de temps pour assimiler une nouvelle dramatique.

— Certes, certes... Et pour en revenir à votre patient docteur, quelles sont les prochaines étapes ?

— Rien de plus que de la surveillance pour le moment, malheureusement. Je vous l'ai dit, il est trop faible pour supporter une nouvelle opération. Nous aviserons demain matin. S'il est stabilisé, nous nous attaquerons à ses membres inférieurs. Sinon nous continuerons à patienter. Toutefois, vingt-quatre heures de plus et ses jambes seront définitivement perdues.

La situation de Thomas Laverne était donc réellement dramatique, songea l'enquêtrice sur ces dernières paroles du professeur. De la tentative, ils n'allaient pas tarder à passer au meurtre avec préméditation, semblait-il. Pour que le corps médical lui-même émette tant de réticences, c'est que le cas était réellement désespéré. Peut-être que son épouse n'avait pas saisi la gravité de l'instant. Camille devait s'entretenir avec elle pour lui faire comprendre que si elle voulait le voir une dernière fois, c'était maintenant ou jamais. Sans quitter des yeux le corps immobile de l'homme d'affaires, dont la poitrine ne se soulevait plus que par la grâce du respirateur qui l'accompagnait, elle conclut sa conversation avec le Professeur Carpentier.

— Merci de m'avoir accordé un peu de votre temps docteur. Je me permettrai de vous appeler demain matin pour m'enquérir des évolutions de son état de santé. Je ne vous embête pas plus longtemps.

— À votre disposition lieutenant, bonne chance dans votre enquête.

Il n'attendit même pas l'éventuelle réaction de la jeune enquêtrice et s'engouffra dans la chambre suivante. Il était déjà passé à autre chose, un autre cas critique à tenter d'améliorer. Camille remercia également l'infirmière et rebroussa chemin. Elle appuya sur le bouton d'ouverture de la porte coupe-feu, pas besoin de badge dans ce sens. Quelques mètres plus loin, elle repassa devant le bureau des soignants sans y prêter une attention particulière. Elle perçut un mouvement à l'intérieur qui lui fit machinalement tourner la tête. Un homme se tenait debout devant le panneau d'affectation des différents boxes de soins. De dos, elle ne voyait pas son visage. Un détail toutefois attira immédiatement son attention. Le type ne portait pas la tenue réglementaire habituellement arborée par ceux habilités à pénétrer dans cette pièce. Elle ralentit le pas jusqu'à quasiment s'arrêter en fixant la nuque de l'inconnu. Celui-ci, se sentant observé, pivota vivement vers l'entrée et plongea son regard dans celui de l'enquêtrice.

Le sang de Camille ne fit qu'un tour, l'individu qui lui faisait maintenant face n'était autre que le barbu de l'aérodrome, leur principal suspect ! Aucun doute à ce sujet, elle avait parfaitement enregistré ce visage après l'avoir vu sur la pièce d'identité qu'il avait laissée. Il n'avait même pas pris la peine de modifier un peu son apparence pour venir ici. La pilosité était toujours la même. La jeune femme réfléchissait en accéléré, instinctivement. Si ce gars était venu, ici, dans l'hôpital où était soigné celui qu'il avait tenté d'assassiner, s'il était là, dans le bureau des infirmières, à scruter la répartition des chambres, cela ne pouvait dire qu'une chose... Il cherchait la chambre de Laverne et... il venait finir le boulot. Glissant rapidement la main sous le pan de sa veste, Camille empoigna son arme de service et s'apprêta à faire les sommations d'usage avant de mettre en joue le suspect.

Marc avait un désavantage notable par rapport au lieutenant de police, il ne connaissait pas son visage. Une fraction de seconde, il avait pensé qu'il ne s'agissait que d'une femme ordinaire venant visiter un proche. Son attitude et surtout son dernier geste, qu'il remarqua immédiatement, suffirent à éveiller sa méfiance de mercenaire habitué aux situations périlleuses. La courte pause qu'elle réalisa avant de dégainer lui permit de rattraper son retard. Tout se passa ensuite très vite.

Alors qu'elle ouvrait la bouche pour s'adresser à lui, il saisit dans son dos le manche du couteau qu'il avait glissé dans un étui à sa ceinture et, dans le même geste, l'expédia à une vitesse folle vers la jeune femme. Le voyant faire, elle marqua un temps d'hésitation. Il était dans sa ligne de mire, mais elle ne pouvait pas riposter ici, pas avec tout le matériel de réanimation qui l'entourait. Elle était piégée. Il l'avait piégée.

Camille aperçut l'éclat brillant de la lame se dirigeant droit vers sa poitrine et, au dernier moment, elle ne put que se jeter sur le côté. Elle n'avait visiblement pas affaire au premier venu. Il l'avait surprise avec ce lancer et il l'avait fait avec une précision diabolique. L'épaule gauche de l'enquêtrice heurta le chambranle de la porte, ne lui permettant pas de se dégager autant que nécessaire. Suffisamment toutefois pour éviter le pire. La lame siffla le long de son biceps, déchirant au passage la manche de son chemisier et la couche supérieure de son épiderme. Le contact de l'acier tranchant lui fit lâcher son pistolet. Il n'avait pas encore touché le lino quand elle reçut le deuxième assaut. Son agresseur n'avait pas attendu de voir s'il touchait au but et s'était élancé dans sa direction pour sortir du cul-de-sac dans lequel il se trouvait. Il lui asséna une lourde manchette dans la glotte qu'elle ne parvint à parer que sommairement. Nettement en déficit de puissance par rapport à cet homme, elle fut projetée jusqu'à l'autre mur du couloir, sous les yeux ébahis du personnel médical qui pointait son nez, attiré par ce soudain vacarme.

Ne demandant pas son reste, Marc se rua en courant vers la cage d'escalier la plus proche. S'il avait pris le dessus pour l'instant grâce à sa réaction brutale et éclair, il ne valait mieux pas pour lui qu'il traîne dans les parages. En franchissant la porte, il jeta un coup d'œil par-dessus son épaule et constata qu'il avait bien fait de ne pas tergiverser. Camille était déjà sur pied, arme au poing. Elle sprinta à son tour et s'engouffra dans les premières marches seulement quelques secondes après son suspect.

Au Professeur Carpentier, qui avait poussé la porte des soins intensifs en entendant son infirmière pousser des cris proches de l'hystérie, elle avait juste pris le temps de hurler :

— Appelez immédiatement les secours ! Donnez-leur mon nom et dites-leur que l'homme que nous recherchons est ici et que je suis à ses trousses, ils sauront quoi faire. Vite !! ajouta-t-elle en guise de ponctuation.

La jeune enquêtrice passa en trombe devant la porte de l'étage inférieur et continua son chemin, elle entendait encore des pas claquer sur les marches. Arrivée au palier suivant en revanche, elle se trouva devant un battant qui se refermait lentement. Elle s'arrêta quelques secondes, bloquant sa respiration, à l'affût du moindre bruit. Plus personne dans l'escalier, elle franchit donc à son tour l'ouverture surmontée d'un panneau indiquant le service oncologie. Le pistolet toujours tendu devant elle, elle regarda rapidement des deux côtés du couloir. À sa droite, un homme en pyjama bleu jetable, assis sur un fauteuil roulant et la main crispée sur la potence portant ses perfusions, lui fit un signe tremblant, mais déterminé, vers l'autre direction. Il paraissait avoir compris que quelque chose d'important se jouait et d'où il était, il pouvait aisément voir la carte de police de Camille accrochée à sa ceinture. La jeune femme acquiesça doucement, reprenant un peu son souffle au passage pour lui montrer qu'elle avait saisi. Elle continua donc prudemment vers la gauche et en approchant de la seule pièce ouverte sur le couloir, elle fit un petit geste vers la salle de garde du bout de son pistolet. Le malade lui confirma que l'homme qui la précédait y avait bien pénétré.

Tous les sens de la jeune femme étaient en alerte. Elle était dans une situation inconfortable : elle ne connaissait pas les lieux et ignorait totalement s'il y avait une autre issue ou si son suspect s'était fourré dans un guêpier. Par-dessus tout, elle ne savait pas s'il était armé. Sa réaction précédente lui laissait penser qu'il n'avait rien d'autre que le couteau qu'il lui avait lancé. Elle devait tout de même rester sur le qui-vive. Dos au mur du couloir, elle se risqua à un premier regard rapide à l'intérieur. Personne. Elle s'engagea plus avant et avisa l'entrée d'une deuxième pièce dans le fond, près de la baie vitrée. Sans un bruit, elle s'en approcha et franchit ce nouveau passage. La situation se compliqua alors sensiblement.

La pièce qu'elle venait de quitter était apparemment dédiée à la préparation des soins. Elle se trouvait maintenant dans ce qui ressemblait à une salle de repos. Le long d'un mur un canapé, de l'autre côté quelques casiers et dans le fond un espace kitchenette avec, suspendue dans un coin, une télévision cathodique d'une autre époque. À moins de dix mètres de son bras tendu se tenait un homme en blouse blanche. Immobile il masquait quasi totalement le barbu dont seul un bras passait au-dessus de l'épaule du médecin. Dans sa main, un scalpel luisant était appuyé sur la gorge du malheureux.

Un silence pesant s'installa entre les deux protagonistes. Chacun jaugeait la situation et examinait les différentes options qui s'offraient à lui. Et toutes n'étaient pas satisfaisantes. Camille prit les choses en main.

— Vous n'irez pas plus loin, il n'y a pas d'autre issue. Le plus sage est de poser ce scalpel et de vous rendre sans opposer de résistance, cela sera préférable pour tout le monde.

Elle parlait d'un ton neutre, dénué de tout stress. Dans une telle situation, ne pas laisser paraître d'émotions qui pouvaient permettre à l'adversaire d'avoir un avantage psychologique. Elle jeta un coup d'œil sur la poitrine de l'otage, l'inscription « Docteur Mathias Brunel » était brodée sur la poche de la blouse. Elle s'adressa ensuite à lui, pour que tout cela ne finisse pas en drame, il fallait aussi que le médecin ne cède pas à la panique.

— Ne vous inquiétez pas Mathias, je peux vous appeler Mathias ? Cela ne vous dérange pas ? – détourner l'attention, introduire une familiarité pour casser le tragique de la situation – Ne vous inquiétez pas, tout va bien se passer. Ne faites surtout pas de gestes brusques et il n'y a pas de raison que cela dégénère.

— Vous vous avancez un peu, la coupa finalement Marc. Je vous garantis que si vous ne vous écartez pas pour nous laisser nous diriger vers la sortie, cela va au contraire finir dans le sang.

Lui aussi parlait calmement, sans affolement ni panique. Définitivement la réaction d'un homme entraîné et rompu à ce genre de coup. Camille était dans l'expectative. Toutes les attitudes de ce type lui intimaient de faire très attention. Ce n'était pas le premier venu et il était maintenant évident qu'il ne reculerait pas. Elle le braquait toujours, mais, là aussi, il montrait des réflexes de professionnel. Il ne restait jamais vraiment immobile et ne cessait de faire passer la tête de son otage de manière aléatoire dans la ligne de mire du pistolet. Dans la pièce où ils se trouvaient, le danger n'était pas le même qu'en réanimation. Pourtant, si elle faisait feu, elle prenait le risque de toucher le médecin. Pas question de jouer sa vie. Elle regardait successivement le criminel et l'otage. Aussi surprenant que cela puisse paraître, Mathias ne semblait pas affolé. Même les gouttes de sang qui perlaient sur son cou ne l'émouvaient pas particulièrement. Étrange réaction, se dit d'abord Camille, mais un atout dans le cas présent, à coup sûr. Elle devait au moins pouvoir compter sur le fait qu'il ne ferait pas n'importe quoi. Le regard de Marc, lui, était toujours aussi déterminé. Elle devait gagner du temps. Temporiser en attendant les renforts, ce n'était qu'une question de minutes.

C'est le moment que choisit l'agresseur pour faire un pas en avant, poussant devant lui son bouclier humain. L'enquêtrice n'avait pas le choix, elle fit lentement marche arrière, le plus doucement possible.

— Vous reculez pour mieux sauter. Vous savez très bien que vous ne pourrez pas nous échapper.

Pas de réponses. Marc gardait les yeux rivés sur la policière. Ils sortirent ainsi dans le couloir et mètre après mètre se dirigèrent vers l'escalier. Quelques membres du personnel passaient par là et déguerpirent aussitôt qu'ils s'aperçurent qu'une prise d'otage était en cours. Le regard de Camille continuait à alterner entre les deux hommes face à elle. Elle cherchait d'une certaine façon à rassurer le médecin qui restait toujours aussi calme. Le haut de son corps oscillait à droite et à gauche dans une espèce de danse chaloupée qui les conduisait, lui et son tortionnaire, vers la sortie. Ce ballet silencieux continua jusqu'à ce qu'ils se retrouvent au rez-de-chaussée. Et au lieu de prendre la direction du hall d'accueil, ils bifurquèrent de l'autre côté. Pour la première fois, le malheureux otage prit la parole :

— La troisième porte à gauche.

Marc regarda très vite par-dessus son épaule et, en souriant, laissa Mathias appuyer sur la poignée qu'ils venaient d'atteindre. Camille était à nouveau dans l'impasse. Les renforts devaient être en train d'arriver côté entrée principale, pas par ici. Elle n'eut pas le temps de trouver une solution pour les alerter. D'un geste brusque, l'agresseur poussa son bouclier humain dans sa direction. Il le fit avec une telle violence que Mathias parcourut d'un bond les quelques mètres qui les séparaient et perdit l'équilibre en heurtant la jeune femme. Elle n'eut pas le temps de l'éviter et ils chutèrent tous les deux. Camille l'écarta rapidement pour se remettre sur pied. Quand elle se releva, la porte s'était déjà refermée. Elle se précipita et s'engouffra dans la pièce, un petit vestibule qui donnait sur une sortie de secours. Le passage vers l'extérieur était entrouvert. Elle s'élança et comprit tout de suite que c'était râpé pour cette fois. Elle se trouvait sur un trottoir et, de l'autre côté de la rue à sens unique qui longeait l'hôpital, un parc richement arboré s'étalait sur plusieurs centaines de mètres carrés. Les quelques secondes qu'il lui avait fallu pour se relever avaient suffi à l'agresseur pour prendre la fuite. Elle n'avait aucun moyen de savoir dans quelle direction il était parti et une fois dans la verdure, il pouvait aussi bien se cacher en attendant que la situation se tasse que s'enfuir discrètement par la première station de métro, hypothèse la plus plausible.

Elle n'avait plus rien à espérer de ce côté-là alors elle repartit en courant vers l'intérieur de l'établissement. Elle passa en trombe devant l'ex-otage qui finissait à peine de se relever, toujours aussi tranquille, et lui hurla en passant :

— Ne bougez pas d'ici, nous avons des choses à nous dire !

Elle arriva devant l'accueil au moment même où trois hommes en uniforme y pénétraient. Elle leur fit rapidement un résumé de la situation et ordonna que le quartier soit bouclé et que l'on fasse une battue dans ce parc. Elle ne croyait pas une seule seconde qu'ils allaient retrouver leur homme... Une fois la cavalerie lancée, elle retourna vers le médecin qui l'attendait patiemment.

— Vous pouvez m'expliquer ce qu'il vient de se passer s'il vous plaît ? asséna-t-elle sans masquer sa colère. Comment cet homme connaissait-il cette issue ?

— C'est moi qui la lui ai signalée.

Camille faillit s'en étouffer. Elle allait lui hurler dessus. Prête à lui passer les menottes, elle prit une grande et profonde inspiration pour se calmer. Ne pas laisser ses émotions lui dicter sa conduite. Ce toubib lui apparaissait étrange et louche, mais sa colère était surtout due au fait qu'elle n'avait pas été capable de coffrer leur suspect alors qu'il venait de lui tomber entre les mains.

— Pardon, vous pouvez répéter, reprit-elle plus doucement.

— J'étais seul en salle de pause quand il est arrivé. Je ne l'ai pas entendu venir, j'étais dos à la porte. En fait, sans même m'en rendre compte, je me suis retrouvé avec ce scalpel collé contre ma gorge.

Il passa une main dans son cou et se rendit compte qu'il avait une légère coupure. Il attrapa un mouchoir et, toujours aussi nonchalant, tamponna doucement sa blessure tout en continuant.

— Après m'avoir intimé l'ordre de me taire, il m'a demandé s'il y avait une autre issue dans cet hôpital. Il m'a menacé du pire et était très déterminé. Je sais ce dont est capable ce genre de personne – un léger voile de tristesse qui n'échappa pas à l'enquêtrice passa sur son visage – alors je n'ai pas hésité. Je lui ai donné ce qu'il demandait et c'est là que vous avez surgi à votre tour. J'ai ensuite pensé que pour éviter la catastrophe, il fallait que je continue à coopérer. Je suis persuadé que vous avez mis en place les moyens suffisants et que vous allez le retrouver.

Camille ne répondit pas. Elle scrutait Mathias, définitivement perturbée par ses réactions qui n'avaient rien en commun avec celles qu'elle avait l'habitude de rencontrer. S'il était possible qu'il soit parvenu à garder son calme dans le feu de l'action, dopé à l'adrénaline, il devrait maintenant accuser le coup en réalisant qu'il venait de passer proche de la mort. Dans des cas comme ça, elle avait croisé des gens qui basculaient dans l'hystérie, d'autres dans la catatonie, dans l'indifférence jamais. Ce type avait vraiment quelque chose de singulier, elle ne parvenait pas encore à déterminer si c'était bon ou mauvais signe.

— Un agent va prendre votre déposition docteur Brunel. Restez joignable s'il vous plaît, il est possible que j'aie d'autres questions à vous poser.

— Comme vous voulez lieutenant... ?

— Lambert, lieutenant Camille Lambert.

Et sans attendre, la jeune femme prit congé et regagna son véhicule. Avant de démarrer, elle passa un coup de téléphone à Romans et après lui avoir rapidement narré les événements ajouta :

— Lucas, fais poster un agent en faction permanente devant le service de Laverne. Ça m'étonnerait qu'il revienne maintenant, mais on ne prend pas de risques. Et puis, fais-moi quelques recherches sur ce Mathias Brunel, il y a un truc qui me dérange chez lui.

— OK, noté, à tout à l'heure.

Chapitre 16

Bourdieu et Malika avaient roulé tout l'après-midi en ne faisant quasiment aucune pause. Ils étaient tout de même arrivés trop tard dans la soirée pour se lancer dans des investigations sur place. Ils prirent donc la route d'Annecy et dénichèrent un petit hôtel où ils prirent deux chambres pour une nuit. Ils estimaient n'avoir pas besoin de plus d'une journée pour mener leurs recherches et espéraient être de retour dans la capitale dès le lendemain.

Camille les avait appelés le long de la route pour les tenir informés de ses découvertes concernant la vidéo trafiquée et de sa mésaventure avec leur principal suspect. Cela restait leur piste principale, mais comme ils étaient pratiquement arrivés à destination, ils convinrent d'un commun accord que tant qu'à avoir fait la route, autant mener leurs recherches jusqu'au bout. La patronne avait raccroché alors qu'elle arrivait au domicile de Lacustre, le directeur technique des spécialistes de la sécurité, qu'elle avait décidé de rejoindre pour encadrer les équipes sur place.

Les deux agents en déplacement se retrouvèrent le lendemain matin de bonne heure et, après un petit déjeuner frugal, commencèrent par se rendre au commissariat pour échanger avec les agents locaux à propos des menaces reçues par Laverne et des heurts lors de la fermeture de l'entreprise qu'il contrôlait. Ils n'y apprirent pas grand-chose de plus que ce qu'ils avaient déjà pu tirer des dossiers. Ils constatèrent toutefois que même parmi les forces de l'ordre, Laverne ne jouissait pas dans la région d'une réputation des plus agréables. L'usine était fermée depuis trois mois et du jour au lendemain, des dizaines de travailleurs s'étaient retrouvés sur le carreau. Tout le monde par ici avait un parent, une sœur ou un cousin qui avaient fait partie de la charrette. La région étant par ailleurs industriellement sinistrée, cela mettait beaucoup de monde dans la difficulté. Et le ressenti que tous avaient ici, c'était que le P.D.G. parisien portait l'entière responsabilité de leur malheur. L'officier qui les accueillit au commissariat voyait lui son fils aîné quitter la région pour aller travailler ailleurs à cause de cette faillite. Autant dire qu'il n'avait pas montré beaucoup d'émotion à l'évocation de l'accident de parachute. Néanmoins, c'était un bon professionnel et lorsqu'ils lui avaient annoncé qu'il s'agissait d'une tentative d'homicide, il s'était plié de bonne grâce à leurs questions. Il était lui-même intervenu sur le site industriel le jour du fameux comité d'entreprise exceptionnel. Il avait constaté et consigné dans son rapport que certains délégués s'étaient montrés particulièrement véhéments et menaçants. Comme Henri Waskowiak, le plus agressif, qui avait proféré les menaces les plus sérieuses. Le fils du patron, Mathieu Lagravière, s'était, lui, fait expulser de la réunion avant la fin à cause de son attitude, elle aussi très déplacée. Cet élément avait été évoqué par l'avocat de Laverne. Il ne faisait pourtant pas partie du rapport de police. Même dans une petite PME, il était toujours préférable d'être le principal actionnaire qu'un simple ouvrier pour ne pas être inquiété pour une tentative de coups et blessures. Néanmoins, Lagravière était resté devant les grilles avec ses employés et n'avait pas manqué de continuer à faire monter la pression. Si bien que lorsque Thomas Laverne était sorti, il avait dû se protéger le visage derrière sa sacoche et ses gardes du corps pour ne pas être heurté par les projectiles qui fusaient. Waskowiak avait réussi à s'approcher de lui avant qu'il ne s'engouffre à l'arrière de sa berline et lui avait dit, ivre de colère, qu'il le retrouverait et qu'il lui « ferait la peau ». L'officier était à quelques mètres et avait parfaitement entendu les menaces... Il avait tenu à préciser qu'il s'agissait selon lui de paroles en l'air prononcées sous le coup de l'émotion.

Malika et Bourdieu s'étaient ensuite enquis auprès de l'agent des résultats de l'interrogatoire de Waskowiak mené après la réception des lettres. Compte tenu de ce qui venait d'être mentionné, cela faisait de lui le suspect idéal. Et bien évidemment, c'était le premier à avoir été inquiété... Le policier leur avait alors fait une déclaration pour le moins surprenante. Si l'ouvrier en voulait certes toujours à celui qu'il considérait comme le fossoyeur de ses vingt dernières années professionnelles, toute cette histoire était devenue le cadet de ses soucis. En effet, peu après la fermeture de l'usine, il avait été frappé par un autre drame. Une de ses filles avait disparu sans laisser de traces. Des recherches avaient été menées dans toute la région et de gros moyens avaient été enclenchés pour tenter de retrouver la fillette, mais ils n'étaient toujours pas parvenus à dénicher la moindre piste. Camille et son équipe avaient eu vent de cette histoire, les affaires de disparition d'enfants n'étaient heureusement pas si courantes et étaient toujours scrutées de près dans tous les commissariats. Par ailleurs leur passé les rendait encore plus réceptifs à ces situations. Après s'être eux-mêmes heurtés pendant des semaines à l'absence totale de pistes pour retrouver la petite Héloïse, ils comprenaient dans quel désarroi se trouvaient leurs collègues savoyards. Et pour en revenir à leur suspect, cela l'avait anéanti et il passait dorénavant ses jours et ses nuits à écumer la région pour retrouver sa progéniture. Il passait des heures à coller des affichettes sur les murs des grandes villes et jusqu'aux plus petites bourgades. Il visitait le moindre commerce, le café le plus insignifiant, muni de photos à la recherche d'hypothétiques témoins. Il était totalement improbable qu'il ait perdu du temps à expédier des lettres anonymes à Laverne. Ses priorités, sa rancœur et même sa haine avaient brutalement changé de cible.

Munis de ces nouvelles et troublantes informations, Bourdieu et Malika avaient convenu qu'ils devaient tout de même rendre visite à ce Waskowiak. Ils allaient devoir agir avec tact lorsqu'ils l'entendraient.

Après leur entrevue au commissariat, ils se rendirent donc directement à son domicile en espérant qu'il soit présent. C'est un homme brisé qui leur ouvrit la porte après qu'ils ont frappé à trois reprises. Ils avaient vu sa photo dans le dossier. Pourtant, l'individu qui leur faisait face paraissait trente ans de plus. Il avait les yeux vitreux de ceux qui, depuis trop longtemps, ne dorment plus sans un grand renfort de substances alcoolisées. L'odeur et l'haleine qu'il dégageait confirmaient que, dans son cas, c'était la vodka qui lui tenait compagnie même à cette heure plutôt matinale. Ils se présentèrent poliment et en entendant leur fonction, il consentit à les laisser entrer. Ses yeux s'étaient allumés d'une rare étincelle quand il avait compris qu'il avait affaire à deux policiers qu'il ne connaissait pas encore. Peut-être était-ce là le signe d'une avancée dans les recherches… Ils avaient vite douché ses espoirs en lui disant qu'ils enquêtaient sur un accident en rapport avec monsieur Laverne. C'est uniquement par résignation qu'il ne les mit pas dehors alors qu'ils étaient installés dans son petit salon.

Malika qui avait rapidement observé les lieux en arrivant avait noté sur le buffet une photo de mariage ainsi que plusieurs portraits d'une petite fille qui respirait la joie de vivre. Pas d'autres gamins sur les murs, il ne devait avoir qu'une unique enfant.

— Merci de nous recevoir monsieur Waskowiak malgré votre situation compliquée. Votre épouse n'est pas là ? avait-elle demandé pour entamer la discussion.

L'ouvrier la regarda tristement et mit plusieurs secondes avant de répondre. Sa voix était faible, étranglée par la fatigue et la détresse.

— Elle est hospitalisée depuis la disparition de Ludivine. Elle n'a pas supporté le choc. Elle ne parle plus depuis cette tragédie. Elle s'est accrochée les premiers temps... Les jours passant, elle a progressivement perdu tout espoir de la revoir. Elle passe, enfin elle passait beaucoup de temps sur Internet. Et malheureusement, les données que l'on y trouve concernant les disparitions d'enfants sont sans appel. Je ne vais pas vous l'apprendre, passées les quarante-huit à soixante-douze premières heures, tout devient bien plus... compliqué. Aujourd'hui, elle ne pèse plus que trente-sept kilos et refuse de s'alimenter. À ce rythme-là et malgré les perfusions, elle va faire subir à son organisme des dommages irréversibles.

Malika jeta un regard à Bourdieu, qui pour une fois semblait compatir sincèrement au malheur de cet homme. Ils ne pouvaient malheureusement pas le rassurer sur ce point. Après si longtemps, les chances de retrouver la fillette étaient effectivement infimes. Elle continua tout de même son interrogatoire :

— Je comprends votre douleur, monsieur Waskowiak, et je sais qu'aujourd'hui, ce n'est pas ce que vous attendez de la police, mais nous avons malgré tout des questions à vous poser au sujet des événements survenus chez votre ancien employeur – un léger éclair de colère passa dans les yeux de l'ouvrier. Il se trouve que monsieur Laverne a eu ce week-end un grave accident de parachutisme. Il est actuellement entre la vie et la mort et tout nous porte à croire qu'il s'agit d'une tentative d'homicide.

Cette fois Waskowiak eut une faible réaction. Une esquisse de sourire sembla traverser son visage décomposé.

— Je vous dirais bien que c'est bien fait pour sa gueule, mais même cette nouvelle ne me fait ni chaud ni froid. Il y a quelques semaines, j'aurais sauté de joie en entendant ça. Aujourd'hui...

Et il ne finit pas sa phrase, le regard perdu accroché aux cadres photos derrière l'enquêtrice.

— Je suis désolée de vous demander ça, continua Malika un peu gênée... Où étiez-vous samedi dernier entre 20 et 22 heures ?

L'ouvrier la regarda plus intensément. Il aurait voulu se mettre en colère, lui hurler dessus, lui crier qu'au lieu de perdre leur temps ici à le soupçonner de je ne sais quoi, ils feraient mieux de mettre leurs compétences à profit pour retrouver sa fille. Même ça il n'en avait plus ni l'envie ni le courage. Il avait perdu toute capacité à s'indigner. Aussi se contenta-t-il de répondre laconiquement :

— Samedi, après avoir passé l'après-midi à poser des affiches dans tous les commerces d'Annecy, j'ai fini la soirée dans un bar sordide. Je ne connaissais personne là-bas. J'ai discuté un peu avec le patron, je suis sûr qu'il pourra vous confirmer ma présence.

— Je sais que vous avez également déjà été interrogé à ce sujet par nos collègues, avez-vous une idée de qui pourrait avoir envoyé les lettres à Laverne ?

— Même si je le savais je ne vous le dirais pas, pouffa vaguement l'ouvrier. Et très franchement… j'en ai rien à foutre.

— Pensez-vous que certains de vos anciens collègues pourraient être allés plus loin et aient mis ces menaces à exécution ?

— C'est vous les flics, pas moi. Faites votre boulot et interrogez tous les anciens employés si vous le souhaitez. À mon avis vous perdez votre temps. Il y a beaucoup d'amertume parmi nous, mais aucun n'est assez con pour risquer le peu qu'il lui reste dans une tentative de meurtre. Surtout que ce gars-là est protégé, ceux qui ont réussi à l'atteindre sont sans doute bien plus puissants que nous.

Il marquait un point, se dit Bourdieu.

— Vous savez, nous, ici, nous avons perdu beaucoup : notre travail et d'une certaine façon notre avenir pour ceux qui en avaient encore un, mais nous ne sommes pas les seules victimes de Laverne. Dans toutes ses combines, il a parfois fait perdre des millions à certains de ses associés. À mon avis vous devriez plutôt chercher de ce côté-là.

Alors que Malika allait continuer à poser ses questions, Bourdieu considéra qu'ils en avaient assez entendu et que maintenant ils perdaient leur temps ici.

— Merci monsieur Waskowiak, dit-il simplement en se levant.

Malika jeta un regard noir à son collègue. Son instinct lui disait qu'ils n'en avaient pas fini ici. Elle reporta son attention sur leur hôte et lui demanda doucement, d'une voix rassurante :

— Monsieur Waskowiak, même si nous ne sommes pas là pour ça, accepteriez-vous que nous discutions un peu de la disparition de votre fille, Ludivine c'est ça ?

L'ouvrier la fixait avec un mélange de tristesse, d'étonnement et une once d'espoir. Revivre tous ces instants à chaque interrogatoire était une véritable torture qui le mettait systématiquement à genoux alors pourquoi cette policière parisienne voulait-elle lui en parler ? Peut-être avait-elle des pistes ? Peut-être un regard neuf ferait-il avancer les recherches ?

— Vous savez quelque chose ? demanda-t-il avec plus d'appréhension dans la voix qu'il ne le souhaitait.

— Je ne voudrais surtout pas que vous vous fassiez de faux espoirs, monsieur Waskowiak, coupa-t-elle rapidement pour ne pas laisser de malentendu s'installer.

Puis après avoir un peu cherché ses mots, elle reprit :

— Vous avez accepté de nous recevoir malgré votre peine. Le moins que l'on puisse faire c'est de vous prêter une oreille attentive. Peut-être que nous repérerons un élément que nos collègues n'ont pas vu.

La ficelle était un peu grosse. Bourdieu, lui, avait compris où elle voulait en venir et s'était rassis. Il était heureusement assez rare de tomber sur des affaires de disparitions d'enfants. Qu'ils s'y trouvent confrontés à deux reprises dans l'entourage plus ou moins proche de Laverne avait quelque chose de dérangeant. Malika continua ses questions :

— Pouvez-vous nous raconter ce qu'il s'est passé exactement, monsieur Waskowiak ?

Le père effondré mit quelques secondes à réagir, l'éclair d'espoir qu'avait fait survenir l'apparition de ces deux nouveaux flics qui s'intéressaient à la disparition de sa petite Ludivine s'était envolé aussi vite qu'il était venu. À quoi bon redire tout ce qu'il avait déjà répété à plusieurs fonctionnaires de police, un magistrat et différents avocats… Il finit néanmoins par acquiescer timidement, il devait le faire pour elle. La moindre petite piste, aussi ridicule puisse-t-elle paraître, devait garder une importance majeure pour lui.

— Il n'y a malheureusement pas grand-chose à dire. J'ai déjà raconté ça des dizaines de fois, soupira-t-il. Ludivine jouait dans la rue ce soir-là, la nuit commençait tout juste à tomber…

— Quel jour était-ce ? demanda Malika.

— Samedi 8, il y a trois semaines. Il faisait encore doux. J'avais passé la journée à m'occuper du jardin avant l'hiver. Une dernière tonte, un coup de taille-haie. Mon épouse était partie faire quelques courses pour la soirée, nous devions recevoir des amis à dîner, quand je suis tombé en panne d'essence. Il ne me restait que le petit carré de pelouse devant la maison à faire et je ne voulais pas remettre ça à plus tard. Ils prévoyaient de la pluie la semaine suivante. Alors je me suis absenté quelques minutes pour aller jusqu'à la station-service.

Il s'interrompit une poignée de secondes, la voix étranglée par le remords. Puis il reprit mécaniquement le récit de ces événements profondément ancrés dans sa mémoire.

— Nous ne laissions jamais Ludivine seule. Cette fois, je me suis dit que ce n'était que l'affaire de dix minutes. Le supermarché n'est qu'à huit cents mètres et elle était en train de faire du vélo avec son amie Emma qui habite en face. Je leur ai dit en partant que je revenais tout de suite, qu'elles ne devaient pas s'éloigner de la ruelle. Elles ne le faisaient jamais de toute façon. Ludivine était – nouvelle montée de sanglots en s'entendant utiliser le passé pour parler de sa fille –, non, Ludivine est une enfant très sage et bien élevée. Nous n'avons pas besoin de répéter avec elle. Elle est très obéissante, elle ne se serait pas éloignée...

Il marqua une pause, comme perdu dans ses réflexions. Malika le relança doucement. Ne pas laisser la mélancolie et la culpabilité s'installer.

— Que s'est-il passé à votre retour, monsieur Waskowiak ?

— Il n'y avait qu'une seule pompe d'ouverte dans la station, les autres étaient en maintenance. Alors ça a mis un peu plus de temps que prévu. Je suis revenu vingt minutes plus tard avec mon jerrican rempli. Il n'y avait plus personne dans la rue. J'ai pensé que Ludivine était rentrée alors je suis allé voir à l'intérieur, c'était désert. Son vélo n'était pas dans le garage non plus. Elle le range toujours soigneusement quand elle rentre. Sur le moment, je ne savais pas si je devais m'inquiéter ou me mettre en colère. Les enfants sont de plus en plus précoces de nos jours. Je savais bien qu'un jour viendrait où elle entrerait dans l'adolescence et commencerait à désobéir et à nous tenir tête par principe. Je suis donc ressorti et je suis allé vérifier chez Emma si elles n'étaient pas parties toutes les deux pour une petite virée interdite et pleine d'adrénaline. C'est la petite qui m'a ouvert. J'ai vraiment commencé à m'inquiéter quand elle m'a dit que sa mère l'avait appelée par la fenêtre pour lui dire de rentrer et que Ludivine avait dit qu'elle faisait un dernier aller-retour dans l'impasse et qu'elle rentrait également.

— Qu'avez-vous fait ensuite ?

— J'ai commencé à paniquer. La mère d'Emma qui avait entendu la conversation s'est approchée et a appelé son mari Philippe. Nous nous entendons bien et quand il a vu mon état, il a pris les choses en main. Il a d'abord essayé de me rassurer en me disant qu'elle n'avait pas pu aller bien loin et m'a proposé de venir la chercher avec moi. Nous sommes ressortis et avons remonté l'impasse et les rues adjacentes sans l'apercevoir. Il y avait encore quelques personnes dehors qui pour la plupart n'avaient rien vu. Certaines se sont jointes à nous pour les recherches si bien que nous nous sommes retrouvés à une petite poignée de personnes à appeler Ludivine à tue-tête dans les environs. Au bout de quarante minutes, nous étions revenus devant la maison où il n'y avait toujours personne. Philippe m'a attrapé par les épaules et m'a dit qu'il fallait contacter la police maintenant, cela faisait trop longtemps et la nuit commençait à tomber.

— Ce sont eux qui ont ensuite continué les recherches ?

— Ils sont arrivés en moins de dix minutes. Je leur ai retracé les événements et ils ont immédiatement quadrillé le quartier avec l'aide de tous les habitants qui se sentaient concernés. Ma femme est rentrée un peu plus tard. Elle est arrivée au moment où un agent m'annonçait qu'ils avaient retrouvé la bicyclette de Ludivine.

— Où se trouvait-elle ?

— Ils ont poussé les recherches un peu plus loin que les nôtres. L'impasse se termine sur un petit bosquet à six cents mètres. Il n'y a qu'une habitation au bout, elle est inhabitée depuis des années. Les enfants détestent aller jouer par là-bas, ils se sont inventé une belle histoire de fantômes et de monstres habitant derrière ces volets clos. Nous n'avions pas vraiment fouillé là-bas, il ne me paraissait pas probable que Ludivine y soit allée, toute seule qui plus est. Pourtant, c'est là qu'ils ont trouvé le vélo. Il était jeté dans les fougères au pied d'un gros chêne quelques dizaines de mètres à l'intérieur du bois.

— J'imagine qu'avec cette découverte, la piste de l'égarement a été écartée ? demanda Bourdieu un peu trop brutalement.

Il n'était pas forcément d'accord avec Malika sur l'utilité de cette discussion. Pris par le récit du malheureux père de famille, il ne pouvait pourtant s'empêcher de s'intéresser à son histoire. Il avait toujours été très sensible aux affaires ayant trait à des enfants.

Waskowiak qui avait oublié sa présence et se concentrait sur la jeune enquêtrice tourna la tête vers lui, comme surpris de voir cet homme assis dans son salon.

L'étonnement passé, il ne releva pas le ton sec du policier et lui répondit :

— En effet, à partir de ce moment-là, les moyens mis en œuvre ont considérablement augmenté. L'agent qui dirigeait les recherches a appelé son supérieur et dans les heures qui suivirent, ce quartier d'ordinaire si calme a vu débarquer des dizaines de policiers et gendarmes. La brigade cynophile est arrivée rapidement, nous leur avons confié quelques effets de Ludivine et ils ont ratissé tout le bosquet. Ils ont bien flairé une piste qui s'enfonçait dans le sous-bois, mais elle disparaissait de l'autre côté, le long d'une route de campagne très peu fréquentée.

Malika et Bourdieu se jetèrent un regard discret. Ils savaient très bien ce que cela signifiait. Les chiens sont infaillibles, s'ils avaient repéré sa trace, c'était bien que d'une manière ou d'une autre, la petite avait traversé ce bois. Que la piste s'arrête brutalement le long du macadam ne pouvait dire qu'une chose : elle était montée à bord d'un véhicule que les truffes puissantes des canidés étaient incapables de pister. Cela ressemblait clairement à un kidnapping, et c'était également l'avis de leurs collègues savoyards, comme le confirma Waskowiak.

— Les enquêteurs ont alors commencé à parler d'enlèvement. Ils ont même déclenché la fameuse « Alerte » dans la soirée. Cela n'a rien donné. Ils n'ont reçu que des appels farfelus sans aucun rapport ou absolument pas dignes de confiance. Un agent est resté chez nous toute la nuit et pendant toute la journée de dimanche pour s'assurer que nous ne recevions pas de demandes de rançon. Il avait mis tout un tas d'appareils branchés sur nos téléphones. Là encore, rien du tout. Je ne vois pas d'ailleurs qui aurait pu avoir l'idée saugrenue de vouloir nous faire chanter. Je suis au chômage, grâce à Laverne, et même avant, ce n'est pas le salaire de misère qu'il me donnait qui nous permettait de mettre de l'argent de côté. Ma femme a également une très maigre paie et donc nous n'avons pas un rond pour être franc. Tout ce que l'on a, c'est cette maison… et Ludivine, se reprit-il en écrasant une larme qu'il ne put retenir.

— C'est la procédure habituelle vous savez monsieur Waskowiak, lui expliqua Malika. Il est primordial de ne rien laisser passer dans les premières heures dans le cas d'une disparition d'enfant. Même si ce n'est pas la piste prioritaire, nous devons surveiller les éventuelles demandes de rançon.

— Oui, je sais, vos collègues m'ont expliqué tout ça. Et que faites-vous ensuite, passés les premiers jours où vous n'avez rien trouvé ? Curieusement, plus le temps passe, moins nous voyons de flics, demanda-t-il un peu trop agressif.

Malika comprit tout de suite qu'elle venait de commettre une erreur. Parler de l'importance des premières heures à un père qui cherche sa fille sans relâche depuis trois semaines n'était pas la meilleure idée qu'elle ait eue. Elle tenta de réorienter la conversation :

— Ont-ils trouvé quelque chose d'autre dans la suite des recherches ?

Malgré sa colère, Waskowiak répondit :

— Non, des hélicoptères ont même survolé la région tout le dimanche avec des caméras thermiques. Et des battues citoyennes ont été organisées pour scruter le moindre fossé, le plus petit buisson des environs. Pas la moindre trace de ma Ludivine. Le seul élément que possèdent vos collègues aujourd'hui, c'est cette histoire de chien.

— De quoi parlez-vous ? releva Malika un peu surprise en regardant Bourdieu à la dérobée.

Celui-ci s'était raidi et avait subitement relevé la tête.

Waskowiak ne comprit pas tout de suite leur étonnement puis réalisa qu'il avait omis cet élément.

— Eh bien, la petite Emma a été interrogée par une équipe spéciale et un psychologue dès le samedi soir. Et quand elle a raconté leur après-midi avec Ludivine, elle a parlé d'un étrange chien qu'elles ne connaissaient pas et qui a traîné autour d'elles toute la journée. Il n'était pas agressif et semblait avide de jeux et de caresses. Ludivine adore les animaux, elles ont donc joué avec lui pendant un moment. Petit à petit, en lui lançant des bouts de bois, elles se sont inconsciemment rapprochées du bout de l'impasse. Elles ont eu la frousse quand elles se sont aperçues qu'avec ce petit jeu elles étaient arrivées sous les fenêtres de la maison hantée alors elles sont vite revenues vers chez nous.

— Le chien était-il toujours là quand Emma est rentrée ?

— Oui, elle a même dit que, lorsqu'elle a passé le portillon de son jardin, Ludivine regardait dans sa direction. Il jappait au bout de la rue, balayant l'air de sa queue joyeuse à l'orée du bois.

— Vous pensez que Ludivine pourrait avoir eu l'envie de retourner le voir une dernière fois avant de rentrer, monsieur Waskowiak ? demanda calmement Malika.

— Je ne sais plus ce que je crois madame... Il y a trois semaines, je vous aurais dit qu'elle n'aurait jamais fait cela. Aujourd'hui, je ne sais plus...

Une chose était certaine, se dit Malika en se levant et en remerciant leur hôte pour son temps, cette histoire de chien n'avait sans doute rien d'un hasard et constituait très clairement la meilleure piste pour retrouver la petite Ludivine.

CHAPITRE 17

Les investigations chez Lacustre n'avaient pas donné grand-chose et Camille était rentrée chez elle circonspecte au sujet du directeur technique. Le lendemain, Malika l'avait appelée au bureau pour lui faire un résumé de leur virée savoyarde. Son adjointe n'y était pas allée par quatre chemins et s'était écartée des recherches sur l'accident de Laverne pour lui relater l'affaire de la petite Ludivine. L'enquêtrice principale l'avait écoutée patiemment et son sang n'avait fait qu'un tour quand elle avait abordé la présence du chien. Après leur entrevue avec monsieur Waskowiak, ils étaient retournés au poste local pour consulter le dossier de leurs collègues concernant la disparition de la fillette. Tous les policiers du coin étaient sur les nerfs avec cette histoire, mais ils les avaient laissés faire de bonne grâce. Ils n'avaient pas de temps à perdre en querelle de clocher stérile et tout regard neuf était bon à prendre tant ils étaient au point mort. Malika et Bourdieu ne s'étaient toutefois pas étalés sur ce qu'ils cherchaient. Ils avaient une idée bien précise en tête en venant ici et se plongèrent directement dans les interrogatoires de la petite Emma, la jeune voisine, menés par les pédopsychiatres. C'est là qu'ils trouvèrent ce qu'ils cherchaient : la description du mystérieux animal qui avait attiré les gamines de plus en plus loin de leurs domiciles, jusqu'à l'orée du bois.

Camille ruminait encore les paroles de Malika. Ses commentaires étaient éloquents. Un grand chien un peu maigre, noir avec des taches claires sur le ventre et le bout de la queue, d'une race qu'elle ne connaissait pas. D'après les photos que les enquêteurs lui avaient montrées, c'était probablement un bâtard, un croisement de Beauceron et de Malinois. Cela ne pouvait pas être une coïncidence, s'était-elle dit alors. C'était avant la révélation finale. En effet, ce qui avait le plus marqué la gamine, hormis le fait que le chien était très affectueux et recherchait les caresses, c'était son oreille gauche manquante. Là, il n'y avait plus de doute. Des chiens avec un tel aspect, aucune chance qu'il y en ait deux.

C'était une des rares pistes qu'ils avaient tenté d'exploiter lorsqu'ils recherchaient nuit et jour la fille des Laverne. Sa grande sœur avait elle aussi relaté la présence, le jour du drame, d'un chien croisé beauceron avec une oreille en moins qui leur avait tourné autour pendant un long moment.

Ce point commun reliait indubitablement les deux disparitions. Ils ne devaient toutefois pas se disperser pour l'instant, avait dit Camille à Malika. Leur enquête en cours portait sur Thomas Laverne et les recherches pour retrouver la petite Ludivine étaient déjà prises en main par leurs collègues. Elle leur avait intimé l'ordre de communiquer tous les éléments en leur possession sur le chien et la disparition d'Héloïse, c'est-à-dire pas grand-chose, aux enquêteurs savoyards. Elle leur avait aussi promis qu'ils aideraient du mieux qu'ils le pouvaient en parallèle de leurs propres recherches afin de finir de les convaincre de rentrer. À contrecœur, ils avaient acquiescé en raccrochant.

Camille n'eut pas le temps de réfléchir à toute cette histoire. Elle venait à peine de raccrocher, quand son téléphone sonna à nouveau. C'était la brigade d'intervention qu'elle avait envoyée sur les traces de Lacustre. Ils l'avaient repéré à Orly, en partance pour les Caraïbes. Ils étaient parvenus à retracer son portable et, grâce à l'aide de Romans, ils avaient pu déterminer qu'il avait acheté un aller simple pour les Antilles néerlandaises. Camille redescendit illico au parking et quitta le commissariat en trombe pour se rendre à l'aéroport. Le vol était dans quarante-cinq minutes, elle avait largement le temps d'y arriver pour lui tomber dessus.

Pas de fioritures, même avec une faible circulation à cette heure, elle mit son gyrophare et zigzagua toutes sirènes hurlantes jusqu'au terminal 2 où l'homme avait été signalé. Elle laissa son véhicule sur le trottoir et se dirigea tout droit vers l'agent de la police aux frontières qui l'attendait devant les portes automatiques. Elle avait été claire, pas d'intervention avant qu'elle ne soit là.

— Vous l'avez repéré ? demanda-t-elle sans même un bonjour, déjà dans l'action.

— Oui, il a passé les contrôles de sécurité il y a une vingtaine de minutes, répondit-il sans s'offusquer.

— Des bagages ?

— Oui, il a enregistré une seule valise, elle est déjà au poste.

— Très bien, n'y touchez pas pour le moment, nous verrons après l'interpellation ce que l'on en fait. Où est-il maintenant ?

— En salle d'embarquement, il attend, tranquillement assis, en feuilletant un magazine. Nous le suivons à la trace via les caméras de surveillance depuis son signalement. Il ne bougera pas de là avant le décollage.

— Parfait, emmenez-moi d'abord au central que je le voie et que je repère un peu les lieux.

— Très bien lieutenant, suivez-moi.

Ils franchirent rapidement une barrière de sécurité, puis, après avoir parcouru des dizaines de mètres dans un dédale de couloirs dont elle se sentait incapable de sortir seule, ils entrèrent dans la salle de contrôle où trois agents scrutaient les écrans de sécurité. Ils y voyaient défiler les images des dizaines de caméras parsemant l'aéroport : entrée ouverte à tous, salles d'embarquement, zones duty free et zone sous douane, peu d'endroits échappaient à leurs regards acérés. Pour encore améliorer la sécurité, ils étaient par ailleurs aidés en ce moment par un logiciel de reconnaissance faciale en phase de test. L'ordinateur scannait aléatoirement les voyageurs et comparait les résultats au fichier des principaux recherchés, terroristes en particulier. En cas d'alerte, la comparaison devait être confirmée par une âme humaine.

L'agent de la PAF pianota quelques commandes sur son clavier et une salle d'embarquement pleine à craquer s'afficha sur son large écran. Il agrandit une partie de la salle et pointa du doigt une rangée de sièges.

— Là le troisième en partant du bout, c'est l'homme que vous recherchez.

Camille l'observa attentivement.

— Oui, c'est bien lui ! Quelle est l'entrée la plus proche ?

— Nous pouvons arriver par-derrière, il ne nous verra pas.

— Bien, allons-y. Je passe d'abord, nous allons l'interpeller en douceur. Je ne pense pas que ce soit un homme dangereux, c'est un informaticien qui détient sans doute des réponses essentielles dans une enquête en cours. Suivez-moi avec quelques hommes au cas où... Vous attendrez à l'entrée de la salle. Il y a beaucoup de civils, pas la peine de créer une panique.

L'agent opina sans broncher et ils ressortirent pour se diriger vers leur homme. Lorsqu'ils approchèrent, elle lui fit signe ainsi qu'aux deux autres policiers qui les avaient rejoints d'attendre là. Elle marcha directement vers sa cible qui lisait toujours tranquillement et qui ne les avait absolument pas repérés. Elle contourna le banc et se plaça devant lui.

— Bonjour monsieur Lacustre, je suis le lieutenant Camille Lambert, police judiciaire. Je vous demanderai de bien vouloir me suivre, nous avons quelques questions à vous poser.

Le directeur technique la regarda, d'abord surpris par son apparition. Il tourna la tête vers la sortie de la salle d'embarquement et aperçut sans mal les trois agents qui regardaient dans sa direction, une main sur leur arme de service toujours dans son étui. Sa voisine de siège, qui avait tout entendu de la demande de Camille, les regardait successivement, l'air affolé. En premier réflexe, elle avait d'abord attrapé sa fillette qui jouait par terre devant eux et la serrait contre elle. Et dans le moment de flottement qui suivit, elle attrapa son petit sac cabine et s'éloigna le plus possible avec sa progéniture. La présence d'un homme recherché par la police dans un avion sur le point de décoller n'était pas l'élément le plus rassurant pour une famille en partance pour une destination de vacances. Monsieur Lacustre qui l'avait regardée faire soupira et finit par se lever.

— Bien, je vous suis.

Ce fut en fait Camille qui le suivit jusqu'à la sortie où il continua son chemin encadré par les agents de la PAF. Ils arrivèrent dans les petites salles d'interrogatoire, réservées aux passagers « douteux », où ils l'assirent devant une table métallique des plus sinistres. Camille s'assit en face de lui et démarra sans attendre :

— Je suppose que vous savez pourquoi vous êtes dans cette pièce monsieur Lacustre ?

Le directeur technique ne semblait pas enclin à coopérer et joua la carte de l'innocence.

— Non, je ne vois pas de quoi vous parlez.

— Vous partiez en vacances, semble-t-il ?

— En effet, ce séjour était prévu de longue date, je ne prends que très peu de congés alors quand j'en ai l'occasion, j'aime partir le plus loin possible.

Et il accompagna sa réponse d'un regard appuyé sur sa montre avant d'ajouter :

— Et j'aimerais beaucoup ne pas rater mon avion.

— Prévu de longue date dites-vous ? C'est étrange, votre patron que j'ai rencontré hier n'était pourtant pas au courant que vous aviez pris ces vacances.

— Je pars souvent à la dernière minute, il pourra vous le confirmer. Peut-être ai-je omis vendredi soir de poser mes jours dans notre logiciel de gestion des absences.

— Et vous partez toujours en ne prenant qu'un aller simple, monsieur Lacustre ?

Légère hésitation de l'interpellé.

— Eh bien, mon itinéraire n'est pas encore définitif. Je n'aime pas me mettre de barrières et je préfère rester libre de changer d'endroit et de date de retour si bon me semble.

Cette fois Camille avait atteint les limites de sa patience. Elle changea de braquet en tapant brusquement sur la table, ce qui fit sursauter son prisonnier.

— Ça suffit maintenant, nous avons assez joué monsieur Lacustre. Vous savez très bien pourquoi je suis là et vous n'arrangez pas votre cas en réagissant de la sorte. Il me suffit d'un coup de fil et vous passerez les prochaines quarante-huit heures en garde à vue. Nous verrons si vous faites toujours le malin dans deux jours.

— Vous n'avez pas le droit de faire ça ! protesta-t-il.

— Vous êtes suspect dans une tentative de meurtre, j'ai toute latitude pour vous garder en cellule.

Cette fois, Lacustre accusa le coup. Il bredouilla :

— Comment ça, meurtre ? De quoi parlez-vous, bon sang ?

Étonnamment il avait l'air sincère.

— Je veux parler de la mésaventure qui est arrivée à monsieur Laverne dimanche et du fait que vous vous êtes rendu dans vos bureaux de La Défense dans l'après-midi pour trafiquer les images de vidéosurveillance de son domicile.

— Je n'ai absolument rien à voir avec tout ça ! Je n'étais même pas au courant qu'il était arrivé quelque chose à monsieur Laverne.

— Vous ne suivez pas les actualités ?

— Non, je n'ai pas la télé et je lis très peu la presse. Et pour tout vous dire, j'ai passé les deux derniers jours à préparer mon voyage.

— Vous niez également vous être rendu à votre bureau dimanche ?

Cette fois Lacustre ne répondit pas tout de suite, il paraissait gêné et semblait réaliser petit à petit la criticité de sa situation. Il était sur le point de craquer et de tout balancer. Camille poussa son avantage.

— Nous avons des preuves, monsieur Lacustre. Vos pointages sont enregistrés et vous passez très bien à l'écran. Les images des caméras de l'entrée sont irréfutables.

Le directeur technique baissa la tête, vaincu et marmonna :

— Oui, c'est vrai, j'y suis passé dimanche.

— Pourquoi ? insista Camille.

— Quelqu'un m'a demandé… un service.

— Qui et quel service ?

Il releva la tête pour regarder à nouveau en direction de Camille et le regard dur qu'il croisa finit de faire céder ses dernières résistances. Il déballa tout ce qu'il savait :

— C'est madame Laverne qui me l'a demandé. Elle m'a dit qu'il y avait des choses compromettantes sur certaines vidéos prises le samedi soir qu'elle voulait faire disparaître. Vous connaissez les Laverne, n'est-ce pas ? Ce n'est pas le genre de personne à qui l'on refuse quelque chose. J'ai un temps hésité à demander son avis à monsieur Laurent, mais elle a insisté prétextant que c'était urgent et qu'il n'était pas question que ces images tombent entre de mauvaises mains. J'ignorais qu'il s'agissait des vôtres. J'ai pensé à une nouvelle histoire de paparazzi alors je n'ai plus insisté.

Camille accusa le coup à son tour. Madame Laverne ? Cette histoire n'avait vraiment aucun sens. Elle posa alors la question essentielle :

— Monsieur Lacustre, qu'y avait-il sur ce film ?

— Disons qu'on y voyait clairement monsieur Laverne à l'entrée de son hangar. Et en fait, il n'était pas seul…

— C'est-à-dire, continua Camille qui commençait à voir où il voulait en venir.

Lacustre était toujours très gêné et hésitait un peu à continuer.

— Répondez ! lui ordonna l'enquêtrice.

— Il était en compagnie d'une jeune demoiselle, finit par lâcher l'informaticien. Ils sont arrivés en voiture jusqu'au hangar et ne sont pas descendus tout de suite.

Au bout de quelques minutes, ils ont quitté le véhicule. La jeune femme ne semblait pas vouloir attendre qu'ils soient à l'intérieur et s'est jetée sur monsieur Laverne en… en l'embrassant… Ils ont titubé jusqu'au mur, où ils ont heurté la fenêtre. C'est sans doute ce qui a provoqué le déclenchement de l'alarme.

— Ensuite, que s'est-il passé ? l'invita Camille à continuer.

— Eh bien, cela n'a pas duré très longtemps. Monsieur Laverne connaît parfaitement son système de sécurité. Il a jeté un coup d'œil vers la caméra braquée sur eux et a repoussé la demoiselle un peu brutalement en réalisant que tout était filmé. Il a dû lui dire quelque chose à ce sujet, car elle s'est elle-même retournée pour regarder l'objectif en souriant. Ils sont rentrés dans le hangar et c'est à peu près tout. Ils en sont ressortis une heure plus tard et sont repartis en voiture.

Camille réfléchit quelques instants et, prise d'une intuition, interrogea sèchement le directeur technique :

— Monsieur Lacustre, est-ce la première fois que vous trafiquez les images de surveillance de cet endroit ?

L'informaticien, mal à l'aise, remuait sur sa chaise… Il finit par avouer :

— Non, c'est déjà arrivé, reconnut-il à regret. Disons que monsieur Laverne est assez coutumier de ce genre de rencontres nocturnes. Il est déjà arrivé qu'il me demande d'effacer certaines traces.

— Et cela n'a jamais heurté votre conscience ? ajouta Camille, pleine de mépris.

— Ce n'est pas un homme à qui on refuse quelque chose et... il sait être convaincant.

— Bien sûr, j'imagine que nous trouverons des traces de ses moyens de pression sur votre compte en banque. Nous reviendrons à cela plus tard. Dimanche, cela ne vous a pas surpris que ce soit Claire Laverne qui vienne vous voir ?

— Si évidemment ! Mais je vous assure que jusqu'à ce que vous me l'appreniez, j'ignorais totalement l'accident. En fait quand elle a débarqué, je me suis dit qu'elle avait découvert le pot aux roses et qu'elle voulait récupérer ces images pour peut-être s'en servir. De tels éléments sont irréfutables dans une procédure de divorce.

Oui, ou un bon moyen d'effacer un mobile, se dit Camille. Elle savait ce qu'il lui restait à faire maintenant : retour au manoir.

— Vous ne partez plus aujourd'hui, monsieur Lacustre. Je ne vous mets pas en garde à vue pour l'instant. Restez à disposition de la justice. Vous allez être convoqué pour venir faire une déposition et nous aurons sans doute d'autres questions à vous poser. Je vais vous faire raccompagner chez vous. Ne quittez pas la ville.

Camille se leva, remercia rapidement ses collègues de la PAF et reprit la direction du domicile des Laverne.

Chapitre 18

Camille roula toutes sirènes hurlantes pour se rendre dans les Yvelines. Ce n'était pas nécessaire, mais cette histoire commençait à l'agacer sérieusement. Trop de gens leur mentaient. Il était temps qu'ils passent à table.

Impatiente, elle sonna plusieurs fois sans laisser le temps à la propriétaire de répondre. Claire Laverne l'aperçut dans le visiophone et lui déclara sèchement :

— Je peux savoir ce qui nous vaut ce vacarme lieutenant Lambert ?

— Ouvrez-moi madame Laverne, nous devons parler. Tout de suite.

— Il me semble que nous nous sommes déjà tout dit. Vous tombez très mal, j'allais partir, j'ai rendez-vous avec les avocats au siège, nous devons anticiper et préparer un communiqué.

— Au contraire, nous avons encore beaucoup de choses à aborder. Ouvrez-moi immédiatement, nous devons évoquer les images de surveillance, vous savez très bien de quoi je parle. Je ne souhaite pas passer par une convocation au poste… Si vous persistez, ce sera fait dans l'heure !

Même à travers les écrans interposés, Claire Laverne comprit que le moment n'était plus à la dérobade. À contrecœur, elle ouvrit le lourd portail pour laisser le passage à la policière.

Camille, toujours au comble de l'agacement, démarra en trombe et freina sèchement devant la grande porte du manoir en laissant deux grandes traces de pneus dans les graviers impeccables. La porte s'entrebâilla avant qu'elle ne l'atteigne et la propriétaire des lieux l'invita à la suivre d'un geste silencieux. Retour dans la cuisine.

— Vous m'avez délibérément menti, attaqua Camille sans préambule. En temps normal, je vous aurais fait coffrer directement. Parce que c'est vous et par respect pour votre... situation, je viens d'abord vous voir. J'espère que vous avez des explications convaincantes, car aujourd'hui vous êtes notre principal suspect.

Un silence électrique régnait dans la pièce après cette introduction musclée. Claire Laverne se servit un café sans dire un mot. Elle s'adossa au plan de travail, fixant toujours l'enquêtrice. Après quelques instants de tension extrême, ses traits se relâchèrent. Elle soupira et tourna la tête vers la fenêtre, laissant son regard vagabonder vers les arbustes parfaitement taillés et se décida à parler. Sa voix n'avait plus la même assurance. Elle était toujours pleine d'une colère cette fois teintée de mélancolie sincère.

— Cela fait des années que cette petite comédie a commencé. Il a toujours été persuadé que je ne savais rien, que je ne voyais rien. Aujourd'hui c'est sa jeune assistante... Il y en a eu bien d'autres avant et il y en aura d'autres après s'il s'en sort. Thomas pense que je n'ai pas remarqué ses petits trafics avec son informaticien. Il pense même d'ailleurs que je n'y connais rien et que je suis incapable d'ouvrir les fichiers du système de sécurité. Je ne suis pas une experte, certes, mais je sais ouvrir un PC et cliquer sur une ou deux icônes. Dès les premières fois, j'ai vu les images avant qu'il ne les fasse supprimer pour que personne ne voie ses petites sorties nocturnes.

— Pourquoi n'avez-vous rien dit ou rien fait, madame Laverne ? l'interrogea Camille, suspicieuse.

— J'ai depuis longtemps appris à vivre avec ça lieutenant. Thomas n'a jamais été un mari fidèle... Nous sommes tous prisonniers de l'image publique que l'on veut donner. La pression sociale est importante, surtout dans notre milieu. Pas question d'un tel scandale. Bien sûr j'aurais pu demander le divorce à maintes reprises. Vous savez qu'il me l'aurait fait payer cher. J'aurais pu faire une croix sur ma carrière et puis... il y a les filles. La vie est déjà suffisamment dure pour elles, je peux bien supporter cette humiliation de mon côté.

— Pourquoi avez-vous fait modifier les images de ce week-end ? Pourquoi l'avez-vous protégé cette fois ?

— Quand j'ai appris pour l'accident, je me suis douté que vous chercheriez à visionner ces événements. Nous allons vite être sous les feux des projecteurs, pas la peine d'y ajouter une histoire de mœurs qui ferait les choux gras des journaux à sensation. J'ai donc pris la décision d'appeler Lacustre pour qu'il fasse... comme d'habitude. Les histoires extraconjugales de mon mari n'ont rien à voir avec son accident, je ne souhaite pas que cela soit ébruité. Et surtout, je ne souhaite pas que cela arrive aux oreilles de mes filles.

— Sauf votre respect madame Laverne, ce n'est pas à vous de juger ce qui est important ou non pour nos investigations. Je dois d'ailleurs vous avouer que si je comprends vaguement vos motivations, j'ai, par contre, du mal à saisir que vous continuiez ainsi à le protéger. Quoi qu'il en soit, vous avez fait obstruction à une enquête pour tentative d'homicide. Ce sont des faits assez graves qui ne pourront pas rester sans suite. Je ne peux rien vous promettre à ce sujet et tout cela sera consigné. Maintenant, il est temps que nous cessions ces petits mensonges. Avez-vous conservé les images d'origine ?

Résignée, Claire Laverne sortit une clef USB de sa poche et la tendit à l'enquêtrice.

— Vous ne verrez rien de plus que ce que je viens de vous décrire…

— Qui est l'assistante dont vous parlez ? continua Camille sans prendre note de sa remarque.

— Maëva, sa trop jeune secrétaire. Vous la trouverez sans mal au siège, même si je me demande bien ce qu'elle fait de ses journées quand Thomas est absent, ajouta-t-elle amère. Cette fille n'a absolument aucune formation ni compétence, professionnelle j'entends. Mon cher mari met un point d'honneur à recruter lui-même ses assistantes, je vous laisse imaginer quels sont ses critères.

Camille sortit son téléphone et envoya immédiatement un message au commissariat pour ordonner la convocation de la secrétaire avant de reprendre.

— Comment avez-vous convaincu Lacustre de vous aider ?

— Vous plaisantez lieutenant ? s'étonna la femme trahie. Lacustre est un lâche, je lui ai dit que je savais ce qu'il faisait depuis des années, que j'avais même des preuves et que je n'hésiterais pas à m'en servir. Cela a quasiment suffi à le rendre docile, un vrai toutou.

— Quasiment ?

— Oui, car si cet homme est d'une lâcheté sans limites, il y a quand même une chose qu'il craint par-dessus tout : mon mari. J'ai donc poussé un peu en lui promettant une somme d'argent suffisante pour qu'il puisse disparaître. Lâche et cupide, avec des hommes pareils, aucun problème pour obtenir gain de cause…

— Pourquoi avoir gardé les images ?

Claire Laverne regarda Camille droit dans les yeux et prit un temps avant de répondre :

— On ne sait jamais de quoi demain sera fait, mieux vaut toujours garder quelques atouts dans sa manche.

Camille ne réagit pas, elle scrutait intensément la femme trahie qu'elle avait devant elle. Elle ne l'avait pas imaginée avec une telle détermination et la capacité de prendre de telles décisions. Dissimulation de preuves et conservation d'éléments de chantage potentiel, ou a minima suffisants pour faire tourner une éventuelle procédure de divorce définitivement en sa faveur, ce n'étaient pas des faits anodins. Elle lui avait toujours semblé être une épouse modèle et soumise, les événements récents la faisaient paraître sous un jour différent. Était-ce le malheur qui avait frappé ses filles qui l'avait ainsi transformée ? La chair de sa chair avait été souillée, torturée, jusqu'à la quasi-folie. Bien sûr que cela avait laissé des traces. Au point de la rendre prête à tout pour elles ? Les mères peuvent être des lionnes quand on touche à leur progéniture. Madame Laverne a cru un temps avoir perdu une de ses filles, il était certain qu'aujourd'hui, elle mettrait tout en œuvre pour les protéger.

Claire Laverne continuait à affronter le regard de Camille et finit par rompre l'étrange silence qui s'était installé entre les deux femmes :

— Je commence à vous connaître lieutenant Lambert. Il y a autre chose, n'est-ce pas ? Quelles autres informations avez-vous sur cette tentative de meurtre ?

Camille hésita à lui en parler, mais maintenant qu'elle était là, elle lui devait la vérité.

— Ce n'est pas en rapport avec l'accident de dimanche.

Claire se raidit, elle savait très bien de quel autre sujet il pouvait s'agir. Elle laissa l'enquêtrice continuer.

— Deux de mes hommes sont allés enquêter en Savoie hier. Nous voulions creuser la piste des menaces reçues par votre mari lorsqu'il a pris la décision de fermer cette entreprise familiale. Au cours de leurs recherches, ils sont tombés sur une étrange affaire, une coïncidence que nous ne pouvons ignorer. Une fillette de 9 ans a disparu récemment dans la région dans des circonstances très troubles.

Claire bredouilla :

— Vous pensez que cela peut avoir un rapport avec ce qui est arrivé à Héloïse ?

— La gamine jouait devant chez elle lorsqu'elle a disparu, son amie venait d'être rappelée par sa mère. Elles avaient passé une partie de l'après-midi à jouer avec un étrange chien à l'oreille coupée.

Cette fois, la propriétaire des lieux ne put retenir un cri de surprise. Camille n'y était pas allée par quatre chemins. Droit au but comme d'habitude. Et Claire connaissait parfaitement le dossier de sa fille.

— Vous pensez qu'il s'agit des mêmes ravisseurs, n'est-ce pas ? souffla-t-elle.

— Il vous est souvent arrivé de croiser des chiens à qui il manquait une oreille, madame Laverne ? D'autant que la description de l'animal faite par la deuxième fillette correspond parfaitement à celui qui a été vu rôdant autour de chez vous il y a deux ans. Nous n'avions rien pour creuser cette piste à l'époque, peut-être que cette seconde affaire nous amènera de nouveaux éléments. Que les choses soient claires, madame Laverne, si je vous tiens informée de ces développements, cela n'occulte en rien le fait que notre enquête principale aujourd'hui concerne la tentative d'homicide dont a été victime votre mari. Une équipe savoyarde travaille déjà sur cette disparition, elle n'est pas de notre ressort. Nous allons nous y intéresser, sans en faire notre priorité toutefois.

Claire Laverne posa sa tasse dans l'évier et contourna l'îlot central de la cuisine en direction de la sortie. Sans se retourner, elle se contenta de dire à Camille :

— Suivez-moi lieutenant, je dois vous montrer quelque chose qui devrait vous intéresser.

Chapitre 19

Depuis le début de la matinée, Lucas n'avait bougé de son bureau que pour aller jusqu'à la machine à café. Le regard vissé à son écran, il épluchait des heures et des heures d'images de vidéosurveillance en accéléré. Il avait en fait deux écrans devant les yeux et travaillait en simultané sur plusieurs bandes. Sur le premier défilaient les séquences saisies dans le bar du 19ᵉ. Sur l'autre, il passait toutes les vidéos qu'il avait pu trouver à proximité de l'hôtel du Blanc-Mesnil et de l'hôpital et cherchait toujours à retracer le parcours du mystérieux barbu. Il avait une mémoire visuelle et une capacité d'analyse qui lui permettaient de ne rien rater de ce qui passait sous ses yeux. C'était aussi pour ça que Camille l'avait embauché dans l'équipe quelques années plus tôt. Personne d'autre dans leur groupe, ou même dans le commissariat, n'était capable comme lui de voir du premier regard l'élément qui clochait.

De temps en temps, il mettait un des lecteurs en pause pour se concentrer en vitesse normale ou même au ralenti sur un élément qui retenait son attention. Si l'intérêt était confirmé, il notait sur son calepin le *time code* correspondant et reprenait son visionnage rapide. Au fil des heures, il avait noirci plusieurs pages de carnets, essentiellement grâce à l'apparition du suspect qu'il avait réussi à retrouver. Du côté du bar, il n'avait pour l'instant rien vu de très pertinent. Les soirées se succédaient, avec souvent les mêmes poivrots accoudés au zinc. Il s'était attardé sur la soirée du vendredi où les images confirmaient les déclarations de Goasguen et du barman. L'ivrogne avait enchaîné verre sur verre. Il avait bien discuté avec leur suspect après être sorti presque une heure pour aller manger. Le propriétaire les observait du coin de l'œil derrière son bar. Rien n'indiquait qu'ils aient un quelconque rapport avec le barbu. Lucas avait remonté la semaine pour visionner les soirs précédents et arrivait maintenant au week-end avant le drame. Sur le film du samedi soir, le bar était un peu plus rempli que les autres soirs. Quelques visiteurs de passage étaient venus grossir les rangs des habitués de la semaine, mais l'activité restait toujours la même. Mines tristes et silencieuses devant les verres qui se succédaient. Lucas ne regardait que d'un œil les images sans intérêt du troquet, se concentrant plutôt sur son second écran sur lequel on voyait leur suspect entrer dans un immeuble du 15e arrondissement, quand il aperçut un nouveau venu faire son entrée dans le bistrot. Son sang ne fit qu'un tour. Il mit le barbu en pause et se concentra sur le premier écran. Il zooma sur le visage qui venait d'apparaître. Thomas Laverne en personne venait d'entrer dans la salle.

Lucas nota quelques phrases sur son carnet et remonta de quelques minutes pour faire une copie de la totalité du passage. L'industriel entrait dans le bar à 21 h 02, huit jours avant son accident. Il se dirigeait ensuite directement vers un tabouret libre face au vieux barman. Lucas se souvint à ce moment-là avoir aperçu le tenancier faire déguerpir de ce siège un type peu amène qui avait voulu s'y installer. Sur les images muettes, il avait remarqué que le ton semblait être monté un peu. Le client éconduit avait alors préféré quitter le bar quand trois habitués avaient fait mine de se lever pour prêter main-forte au patron. Thomas Laverne n'avait rien commandé, pourtant le barman avait posé devant lui une grande tasse ainsi qu'une théière, boisson plutôt incongrue en ce lieu et à cette heure. Personne n'avait semblé s'en offusquer. Il n'avait échangé que quelques paroles inaudibles avec le vieil homme et avait ensuite dégusté tranquillement son breuvage en pianotant sur son *smartphone*. Vers 22 heures, le bar s'était en partie vidé. Le patron avait sonné une cloche dix minutes plus tôt, signal pour les clients qu'il était temps de finir leurs consommations et que l'endroit allait bientôt fermer. En plus de Laverne, seuls deux autres clients, dont Goasguen, étaient restés assis, un verre encore plein devant les yeux. Le barman était sorti de derrière son zinc et était allé fermer la porte à clef. Il avait même descendu l'épais rideau de fer qui masquait les fenêtres et qui occultait la lumière provenant de l'intérieur. Vu depuis la rue, le bar paraissait maintenant fermé et désert. Thomas Laverne s'était levé et s'était dirigé vers l'arrière-boutique, rapidement imité par les deux autres hommes et le barman lui-même, qui avait éteint la lumière en quittant la pièce.

Lucas stoppa son enregistrement et resta quelques instants sans réaction devant la scène à laquelle il venait d'assister. Qu'est-ce que cela pouvait bien vouloir dire ? Il était temps qu'il fasse son rapport. Sa journée avait été fructueuse. Il avait retrouvé la piste de leur principal témoin. Sa dernière découverte jetait toutefois un jour nouveau sur leur affaire. Visiblement, certains éléments leur échappaient. Il décrocha son téléphone et appuya sur le raccourci qui allait le mettre en relation avec sa patronne. Camille décrocha au bout de deux sonneries.

— Je suis en bas, je passe faire un rapport d'étape au patron et j'arrive, Lucas.

— Attends un peu avant d'aller le voir, répondit immédiatement Lucas. J'ai des choses importantes à te montrer qui risquent d'en changer la teneur.

— T'as trouvé quelque chose sur les images ?

— Viens, il faut que tu voies ça…

Camille eut un temps d'hésitation. Le patron n'aimait pas qu'on le fasse patienter et la pression médiatique commençait à se faire sentir. Il allait leur falloir très vite des réponses à donner. Mais le ton employé par Lucas était suffisant pour la convaincre.

— OK, j'arrive, j'espère que ça vaut le coup.

— Tu vas pas être déçue, conclut le jeune policier.

Moins de deux minutes plus tard, le lieutenant Lambert poussait la porte de leur bureau et se dirigeait directement vers celui de Romans. Elle avait toujours son *smartphone* à l'oreille. Elle le posa sur le bureau et connecta l'enceinte Bluetooth qui leur permettait de faire des audioconférences lorsque certains d'entre eux étaient à l'extérieur.

— C'est bon je suis avec Lucas, se contenta d'annoncer Camille.

— Salut Lucas, répondit Malika à travers le petit baffle.

— Tiens salut les amoureux ! Vos petites vacances à la montagne se passent bien ?

— Ta gueule Romans, coupa Bourdieu. Il paraît que t'as du salé ? Pour une fois tu t'es rendu utile avec tes joujoux pendant que les autres bossent sérieusement.

Lucas se contenta de sourire et Camille siffla la fin de la récréation.

— Ça va suffire pour les retrouvailles. Vas-y Lucas, dis-nous ce que t'as trouvé.

Romans se tourna vers un de ses écrans et lança un montage vidéo qu'il avait réalisé. Depuis le commissariat savoyard dans lequel ils avaient emprunté un poste, Malika et Bourdieu passèrent sur Skype pour suivre les images qui commençaient à défiler. Devant leurs yeux, ils pouvaient observer un parking quasi désert dans la pénombre du petit matin. La scène était enregistrée par une discrète caméra de surveillance municipale installée là pour contrer les dégradations quotidiennes dont étaient victimes les véhicules stationnés. Après une poignée de secondes où il ne se passait rien, on voyait un homme surgir sur l'esplanade. Dos à l'objectif, on ne distinguait pas son visage. Carrure assez imposante, bonnet noir, il se dirigeait d'un pas rapide et assuré vers l'une des rares voitures présentes. Pour monter côté conducteur, il contourna l'avant du véhicule et au moment où il s'installa au volant, son visage apparut. Lucas mit en pause et zooma sur l'homme pour confirmer ce que ses trois collègues avaient déjà remarqué. C'était bien leur suspect. Le film redémarra et ils virent apparaître une succession de captures d'écrans provenant de diverses sources : feux rouges, certains carrefours sous surveillance et même quelques devantures de magasins que Lucas s'était permis de récupérer. Sous leurs yeux défilait le trajet complet du barbu depuis qu'il avait quitté l'hôtel du Blanc-Mesnil. Il avait dû repérer les enquêteurs alors il ne s'y était pas attardé. Il avait par contre sous-estimé la couverture de l'agglomération parisienne en vidéosurveillance. Ou peut-être avait-il juste pensé que la police ne serait pas capable de retracer son parcours sur une si longue distance et à travers plusieurs juridictions. Ils l'observèrent se garer dans une petite rue du 20e et entrer dans un fast-food. Il n'y resta qu'un petit quart d'heure et ressortit, un gobelet de café fumant à la main. Il venait tranquillement de prendre son petit déjeuner. Il remonta dans son véhicule et roula cette fois plus longtemps pour se rendre de l'autre côté de la ville. Lucas leur fit grâce de toute la traversée de Paris et avança directement au moment où il approchait de sa destination finale. Ils reconnurent tous les lieux : le véhicule se garait sur le parking visiteur de l'hôpital où Thomas Laverne était en soins.

— OK, intervint Camille, sa visite d'hier à l'hôpital, ça correspond bien à notre petite rencontre ?

— Exact. Et plus de risques de ce côté-là. Le service est maintenant sous étroite surveillance.

— Quand même, heureusement que sa femme et ses filles n'ont pas grand-chose à foutre de lui, ça aurait pu être un beau bordel si elles avaient croisé notre gus, intervint Bourdieu en pouffant.

En entendant la remarque déplacée de son adjoint, Camille resta quelques instants silencieuse. Cela la ramenait directement à la conversation qu'elle avait eue avec madame Laverne. Elle n'avait encore rien dit à son équipe de leur dernière entrevue. Elle ne souhaitait pas évoquer tout de suite avec eux le profond malaise qu'elle avait ressenti lorsque Claire l'avait emmenée dans la chambre d'Héloïse. Si elle en parlait maintenant, cela risquait de les détourner de leur principal objectif actuel : la traque du meurtrier de Thomas Laverne. Pourtant ces éléments étaient d'une importance certaine et allaient dans les jours à venir relancer le dossier concernant la disparition de la fillette. Cela pouvait d'ailleurs également aider pour l'affaire de la petite Savoyarde. Mais pour l'instant Camille avait prévu de dégrossir ces nouveaux éléments de son côté avant de les communiquer. Elle détestait par-dessus tout faire travailler les autres pour rien, ou pire, les envoyer sur une mauvaise piste. Alors elle vérifiait toujours ses informations avant de tirer des conclusions.

Claire Laverne avait réagi lorsqu'elle lui avait parlé du chien repéré en Savoie. Elle avait ouvert le tiroir du bureau de la gamine et en avait sorti une épaisse pile de dessins. Des dizaines et des dizaines de croquis qui constituaient désormais le quasi-unique moyen qu'utilisait la fillette pour communiquer. Camille en était restée sans voix. Elle avait vu des mois auparavant les premiers coloriages qu'Héloïse avait produits après quelques semaines de thérapie intense pour tenter de la faire sortir de sa prison mentale. Au début ce n'étaient que des gribouillages informes, mélanges de couleurs criardes jetées sur le papier sans attention ni intention. Puis, au fil des semaines, les tons s'étaient assombris pour finir par ne plus sortir des gris. Et des formes distinctes avaient commencé à émerger, vagues tentatives de faire figurer des personnages. L'enquête patinant jusqu'au stand-by complet, faute de pistes, les visites de Camille s'étaient ensuite espacées et elle n'avait plus prêté attention aux œuvres de la petite fille. Sa surprise n'en fut que plus violente quand elle découvrit les plus récentes. La fillette avait délaissé les crayons de couleur enfantins pour passer au fusain. Et ce qu'elle observait maintenant, c'étaient des dessins d'une richesse incroyable dignes des meilleurs élèves des Beaux-Arts. Elle avait, comme sa sœur, hérité du don de sa mère. Les scènes se succédaient, certaines insoutenables, avec toujours le même personnage tracé dans le moindre détail de son anatomie. Un homme, parfois nu, parfois habillé, était mis en scène dans un décor qui ressemblait à une geôle moyenâgeuse. Le visage toujours caché par un masque hideux, jamais le même, impossible de reconnaître le tortionnaire que la petite leur présentait. Hormis un étrange tatouage sur l'avant-bras, peu de signes distinctifs permettaient de le différencier d'un homme lambda. Sur certains croquis, le bras apparaissait en gros plan et l'inscription était parfaitement lisible. « Chtulhu » était gravé sur la peau du bourreau. Un autre détail marqua Camille, sur tous les feuillets où la porte de la prison miteuse était ouverte, on voyait assis dans l'entrée un chien étrange avec une seule oreille. Camille avait demandé si elle pouvait emmener les dessins. Claire Laverne avait refusé catégoriquement. Héloïse tenait beaucoup à ses croquis et passait beaucoup de temps à les regarder ou à les contempler, lui avait-elle dit. Il n'était pas question qu'elle la perturbe en les faisant disparaître. L'enquêtrice avait donc patiemment photographié les dessins un à un pour pouvoir les étudier au poste.

Lucas la regardait fixement depuis l'intervention de son collègue. Elle s'était perdue quelques secondes dans ses réflexions et cela avait suffi à attirer l'attention de son adjoint. Il était clair pour lui qu'elle avait d'autres éléments entre les mains, mais il respectait toujours ses choix. Si elle avait décidé qu'il n'était pas temps d'en parler, elle devait avoir ses raisons. Camille se rendit compte qu'il l'observait et coupa court à tout malentendu.

— Bon, de toute façon, tout ça ne nous avance pas beaucoup. Son passage à l'hosto, on le connaissait déjà.

L'agacement de l'avoir laissé filer pointait maintenant dans le ton employé.

— Du calme, du calme, la coupa Romans, j'ai pas dit que j'avais fini ! J'ai continué à observer les images et on retrouve notre barbu un peu plus tard. Il repasse dans le champ des caméras en sens inverse pour retourner vers la capitale. Son chemin retour est plus direct. Il s'engage dans Paris et se gare un peu plus tard dans une petite rue du 17e. Il entre dans un immeuble d'habitation à l'apparence quelconque. Il en ressort ce matin et part en métro. Je n'ai pas réussi à suivre sa trace cette fois. Je sais juste qu'il est revenu au même endroit. Pour tout vous dire, je crois qu'il habite là et qu'il s'y trouve en ce moment même.

Camille bondit de sa chaise en entendant cette révélation.

— Il faut qu'on le cueille sans tarder ! Malika, Bourdieu, vous prenez la route immédiatement pour rentrer au bercail. Lucas, demande de l'aide à l'étage au-dessus, qu'ils envoient un gars planquer devant l'immeuble. Je veux qu'il m'appelle s'il voit notre type bouger. Fais passer aussi sa photo à tous les services. Priorité numéro un pour tout le monde : interpellation s'il est repéré. On interviendra demain matin. Rendez-vous au coin de sa rue à 5 heures pour tout le monde, on va le cueillir quand il dormira encore. Je fais le nécessaire pour avoir les renforts suffisants, on sait jamais avec ce genre de type.

Maintenant debout, Camille s'apprêtait à faire demi-tour et à monter dans le bureau du patron faire son rapport. Lucas lui attrapa le bras pour l'en empêcher.

— Attendez, il y a autre chose. Ce n'est pas tout ce que j'ai découvert aujourd'hui.

L'enquêtrice principale s'interrompit et attendit la suite, surprise qu'il puisse y avoir autre chose d'aussi important que la réapparition de leur principal suspect. Lucas se fit plus hésitant.

— J'ai aussi exploité les bandes du bistrot que Malika et Bourdieu ont ramenées hier. Et disons que j'y ai vu des choses assez surprenantes dont je ne sais pas trop quoi penser…

— Allez accouche, le poussa Bourdieu. On n'a pas que ça à foutre et on a de la route à faire pour rentrer.

Plutôt que des mots inutiles, Romans lança la vidéo en attente sur son second écran. Les événements du samedi précédent reprirent vie au moment où Thomas Laverne pénétrait dans le troquet. Il laissa la bande se dérouler en silence jusqu'à l'extinction des lumières par le patron. Quand il eut coupé et que les visages défaits de ses collègues réapparurent en visio, seul Bourdieu s'exprima :

— Putain, c'est quoi ce bordel ?

Après un légitime moment de flottement, Camille reprit les choses en main.

— OK, il faut qu'on éclaircisse ça aussi… On ne se disperse pas, c'est pas le moment. On s'en tient au planning initial pour demain. On verra quand on aura notre suspect entre les mains comment on envisage la suite de ce merdier. Les tourtereaux, vous décollez de là-bas maintenant.

Et avant que quiconque n'ait eu le temps d'objecter, elle coupa le son et l'image à Malika et Bourdieu qui se retrouvèrent comme deux ronds de flan devant un écran noir. Elle n'attendit pas plus pour se lever et était déjà presque sortie du bureau quand Lucas l'interpella une nouvelle fois :

— J'ai aussi fait quelques recherches sur ton toubib.

Camille se retourna pour l'écouter, sans quitter l'encadrement de la porte.

— Il a vraiment pas de bol ce gars. Limite chat noir. Avant de se faire prendre en otage dans son hosto, il a eu le malheur de perdre sa nana dans des circonstances bien merdiques l'an dernier. Elle s'est tuée en tombant dans les escaliers de la tour Eiffel alors qu'ils se baladaient en amoureux. Et c'est pas ça le plus étrange...

— C'est déjà pas très commun comme façon d'y passer.

— Ouais, c'est sûr, mais ce que j'ai trouvé bizarre, c'est que le dossier sur cet accident est quasiment vide. J'ai juste trouvé les deux lignes que je viens de te répéter. Pas un compte-rendu d'audition, que dalle. Il devrait y avoir au moins la retranscription de la version de ce Mathias, même si c'était un accident.

— Tu sais aussi bien que moi que sur des histoires comme ça, on pare au plus pressé. Les gars qui ont bossé là-dessus avaient certainement des affaires bien plus louches à traiter.

— Sauf que j'ai poussé un peu mes recherches, en sous-main on va dire...

Romans était à nouveau un peu mal à l'aise.

— Grâce à certains de mes petits logiciels maison, je peux te dire que ce médecin a un dossier à son nom dans les fichiers de la DGSI.

Cette fois, il avait capté toute l'attention de Camille.

— Tiens donc... Et il y a quoi dedans, monsieur l'espion ?

— Euh, je suis pas allé jusque-là. Je tiens pas à me retrouver sur la liste des hackers recherchés, ça ferait mauvais genre sur mon CV... N'empêche, c'est quand même pas net comme histoire... Un dossier incomplet sur un accident étrange plus un dossier aux services de renseignements, ça sent pas la sincérité...

Camille resta songeuse quelques instants devant ces éléments. Lucas avait sans doute raison, ce gars-là devait avoir des trucs à cacher, et cela pouvait peut-être expliquer ses réactions étranges pendant la prise d'otage. Elle n'avait toutefois pas le loisir de s'attarder là-dessus, pas aujourd'hui... S'il était dans le collimateur de la DGSI, cela ne les regardait pas[1].

— OK, c'est pas très clair, mais c'est pas notre affaire, on oublie ça. Rentre te reposer pour demain.

1 Voir *Derniers jours à Alep* du même auteur.

Chapitre 20

Camille et Lucas étaient en position au coin de la rue depuis 4 h 30. L'homme en planque discrète avait confirmé le retour de leur cible la veille à 23 h 37. Ils n'eurent pas à attendre longtemps. Dix minutes plus tard, ils furent rejoints par Bourdieu et Malika. Une fenêtre inespérée s'offrait à eux, il n'était pas question de la manquer cette fois. Les deux enquêteurs en déplacement avaient pris la route immédiatement et, après une poignée d'heures de repos, avaient rallié le point de regroupement avant l'assaut.

À 4 h 50, une équipe d'intervention se gara à bonne distance de l'entrée de l'immeuble et six agents en tenue d'assaut se postèrent devant Camille, attendant les ordres. Finissant de boucler son gilet pare-balles, elle fit un bref briefing de rappel et ils se mirent en marche. Jusqu'à tard la veille, Lucas avait épluché tous les documents possibles concernant les douze appartements répertoriés à cette adresse. Sur sa liste, il n'en restait plus que deux au dernier étage susceptibles d'abriter leur homme. Les autres avaient été écartés après une mise sur écoute de leurs habitants déclarés, confirmée par une rapide enquête de voisinage dans la soirée. Sur les deux restants, un était censé être inhabité depuis deux ans tandis que le propriétaire de l'autre, un retraité fortuné, passait six mois de l'année dans un riad au Maroc. Précisément, il était absent depuis deux mois et demi. L'un comme l'autre pouvait donc constituer une planque idéale pour un mercenaire en cavale. La préférence de Camille allait au squat meublé, plus approprié et dans lequel ils avaient en plus détecté une variation anormale de la consommation électrique ces dernières vingt-quatre heures. Néanmoins, elle commença par envoyer trois gars en direction de l'appartement vide.

Ils crochetèrent rapidement et discrètement la porte et s'engagèrent en silence, arme au poing, à l'intérieur. Moins de deux minutes plus tard, le leader ressortit et fit un geste signifiant que l'endroit était vide et sécurisé. Camille s'approcha de la seconde porte et prit le temps d'écouter attentivement si elle percevait des mouvements à l'intérieur. Pas un bruit. Elle fit un petit signe au serrurier qui répéta la manœuvre et fit sauter le verrou dans un léger craquement qui résonna un peu dans la cage d'escalier. Un temps d'attente, porte entrouverte, toujours pas de signe d'activité dans l'appartement. D'un geste de la main, elle indiqua au groupe d'intervention d'entrer en action. Les agents parfaitement équipés et protégés pénétrèrent les premiers, rapidement suivis par le lieutenant et son équipe.

Ils se trouvaient maintenant dans un couloir sombre, juste faiblement éclairé par les faisceaux de leurs torches dirigés vers le sol. Un soldat ressortait déjà de la cuisine sur la gauche, RAS de ce côté-là. Sur la droite, ils passèrent une première chambre, vide également. Le chef de groupe, qui ouvrait la route, arrivait déjà à l'entrée du salon qui, lui-même, desservait la deuxième partie de l'appartement. Alors qu'il s'apprêtait à faire les vérifications d'usage sur sa droite et sur sa gauche en pénétrant dans la pièce, il sentit sa jambe droite heurter quelque chose. Il regarda furtivement vers le sol et, comprenant instantanément la situation, se tourna vers son groupe d'intervention en hurlant :

— À terre !!!

Rompus à ce genre d'exercice, les agents se jetèrent immédiatement à plat ventre. Camille et son équipe, eux, mirent une fraction de seconde à comprendre. Une fraction de seconde de trop. Ils étaient encore debout quand la déflagration projeta l'agent de tête trois mètres en arrière et souffla une partie du couloir. L'enquêtrice, qui était devant ses hommes, fut la première à ressentir le souffle puissant et brûlant de l'explosion qui la rejeta violemment sur Bourdieu qui suivait juste derrière et qui parvint à la retenir en s'accroupissant, imité au dernier rang par Lucas et Malika. Un mélange de fumée et de poussière envahit le local et obstrua toute visibilité vers l'arrière de l'appartement. Alors même que le bruit de la détonation résonnait encore dans les murs, c'est un déluge de violence qui s'abattit dans leur direction. De l'autre côté du salon, quelqu'un avait ouvert le feu. Les agents n'avaient pas attendu que la fusillade démarre pour réagir. Deux d'entre eux avaient déjà tiré en arrière leur responsable pour le ramener vers la sortie. Camille avait constaté en le voyant passer qu'il était salement touché, sans distinguer s'il était toujours en vie. Le second du groupe avait immédiatement pris les choses en main. Maintenant abrité dans les encadrements des portes latérales, il avait passé un rapide appel radio : « Homme à terre, ambulance et renforts demandés en urgence. » Et dans la foulée, la riposte avait commencé. Les membres de l'équipe d'investigation restaient en retrait tout en participant activement, vidant tour à tour leur chargeur vers l'homme qui continuait à les arroser. Une chose était certaine, il ne pouvait leur échapper. Ils avaient étudié les plans de l'immeuble avant l'assaut et il n'y avait aucune sortie possible de ce côté et, au quatrième étage, ils étaient bien trop hauts pour qu'il puisse tenter quelque chose. Ce qui n'était pas pour rassurer Camille. Ils faisaient face à un suspect prêt à tout et qui n'avait apparemment pas l'intention de leur tomber entre les mains.

Un cri derrière elle attira son attention. Camille se retourna et vit Malika s'effondrer sur le parquet. Une tache rouge grandissait sous son épaule gauche. Lucas, debout à ses côtés, semblait comme paralysé. C'est Bourdieu qui réagit le premier.

— Réveille-toi, Romans ! Sors-la d'ici, je te couvre.

Et mêlant le geste à la parole, il se posta dans le couloir, tirant tant qu'il pouvait en direction de l'assaillant. Son hurlement fit réagir Lucas, qui attrapa Malika par les bras et la tira rapidement vers la sortie d'où provenaient déjà les sirènes hurlantes des secours en approche.

Camille se joignit à Bourdieu pour les couvrir et leur intervention permit au reste du groupe d'avancer dans le salon. Les trois hommes restants s'écartèrent dans la pièce et firent feu à leur tour en direction du criminel. La fumée avait commencé à s'estomper et sa silhouette apparaissait maintenant dans l'encadrement du couloir. Il venait de recharger son arme semi-automatique et marqua un temps d'hésitation devant la multiplication des cibles qui s'étaient séparées face à lui. C'était plus qu'il n'en fallait aux agents d'élite pour prendre le dessus. Les deux hommes les mieux placés ajustèrent immédiatement leurs mires et leurs projectiles vinrent simultanément frapper le suspect à plusieurs reprises. Surpris dans son sommeil par l'intervention des forces de l'ordre, il ne portait qu'un caleçon et un débardeur qui se couvrit instantanément de plusieurs éclaboussures pourpres. Le corps, désarticulé tel un pantin, fut violemment projeté en arrière par les impacts. Camille s'apprêta à hurler qu'il le leur fallait vivant, mais il était déjà trop tard. Les deux dernières balles, tirées avec précision, venaient de faire exploser sa boîte crânienne. Pris dans une telle embuscade, il n'était pas question pour l'équipe d'intervention de laisser à leur assaillant une chance de faire encore plus de dégâts.

Le silence se fit peu à peu dans l'appartement, à peine troublé par les appels radio qui leur parvenaient depuis le palier. Deux voitures de renfort venaient de se garer et leurs occupants envahissaient déjà l'immeuble, enjoignant aux quelques habitants curieux attirés par le vacarme de regagner immédiatement leur logement et de ne plus en sortir sans consigne de leur part. Au milieu de la poussière qui finissait de retomber, Camille s'avança prudemment dans le salon saccagé. Un des trois hommes, couvert par les deux autres, s'avança rapidement dans la deuxième moitié de l'appartement qu'il restait à sécuriser. Moins de trois minutes plus tard, les membres du GIPN rangèrent leurs armes et la pression retomba aussitôt. Tout était terminé. Tout danger était écarté.

Camille fit de même et remit son pistolet à la ceinture. Elle prit une grande inspiration pour faire retomber son rythme cardiaque affolé par l'adrénaline qui avait afflué en bloc dans son organisme. La tension, à son comble quelques minutes auparavant, s'estompa et elle retrouva ses réflexes d'enquêtrice à mesure qu'elle prenait conscience de la situation. Bourdieu était à ses côtés et tenait toujours son arme à la main. Elle porta son attention sur lui pour constater que, s'il avait l'air un peu hagard sous le masque de poussière qui couvrait son visage, il ne présentait pas de blessures apparentes. Cet examen lui ramena à l'esprit ses deux autres adjoints.

— Malika ! s'écria-t-elle soudain et elle fit demi-tour pour s'élancer vers le palier, immédiatement suivie par Bourdieu qui avait réagi à l'évocation de sa collègue.

La jeune femme était assise dans le couloir, dos au mur. Lucas, accroupi devant elle, lui prodiguait les premiers secours. Il avait arraché un pan de sa chemise qu'il tenait maintenant en boule contre l'épaule de Malika en une compression efficace. La jeune femme était consciente. Si son visage était marqué par la douleur, elle ne semblait pas au bord de la perte de connaissance et faisait face courageusement.

— Comment ça va ? demanda Camille autant à Malika qu'à Romans en se penchant vers eux.

— J'ai connu mieux, répondit la blessée en esquissant un sourire crispé qui se voulait rassurant.

— Fais pas trop la maligne, coupa Lucas en lui faisant un clin d'œil.

Puis en se tournant vers leur patronne :

— Je suis pas médecin, mais je crois pas que la balle ait fait trop de dégâts. À mon avis, elle a juste traversé le deltoïde de part en part. J'ai réussi à contenir le saignement et je pense pas que l'os soit touché.

— Juste une égratignure, quoi, sourit timidement Malika, tout de même plus pâle que d'habitude.

Cette dernière remarque fit éclater de rire Bourdieu qui décida qu'il était temps de détendre l'atmosphère.

— Eh bah, comme ça, ça y est, t'as ta première blessure de guerre ma belle ! Ça te vaudra de payer la prochaine tournée. Pour le piano et la branlette, tu seras peut-être un peu emmerdée, mais même avec un bras en écharpe, tu devrais toujours pouvoir lever le coude.

Son ironie les fit tous sourire, sans masquer pour autant l'inquiétude qu'il avait ressentie. Le regard attendri qu'il jeta à sa collègue n'échappa à personne. Le regard paternel d'un homme qui venait de vivre la peur irrationnelle de voir quelqu'un à qui il tenait faire face à un danger mortel.

Ils furent interrompus par le bruit des secours qui arrivaient en nombre. Une équipe se porta tout de suite auprès de Malika. Une auscultation rapide leur apporta l'assurance que tout allait bien se passer maintenant. Ils confirmèrent rapidement l'hypothèse de Lucas, qu'ils félicitèrent au passage pour ses bons réflexes. Ils firent un pansement compressif sur la blessure et n'attendirent pas plus pour évacuer la victime. Camille ne lâcha la cage d'escalier des yeux que lorsque sa collègue fut hors de son champ de vision. Rassurée, elle porta son attention sur l'autre côté du palier où régnait également une certaine agitation.

Une seconde équipe de secouristes s'affairait autour d'un homme au sol : l'agent en tenue d'assaut qui avait ouvert la voie et avait subi de plein fouet l'explosion. Sa situation semblait bien plus critique que celle de Malika. Sa jambe gauche, la plus proche de l'engin explosif au moment de la déflagration, était en lambeaux. Son visage était également couvert de sang et un des ambulanciers s'escrimait à colmater les plaies béantes. Les pompiers avaient découpé les attaches de son gilet pare-balles pour le lui ôter et accéder à sa poitrine, sur laquelle ils fixaient des instruments de réanimation. L'homme était sans connaissance et pour le peu que Camille pouvait en juger, sa vie ne semblait tenir qu'à un fil. Les autres membres du groupe d'intervention, qui avaient fini de sécuriser les lieux et dont la mission était maintenant terminée, observaient la scène, anxieux du dénouement. Après plusieurs longues minutes durant lesquelles personne n'osa bouger de peur de perturber les secours qui faisaient tout leur possible pour maintenir leur frère d'armes de ce côté de la barrière, le médecin-chef se redressa enfin et annonça à l'auditoire que le blessé était stabilisé. Dans un brouhaha de soulagement et de remerciements, son évacuation fut demandée et ils regardèrent tous le brancard descendre lentement et prudemment au son des bips des appareils branchés au blessé. Le toubib ajouta tout de même qu'il n'était pas sorti d'affaire et qu'il devait être conduit d'urgence au bloc, ce qui doucha un peu l'enthousiasme des agents d'élite. Ils disparurent à leur tour dans l'escalier et laissèrent la place à la police scientifique qui venait de débarquer.

Camille, Bourdieu et Romans les suivirent et retournèrent dans l'appartement saccagé pour faire eux-mêmes leurs constatations. Ils commencèrent par se diriger vers le corps sans vie de leur unique suspect. La poitrine criblée de balles, une partie du crâne arrachée par les derniers projectiles reçus, il gisait à l'entrée d'une chambre. Ils le contournèrent, laissant la scientifique faire ses observations avant de le transporter à la morgue, et visitèrent le fond de l'habitation qu'ils découvraient. Dans la chambre, ils dénichèrent un sac de sport rempli d'armes diverses et une petite sacoche contenant au moins 20 000 euros en petites coupures. Pas de pièce d'identité évidemment. Les placards ne contenaient que des effets qui n'appartenaient vraisemblablement pas au squatteur. Sur le lit, on devinait l'empreinte d'un homme allongé. Le dessus-de-lit encore intact indiquait qu'il ne devait dormir que d'un œil et être sans cesse sur le qui-vive. Bourdieu résuma à voix haute le fond de leur pensée à tous :

— Pas d'identité, pas ou peu d'effets personnels, un gars qui dort à même la couette une arme à portée de main, vous savez tous ce que ça veut dire. Ce type-là est… était un pro. Et ça veut dire qu'on trouvera rien ici et maintenant qu'il est cané, on peut s'asseoir sur notre piste.

— Même les pros font des erreurs, contredit Camille. On continue à fouiller minutieusement avant de laisser la place. Après tout, son ADN est peut-être déjà dans nos fichiers.

Ils passèrent dans la salle de bains attenante où, là encore, ils firent chou blanc puis revinrent dans le salon ravagé. Il n'y avait pas grand-chose à en tirer. L'explosion, puis les balles par dizaines avaient rendu l'endroit quasi inexploitable. Le coin cuisine avait été un peu épargné. Ils n'y trouvèrent que quelques vestiges de plats préparés entassés dans la poubelle. Les deux chambres du premier couloir n'avaient, elles, visiblement pas été utilisées par le squatteur. En se dirigeant vers la sortie, ils ne trouvèrent dans l'entrée qu'une veste en cuir pendue au portemanteau. La veste que l'homme portait sur les images qu'ils avaient visionnées. Camille s'en approcha et, les mains toujours gantées de latex, en palpa les poches. Une liasse de billets, un téléphone portable qu'elle donna immédiatement à Lucas et une clef de voiture, c'est tout ce qu'elle y trouva. Elle s'apprêtait à décrocher le blouson pour le fourrer dans un sac à scellés quand elle sentit un objet dur dans la poche intérieure. Elle la fouilla à nouveau, sans succès. Une palpation plus minutieuse lui confirma pourtant qu'il y avait bien quelque chose : un objet était dissimulé dans la doublure. Elle emprunta une petite lame de scalpel dans la mallette de l'identité judiciaire posée à côté d'elle et fit une fine incision le long de la fermeture éclair. Elle glissa deux doigts par l'ouverture et en sortit une grosse clef ancienne. Le genre de clef qui servait à fermer les portes en bois des vieilles fermes au début du siècle dernier. Circonspecte, elle glissa l'objet dans un petit sac en plastique et le fourra dans sa poche sous le regard tout aussi étonné de ses adjoints.

Le soleil n'était pas encore levé lorsqu'ils sortirent de l'immeuble. L'opération n'avait pas duré plus d'une heure, mais ils avaient l'impression d'avoir passé un temps infini dans l'appartement. Peu de monde dans les rues à cette heure matinale. Seuls quelques badauds y déambulaient. Certains, curieux, s'arrêtaient et cherchaient à observer ce qu'il pouvait bien se passer, d'autres, inquiets, s'empressaient de changer de trottoir et de quitter la rue condamnée à chaque extrémité par une voiture de police. Camille et ses hommes se débarbouillèrent rapidement auprès d'un camion de pompiers qui leur fournirent quelques serviettes. Un médecin les ausculta rapidement et constata qu'à part quelques acouphènes, vestiges de la puissante détonation et qui devraient s'estomper dans les heures à venir, ils n'avaient que des égratignures. Après ces quelques minutes silencieuses d'un nécessaire retour au calme, Camille se retourna vers eux.

— Bon, rentrez chez vous et reposez-vous un peu, on en a tous besoin. Rendez-vous au bureau à 13 heures pour faire un point complet sur ce merdier. Il va falloir qu'on prenne un peu de recul pour recoller les morceaux…

Bourdieu esquissa un mouvement pour répondre puis se ravisa. Sa patronne avait raison, ils avaient besoin de se poser un peu. Il se contenta d'une réponse laconique :

— Comme tu veux Wilson.

Et il fit demi-tour pour rejoindre son véhicule stationné dans la rue d'à côté, immédiatement imité par Romans qu'il devait déposer au passage.

Chapitre 21

Avant de quitter les lieux comme ses deux adjoints, Camille avait fait un détour par l'ambulance stationnée en double file dans laquelle Malika subissait les premiers soins. Les urgentistes la rassurèrent à nouveau, plus de peur que de mal, elle s'en tirerait avec une belle brochette de points de suture et quelques semaines de repos, lui affirma-t-on. Malika elle-même ne semblait pas particulièrement inquiète. Une douleur certaine était visible sur son visage, mais c'était une dure à cuire. Il en fallait bien plus pour entamer son optimisme et sa volonté. Elle n'était d'ailleurs pas d'accord avec le secouriste concernant ses futures semaines d'absence et elle affirma à sa chef de groupe qu'elle les rejoindrait dès que les médecins lui auraient signé une autorisation de sortie. Sa patronne ne la contredit pas, pas la peine de la mettre dans de mauvaises dispositions à cet instant. Elle ne la laisserait toutefois pas reprendre le service tant qu'elle ne serait pas totalement remise. Les portes de l'ambulance se refermèrent et elle la laissa partir vers l'hôpital le plus proche pour finaliser les soins et recoudre ses blessures. Une fois rassurée sur ce point, Camille se dirigea vers son véhicule et, en chemin, passa un coup de fil au commissaire pour l'informer du piètre résultat de l'assaut. Il écouta attentivement son compte-rendu et ne fit pas de commentaires. Il se contenta de lui enjoindre de prendre un peu de repos avant de venir lui faire un rapport détaillé dans l'après-midi.

Une fois chez elle, Camille sentit une chape de plomb tomber sur ses épaules. L'intervention s'était avérée bien plus dangereuse et violente que prévu. Ils ne s'attendaient pas à une telle résistance. À qui avaient-ils donc affaire ? Qui que fut cet homme, ce n'était pas le premier venu. Il avait littéralement piégé l'appartement qu'il squattait et disposait d'un véritable arsenal pour se défendre et avec lequel il avait fait feu sur eux sans hésiter. Les criminels débutants hésitent toujours un peu avant de tirer sur les forces de l'ordre. Ils craignent en général les représailles. Lui n'avait pas tremblé, pas une seule seconde. Et il n'avait pas tiré pour faire diversion, il avait tiré pour tuer.

Camille posa le verre d'eau qu'elle venait de se servir pour évacuer un peu la poussière qui obstruait encore sa gorge et la faisait tousser par intermittence. Engourdie par la tension qui avait tétanisé ses muscles pendant l'assaut, elle ôta lentement son gilet pare-balles poussiéreux qu'elle accrocha au dossier d'une chaise et posa son arme de service encore tiède sur le bar de la cuisine. Elle se dirigea vers la salle de bains en continuant à ôter ses vêtements. Se faisant, elle se rendit compte qu'une large estafilade déchirait la manche droite de son pull, sans doute un vestige de l'explosion. Elle le mit en passant directement dans la poubelle et constata que son bras lui-même était marqué d'une longue balafre, heureusement peu profonde, et qui saignait très peu. Elle resta ensuite de longues minutes sous le jet brûlant de la douche qui évacuait autant son stress que la saleté qui la recouvrait. L'eau, d'abord presque noire, qui s'écoulait de sa chevelure et le long de son corps était maintenant redevenue limpide. Massant délicatement son crâne couvert de shampoing, elle refit petit à petit surface et recentra son attention sur son affaire. Ils nageaient dans un beau bordel, commença-t-elle par se dire. Qu'avaient-ils ? Que dalle, rien de concret. Elle repensa alors aux images que Lucas leur avait montrées la veille. Non, ils avaient d'autres hypothèses à creuser. À juste titre, ils s'étaient focalisés sur l'interpellation du mystérieux second parachutiste. Cette piste étant maintenant bien refroidie, ils devaient se tourner vers autre chose. Et le bar dans lequel Malika et Bourdieu avaient déjà perquisitionné n'avait pas encore livré tous ses secrets. Camille tapa du poing contre la faïence de sa douche.

À 13 heures, quand ses deux adjoints, encore sur pied, pénétrèrent dans le bureau, Camille y était déjà depuis un moment. Elle n'était pas restée longtemps dans son appartement. Elle avait acheté rapidement un sandwich dans la boulangerie en bas de chez elle et était revenue directement au commissariat pour reprendre leurs notes depuis le début.

— Comment va Malika ? demanda Bourdieu en guise de préambule.

— Elle va bien, les rassura-t-elle. J'ai eu l'hosto tout à l'heure, elle aura une belle cicatrice... Il va juste lui falloir un peu de temps pour que le muscle s'en remette. Elle voulait même sortir cet après-midi pour nous rejoindre !

— Ah, ah ! Ça m'étonne pas d'elle ça ! s'exclama Bourdieu. Quelle merdeuse, elle serait capable de venir bosser avec une guibole en moins s'il le fallait...

Après cette exclamation de soulagement, il se fit de nouveau plus grave :

— Et le type du groupe d'intervention ? Ça donne quoi ?

— C'est plus compliqué pour lui, confia Camille. Il est sorti du bloc, mais ils le maintiennent dans le coma pour l'instant en attendant qu'il soit vraiment stabilisé. Le chirurgien que j'ai eu au téléphone ne voulait pas trop s'avancer, comme d'hab... Il a quand même fini par me dire qu'il le pensait maintenant hors de danger. Impossible par contre pour l'instant de savoir s'ils vont pouvoir sauver sa jambe. C'est lui qui a encaissé l'explosion et cet enfoiré de barbu avait foutu des clous dans sa bombe. Je vous laisse imaginer ce que ça peut donner. C'est le genre de blessure que les militaires ont l'habitude de voir sur les champs de bataille et qui en fait revenir certains avec des morceaux en moins, pas tout à fait ce qu'on voit en plein Paris.

— Fait chier, conclut Bourdieu en s'asseyant à son bureau.

Romans l'avait imité et ils regardaient maintenant tous les deux en direction de leur patronne, debout devant le tableau blanc sur lequel ils avaient affiché les différents éléments de leur enquête.

— C'est quoi la suite ? demanda Lucas.

— J'ai reçu tout à l'heure le premier rapport de la scientifique, reprit Camille, le regard toujours vissé au tableau. Pas grand-chose à en tirer. Évidemment, aucune pièce d'identité n'a été retrouvée sur place et pour les prélèvements ADN, il va leur falloir quelques jours de plus pour les analyser.

— Et du côté des armes et de la bombe, on peut peut-être s'en servir pour remonter la piste ? intervint Romans.

— Oui, c'est possible… La balistique et les démineurs sont dessus… De toute façon, j'ai demandé au grand chef que l'exploitation de tout ça soit confiée à l'étage du dessus.

Bourdieu se leva instantanément.

— Tu déconnes j'espère Wilson ? Tu vas quand même pas leur refiler le bébé ?

— Dis pas de conneries… Avec Malika out pour quelque temps, on va avoir besoin d'un peu d'aide. Et même si elle était avec nous, on a encore pas mal de sujets à creuser et on pourra pas tout faire seuls sans perdre un temps précieux. Donc l'exploitation de la scène de ce matin, on la laisse aux autres. De toute façon je vous l'ai dit, il n'y a presque rien à en tirer pour le moment. De notre côté, il faut qu'on reprenne tout ce que l'on sait.

Bourdieu se renfrogna et se rassit sans insister, il savait que sa patronne avait raison.

— Jusqu'à ce matin, on avait concentré nos efforts pour retrouver le sauteur. Maintenant que cette piste est foutue, qu'est-ce qu'il nous reste ? continua Camille.

Un léger silence s'installa dans la pièce, puis Lucas se leva et s'approcha du tableau pour regarder de plus près les indices et les photos qui y étaient punaisés. Il pointa du doigt un cliché sur lequel apparaissait le parachute de Laverne étalé sur une table.

— Le matos de la victime, dit-il. On sait qu'ils ont tous été sabotés, ça veut forcément dire que quelqu'un a pénétré dans le hangar de stockage. On n'a pas vraiment cherché de ce côté-là, si on trouve comment le type est entré, on trouvera peut-être qui.

Camille l'écoutait et nota l'idée sur son calepin. Bourdieu les avait rejoints devant le mur. Il pointa de son côté une capture d'écran tirée de la vidéosurveillance du bar dans lequel on distinguait clairement Thomas Laverne.

— Le bistrot, ces types connaissaient la victime. Ils nous ont bourré le mou la dernière fois, le poivrot comme le patron. Faut qu'on les revoie.

— Exact ! Et j'ai pris les devants à ce sujet, j'ai envoyé une équipe les chercher en fin de matinée. Le bistrot est fermé et le patron introuvable, et Goasguen n'était pas chez lui non plus. Les gars planquent devant et dès qu'ils pointent le bout de leurs nez, ils nous les amènent.

— Je m'en chargerai quand il sera là si tu veux bien Wilson, j'aime pas qu'on se foute de ma gueule, ajouta Bourdieu le regard noir.

— On verra d'ici là.

Ses yeux à elle s'étaient posés sur la photo de Claire Laverne à côté de qui ils avaient scotché celle de la dernière maîtresse en date de son mari.

— Du côté de la femme trahie et de la maîtresse, on n'a peut-être pas fait le tour non plus. On n'a même pas interrogé la secrétaire pour confirmer les images du samedi soir. Il faut qu'on la voie rapidement. Lucas, fais-la venir. Je veux savoir depuis quand elle fréquentait Laverne : où, combien de fois par semaine et tout ce qu'elle pourra nous dire.

— Tu veux pas savoir non plus s'il en a une grosse tant qu'on y est ? intervint Bourdieu avec son rire gras.

Personne ne releva la plaisanterie douteuse et Romans se dirigea vers le téléphone pour s'exécuter. Pendant qu'il donnait quelques instructions laconiques, Camille s'était déplacée vers l'extrémité du panneau. Ils avaient tiré un trait vertical et, sur une toute petite partie, Bourdieu avait insisté pour punaiser une photo de la petite Ludivine Waskowiak disparue en Savoie. Il n'y avait pas de lien apparent avec l'accident de Laverne, mais il n'avait pu se résoudre à ne rien en faire. Il avait donc gardé un coin de panneau pour ne pas l'oublier et sous le portrait, il avait inscrit pour unique légende le mot « chien » avec un point d'interrogation.

Lucas, qui avait terminé son appel, était revenu vers eux et regardait maintenant sa patronne qui fixait la fillette.

— T'es sûre que t'as rien d'autre à nous confier chef ? demanda-t-il doucement.

Camille soupira et retourna vers son bureau sur le dessus duquel elle retira quelques feuillets d'une chemise. Elle s'avança vers ses adjoints et jeta sur la table commune les impressions des dessins de la petite Héloïse.

— Je voulais pas vous en parler tout de suite parce que ça n'a aucun rapport avec l'enquête en cours et que notre priorité, c'est de trouver qui a tenté d'assassiner Laverne… Ces dessins sont ceux de la petite Laverne. C'est sa mère elle-même qui me les a montrés hier quand je lui ai parlé du chien.

Bourdieu et Romans s'approchèrent et saisirent les images. D'abord sans comprendre en scrutant les premières qui ressemblaient à des gribouillages, puis de plus en plus fiévreusement à mesure que les dessins gagnaient en précision, que les traits des personnages se précisaient. Les dernières scènes étaient d'un réalisme quasi insoutenable et Lucas ne put réprimer un haut-le-cœur en découvrant le décor de ce qui avait été le lieu dans lequel la petite avait été torturée pendant de longues journées. Bourdieu se saisit de l'un des derniers dessins et regarda de plus près le chien qui y était crayonné avec un réalisme incroyable. Il ne put s'empêcher de proposer ce qui lui venait immédiatement à l'esprit en voyant cela :

— Il faut qu'on retourne chez les bouseux et qu'on montre ça à la deuxième gamine. Ce dessin est tellement réaliste, si c'est le même clébard, elle le confirmera tout de suite.

— Je me doutais que tu dirais ça, soupira Camille. C'est pour ça que je ne vous ai rien dit. Cette enquête n'est pas la nôtre et nous devons rester concentrés.

Bourdieu s'emporta :

— Putain, Wilson, tu vois bien qu'il y a un lien entre les disparitions des deux gamines, bordel ! T'en connais beaucoup des clebs comme ça toi ? Ce qu'elle a dessiné là, elle l'a pas inventé. On peut pas rester sans rien faire.

— Écoute, je comprends ton agacement, mais on doit d'abord trouver qui en veut à Laverne. Si ça peut te rassurer, j'ai scanné et envoyé toutes ces photos aux enquêteurs d'Annecy, ils pourront au moins confirmer ton hypothèse avec la petite. Nous, on se focalise sur lui. Je te promets qu'on reprend ce dossier dès que cette affaire est terminée.

S'il n'était pas calmé, Bourdieu n'en rajouta pas. Il savait qu'il ne la ferait pas changer d'avis et il faisait suffisamment confiance à sa patronne pour obtempérer malgré ses réticences. Pendant leur discussion, Romans s'était approché de la photocopieuse avec quelques feuillets à la main. Il revint vers le tableau et punaisa sous la photo de Ludivine trois nouvelles images : le dessin du mystérieux chien, une autre où on distinguait très nettement un homme nu qui s'approchait, le visage couvert d'un masque effrayant, et, enfin, une dernière sur laquelle il avait effectué un agrandissement du tatouage que l'on distinguait sur le bras de l'inconnu. Comme son collègue, il n'avait pas l'intention d'en rester là. Afficher ces photos sur leur tableau de travail était un moyen de garder tout cela à l'esprit. Camille ne s'y opposa pas et recentra leur discussion.

— Bon, il va falloir qu'on se sépare pour gagner du temps. Vous deux, vous retournez dans le 19e et vous fouillez à nouveau le bistrot. Vous retournez tout s'il le faut, je veux savoir ce qu'ils y font ! Par la même occasion, vous visiterez aussi l'appartement du propriétaire situé juste au-dessus.

Et avant que ses hommes n'aient pu émettre une objection, elle tira d'une chemise sur son bureau un document qu'elle leur tendit.

— Voilà la commission rogatoire que j'ai demandée en urgence ce matin.

Elle fut interrompue par la sonnerie de son portable posé sur son bureau. Après avoir regardé le numéro qui s'affichait, elle décrocha sous le regard curieux de ses adjoints. Au bout d'une poignée de secondes, elle répondit avant de raccrocher :

— OK, amenez-la ici, je m'en charge.

Puis en s'adressant à ses collègues :

— Ils nous amènent la maîtresse. Elle, au moins, a été facile à trouver, elle était à son poste au siège de la holding Laverne. C'est à deux pas d'ici, ils seront là dans moins de vingt minutes. Je m'occupe d'elle pendant que vous filez perquisitionner dans le 19ᵉ. On se retrouve ici à 18 heures. À tout à l'heure.

Chapitre 22

Dès qu'elle fut prévenue que son témoin était arrivé, Camille quitta le bureau et se rendit deux étages plus bas où avait été installée la demoiselle. Avant d'aller à la rencontre de la secrétaire et maîtresse de Thomas Laverne, elle resta quelques minutes à l'observer discrètement par le hublot de la porte. Manière, d'une part, d'observer ses réactions et, d'autre part, de la faire mariner un peu, et de faire monter son stress. Plus elle serait inquiète sur son propre sort, plus elle se laisserait aller à la confidence. Et ce que voyait l'enquêtrice lui confirmait qu'elle n'avait probablement pas affaire à une criminelle de haut vol.

La jeune femme semblait complètement paniquée et au bord des larmes, c'était sans doute une première pour elle, ce passage dans un commissariat. Elle l'imaginait aisément en train de se remémorer toutes les infractions qu'elle avait pu commettre récemment et qui lui valaient d'être ici aujourd'hui. Personne n'est parfait et en cherchant bien, on trouvait toujours un petit quelque chose à se reprocher. Combien de fois avait-elle vu des gardés à vue, ou même des simples convoqués, s'épandre dans des confessions qui n'avaient rien à voir avec les faits qui leur étaient reprochés avant de réaliser qu'ils n'étaient pas là pour ça. Mais peut-être la secrétaire avait-elle déjà fait le rapprochement. L'accident de Laverne avait déjà fuité dans la presse et les gros titres du matin ne manquaient pas de souligner que la police pensait très clairement qu'il s'agissait d'une tentative d'homicide. Il était décidément devenu impossible de garder quoi que ce soit de secret dans cette institution, avait songé Camille en lisant l'article. Donc en tant que maîtresse de la victime, la demoiselle pouvait aisément s'imaginer que leur relation avait été découverte malgré les précautions de son patron.

La policière continua à la détailler attentivement avant de pénétrer dans la pièce. Il ne fallait certes pas se fier aux apparences, toutefois, elle aimait jauger un peu ses témoins, juste pour voir si son flair était toujours bon. La personne assise en silence devant ses yeux lui donnait plusieurs indications rien que par son attitude. C'était une grande et belle jeune femme, aucun doute là-dessus, et, connaissant un peu Thomas Laverne, encore plus avec ce qu'elle avait appris récemment à son sujet, Camille n'avait aucun mal à imaginer les raisons qui l'avaient poussé à l'engager, quel que soit son CV. En temps normal, elle devait sans doute faire preuve d'une certaine assurance et d'une belle prestance. Elle l'imaginait même relativement hautaine, consciente de sa beauté et n'hésitant pas à s'en servir pour écraser les autres. Elle était vêtue d'une jupe élégante qui, bien que très courte, ne sombrait pas dans la vulgarité et son décolleté n'avait rien à envier aux plus beaux spécimens du genre. Son maquillage léger et discret soulignait des traits harmonieux et la rendait encore plus agréable à regarder. Camille devait se rendre à l'évidence, même si ce n'était pas vraiment son style, cette fille était une vraie bombe. Et pourtant, assise là, le regard baissé vers la table grise, presque résignée et les larmes au bord des yeux, elle ne voyait qu'une frêle créature fragile. Dans son monde, c'était sans doute une petite reine. Ici, tous ses repères volaient en éclats et sans eux, elle était complètement perdue. Tant mieux, elle n'en serait que plus facile à manœuvrer, se dit Camille en poussant finalement la porte du bureau.

Toujours sans rien dire, elle entra doucement et s'assit face à la secrétaire sans cesser de la fixer. La jeune femme avait sursauté au bruit de l'ouverture et regardait avec anxiété la personne qui lui faisait face. Sa lèvre supérieure tremblait légèrement. Elle semblait pourtant presque rassurée de voir une fonctionnaire de police aux allures normales s'asseoir à la table. Nourrie aux séries policières américaines, elle était terrorisée à l'idée de voir débarquer un flic bedonnant et imbibé qui l'aurait malmenée en coupant les caméras de surveillance. À ces pensées, elle ne put retenir un léger coup d'œil vers celle qui les scrutait au coin de la pièce. Cela n'échappa pas à Camille qui en sourit.

— Ne vous inquiétez pas, vous ne craignez rien ici. Je suis le lieutenant Camille Lambert, police judiciaire, savez-vous pourquoi nous vous avons fait venir ? lui demanda-t-elle en guise d'introduction.

— Je… je ne vois pas, non, bredouilla mollement la demoiselle.

— Vous en êtes bien sûre ? insista l'enquêtrice. Vous ne voyez aucune raison récente qui pourrait amener la police à vouloir vous parler ?

La jeune femme sembla hésiter avant de finalement lui répondre :

— C'est à cause de l'accident, c'est ça ?

Puis elle sembla presque s'énerver.

— Je n'y suis pour rien, c'est ce type qui faisait n'importe quoi, s'il ne sait pas faire du vélo, qu'il le laisse aux autres. Et puis le code de la route, ça vaut aussi pour les cyclistes, non ? Comment vouliez-vous que je l'évite, c'est moi qui avais le feu vert ! Il n'y en a que pour eux dans cette ville. Et c'est lui qui va payer pour effacer les rayures qu'il a faites sur ma carrosserie peut-être ? Non, évidemment que non ! Par contre moi, je me retrouve au poste, c'est le bouquet ça ! En plus il était odieux, il a commencé par m'insulter, puis m'a traitée de tous les noms alors qu'il était en tort, c'est pour ça que je suis partie. En fait, j'ai eu peur, j'ai fui pour me protéger, voilà, c'est ça !

Puis elle sembla avoir une illumination.

— Et je veux parler à un avocat, je ne dirai rien de plus tant qu'il ne sera pas là.

Camille en resta bouche bée. Cette fille n'était pas perdue, en fait elle était complètement conne… Elle soupira longuement et sortit du dossier qu'elle avait amené une photographie A4 de Thomas Laverne qu'elle fit glisser lentement vers la secrétaire. Elle lui laissa le temps de dévisager son patron. Toujours pas de lueur de compréhension dans son regard, alors elle se résolut à l'aider un peu à saisir.

— Vous connaissez cet homme n'est-ce pas… Maëva, c'est ça ? ajouta-t-elle en regardant ostensiblement vers la fiche signalétique en en-tête de la chemise posée sur la table.

Moyen simple de lui laisser penser qu'elle n'avait pas d'importance suffisante pour qu'elle ait retenu son prénom.

— Oui, c'est monsieur Laverne, mon patron.

— Vous savez qu'il a eu un grave accident ce week-end ? continua Camille calmement.

— Oui, c'est terrible, j'espère qu'il va bien. Nous n'avons pas eu beaucoup d'informations au bureau.

Si elle ne faisait toujours pas le lien, elle semblait sincèrement peinée et réellement à cent lieues de prendre la mesure de la gravité de la situation de son patron. Doucement, l'enquêtrice commençait tout de même à s'agacer de la situation et de l'absence totale de réflexion chez cette bimbo.

— Vous lisez la presse, mademoiselle ? Au moins la presse people qui faisait de cette histoire ses gros titres ce matin ? Vous devez donc avoir entendu dire qu'il ne s'agit probablement pas d'un accident ?

La jeune femme commença à s'agiter légèrement sur sa chaise. La tournure que prenait cet entretien la mettait de plus en plus mal à l'aise.

— Oui, j'en ai entendu parler, finit-elle par répondre, hésitante. Je ne vois pas en quoi cela me concerne.

Camille se redressa et s'appuya contre le dossier de sa chaise. Il était temps de l'attaquer plus directement.

— Depuis combien de temps couchez-vous avec lui Maëva ? demanda-t-elle sur un ton bien moins courtois.

La secrétaire se liquéfia littéralement. Elle avait réellement cru que leur petite idylle était restée secrète ! Devant cette révélation, elle était maintenant au bord de la panique. Ses épaules s'étaient encore affaissées et elle tremblait, on pouvait presque entendre ses genoux serrés s'entrechoquer. Une petite fille apeurée. C'est l'impression qu'elle fit maintenant à Camille. Complètement immature et pas armée comme il faut pour ce monde. Elle profitait de sa beauté et de sa jeunesse pour vivre tranquillement et s'assurer une bonne situation, mais qu'en serait-il dans vingt ans ? Quand ses seins tomberont bien trop bas, que ses yeux et son front se seront parés de stries toujours plus profondes et que ses hanches auront vu trop de passages pour susciter l'intérêt d'un riche parti ? Camille connaissait ce genre de filles qui brillaient bien plus par leur physique que par leurs discussions. Pour elles, il n'y avait que deux sorties possibles : ou elles parvenaient à se faire engrosser et épouser, ou l'inverse, par un gars avec une bonne situation ; ou elles finissaient vieilles filles, noyant leur chagrin avec tout ce qu'elles pouvaient trouver pour oublier combien jadis elles furent belles et désirables. En la voyant ainsi, effrayée par tant d'incertitudes dans son quotidien, l'enquêtrice en éprouva presque de la pitié.

Elle se leva et contourna le bureau. À hauteur de son interlocutrice, elle posa une fesse sur le plateau et se pencha vers elle pour lui demander plus doucement :

— Écoutez, je ne suis pas ici pour juger les relations de qui que ce soit, chacun fait ce qu'il veut de ses attributs, monsieur Laverne y compris. Pour tout vous dire, cela ne m'intéresse même pas du tout et il n'y a aucune raison que cela sorte d'ici. Tout ce que je sais, c'est que vous le fréquentiez et que vous vous êtes trouvée à un moment précis dans un endroit qui, lui, m'intéresse au plus haut point. Je vous le demande donc à nouveau : depuis combien de temps vous fréquentiez-vous ?

Camille avait légèrement changé les termes de la question et son ton était maintenant à la confidence. Elle gagnait sa confiance en se montrant bien plus gentille, la malheureuse n'en serait que plus facile à interroger. La jeune secrétaire leva vers elle des yeux de chien battu remplis de larmes de crocodile, étrange mélange contre nature, et répondit doucement :

— Notre histoire a commencé l'été dernier.

— Vous avez été embauchée en juin, c'est bien cela ?

Maëva acquiesça d'un hochement de tête et se sentit obligée de donner plus de précisions :

— Dès le début, monsieur Laverne a été très gentil avec moi. Je n'étais pas très opérationnelle les premiers temps. J'avais un peu de mal avec tous les agendas et toutes les activités de Thom... monsieur Laverne. Ce n'est pas vraiment ma formation initiale en fait, ajouta-t-elle en fuyant le regard qui la dévisageait. Il a été très patient et m'a réexpliqué autant de fois qu'il le fallait.

Du coup, nos journées se sont parfois terminées assez tard et un soir alors que je lui avais proposé de me laisser terminer seule les comptes-rendus et de rentrer retrouver sa famille, il m'a confié qu'il était « bien mieux au bureau qu'avec cette vipère ». Je n'en ai pas tenu compte sur le moment, mais ses paroles sont restées gravées dans ma mémoire. Ensuite, il m'a emmenée à ce séminaire dans le Colorado en août. C'était la première fois que je prenais l'avion. Et une fois là-bas, loin de ses préoccupations, il avait l'air si heureux. Un dimanche matin, il m'a emmenée faire une grande randonnée sur les hauteurs de Denver. Une fois là-haut, nous avons fait une pause pour souffler et boire un peu, et quand il s'est approché pour me tendre la gourde, je ne sais pas ce qui m'a pris, je lui ai sauté dessus et je l'ai embrassé. Il ne m'a pas repoussée… J'ai fini par me décoller de ses lèvres et en réalisant ce que je venais de faire, je me suis mise à pleurer en m'excusant. Je ne sais pas pourquoi j'ai fait cela, peut-être parce que je ne m'étais jamais sentie aussi bien. J'étais heureuse et il suffisait que je pose mes yeux sur lui pour sentir des papillons virevolter dans tout mon abdomen. Je m'attendais à ce qu'il se mette en colère et me renvoie immédiatement en France. Au lieu de ça, il s'est approché de moi et m'a rendu mon baiser. C'est là que nous avons fait l'amour pour la première fois, dans ces montagnes américaines.

La pauvrette était complètement tombée sous le charme du bellâtre dont c'était clairement l'objectif, se dit Camille. La manœuvre était grossière et les ficelles un peu éculées, mais cela fonctionnait encore à merveille avec ce genre de fille. Le beau et sexy patron, car elle devait tout de même reconnaître que Laverne était plutôt beau gosse, qui joue les maris malheureux, qui est compréhensif et gentil et qui en plus vous emmène dans des endroits que vous n'auriez même pas imaginé visiter un jour, ça suffit souvent à faire tomber les petites culottes. Malgré son avis mitigé sur le coup de foudre qu'on lui présentait, elle continua à jouer le jeu.

— Et depuis ce moment vous avez continué à vous voir, n'est-ce pas ?

— Oui... En fait, c'était assez simple. Monsieur Laverne est souvent en déplacement et je l'accompagne systématiquement. Au moins à l'étranger nous avions moins à nous cacher.

— Avez-vous déjà rencontré madame Laverne, Maëva ? demanda Camille, changeant soudain de sujet.

— Oui, je l'ai croisée à quelques reprises, lors de cocktails ou de soirées caritatives notamment. Nous ne nous sommes jamais parlé.

— Pensez-vous qu'elle était au courant pour vos parties de jambes en l'air avec son mari ?

La jeune femme était un peu surprise par le léger changement de ton de la policière et ses questions. Elle répondit néanmoins en toute franchise :

— Eh bien, Thomas m'a laissé entendre à quelques reprises qu'elle se doutait de quelque chose...

Camille sentit clairement qu'elle avait autre chose à dire, mais elle n'était pas encore ferrée, pas encore prête à tout balancer. Elle continua à la travailler.

— Vous n'avez pas eu envie de prendre sa place ?

Cette fois, Maëva parut presque choquée. Après quelques secondes de réflexion, elle sembla se dire que finalement, c'était normal que l'enquêtrice pense cela. Elle baissa à nouveau les yeux et la voix :

— Si, après quelques mois de cette relation, j'ai un temps pensé que cela pouvait aller plus loin. Il était tellement malheureux avec elle. Je lui ai demandé une fois pourquoi il ne divorçait pas. Il a semblé hésiter et il s'est contenté de dire que le sujet n'était pas à l'ordre du jour, comme il l'aurait fait en comité de direction. Rien n'est venu alors, pour tout vous dire, j'étais sur le point de lui dire que tout était fini, même si cela devait me coûter mon poste.

— Ce n'est pas l'impression que vous donniez la semaine dernière devant son hangar.

Nouveau regard ahuri de la donzelle.

— Quoi ? Qu'est-ce que... ?

— Oui, samedi dernier, la veille de son accident. On vous voit clairement lui sauter dessus avant même d'être rentrés dans son lupanar. Ne me dites pas que vous ignoriez que sa propriété était truffée de caméras ?

La réaction de la secrétaire l'assura pourtant du contraire. Elle s'était décomposée encore plus et bredouilla :

— Des caméras ?

— Vous veniez souvent dans cet endroit avec lui Maëva ? continua à questionner Camille sans se laisser déconcentrer par les jérémiades de la maîtresse.

— Non, c'était la première fois. Il ne voulait pas et moi non plus d'ailleurs. Vous pensez sans doute que je suis une traînée, mais j'ai tout de même quelques principes. Je ne souhaitais pas venir dans ce manoir où dorment sa femme et ses filles.

— Alors pourquoi cette fois ?

— Ce devait être la dernière, cela faisait plusieurs semaines qu'il ne se passait plus rien entre nous alors je me suis dit que puisque j'allais en finir, cela importait peu.

— Qu'avez-vous fait dans ce hangar ?

La question posée par l'enquêtrice finit de décontenancer la jeune femme qui la regarda surprise et qui esquissa un soupçon d'ironie et de colère dans sa réponse :

— Vous plaisantez, je suppose ? Que voulez-vous que l'on y fasse ? Vos questions me paraissent bien indiscrètes, vous ne souhaitez tout de même pas que je vous donne les détails tant que nous y sommes ?

Exactement la réaction que Camille attendait. Elle se releva et, tranquillement, retourna s'asseoir. Elle rouvrit son dossier et en sortit plusieurs clichés format A4 des parachutes de Thomas Laverne alignés sur la table du laboratoire de la police scientifique.

— Savez-vous de quoi il s'agit ? demanda-t-elle en poussant les images vers la secrétaire.

Maëva y jeta un coup d'œil curieux, toujours larguée par la tournure de cette audition.

— Non, je ne sais pas, des sacs à dos, j'imagine. Je les ai vus dans le hangar.

— Eh bien, voyez-vous Maëva, il s'agit des parachutes de monsieur Laverne. Et comme j'ai la fâcheuse impression que vous ne comprenez pas grand-chose à votre situation, je vais éclairer un peu votre lanterne. L'expertise a montré qu'ils avaient tous été sabotés, y compris celui que votre patron a utilisé le lendemain de votre petite rencontre nocturne et qui a causé l'accident le plaçant entre la vie et la mort depuis dimanche.

Ça y est, la demoiselle commençait à comprendre où elle voulait en venir.

— Donc pour résumer, Maëva, vous êtes une des dernières personnes à avoir vu monsieur Laverne avant l'accident et nous avons la preuve que vous avez pénétré la veille dans l'endroit où était stocké son matériel. De là à penser que vous avez quelque chose à voir avec ce sabotage, il n'y a qu'un pas que le procureur n'hésitera pas à franchir pour vous mettre en garde à vue avant que vous n'ayez quitté le commissariat. Ces images font de vous notre principale suspecte et même si votre version peut paraître crédible, les histoires de fesses sont souvent notre fonds de commerce et nous y trouvons souvent l'explication aux questions que nous nous posons sur les coupables éventuels.

Le visage défait de son interlocutrice lui confirma que, cette fois, elle était mûre.

— Maintenant Maëva, vous allez répondre à toutes mes questions et me dire la vérité, y compris ce que vous ne semblez pas vouloir dire depuis tout à l'heure, ou ce soir, vous dormirez en cellule le temps de votre garde à vue. Il y a ensuite peu de doutes sur le fait que vous serez mise en examen pour tentative de meurtre. Donc d'ici deux jours, vous serez transférée en détention provisoire dans une prison pour femmes. Une belle demoiselle comme vous, vous devriez avoir un certain succès.

Des larmes coulaient à nouveau sur les joues de la secrétaire qui baissa les yeux et répondit doucement :

— Quand nous sommes entrés dans ce hangar, Thomas m'a entraînée directement dans une pièce attenante, un vrai petit appartement.

Camille voyait très bien de quoi elle voulait parler. Elle n'intervint cependant pas et la laissa continuer. Maëva semblait toutefois hésiter sur la suite.

— Nous nous sommes déshabillés rapidement et nous sommes allés... dans la salle de bains où nous sommes restés un long moment sous la douche. Nous y avons fait l'amour plusieurs fois.

Quelque chose clochait toujours dans son discours, l'enquêtrice avait la très désagréable impression que la jeune femme inventait l'histoire au fur et à mesure. Elle avait l'air un peu simplette, mais elle n'allait tout de même pas être obligée de lui faire le coup du détecteur de mensonges ! Elle opta pour une autre approche.

— Bien, si c'est le cas, nous pourrons facilement corroborer votre histoire. Vous savez Maëva qu'aujourd'hui la police scientifique est capable de retrouver des traces n'importe où et même après plusieurs jours. Je vais d'ailleurs vous interrompre quelques instants le temps d'envoyer une équipe sur place pour faire des prélèvements. Vous savez, même dans les endroits qui ont été patiemment et activement nettoyés, il subsiste toujours des recoins oubliés. La bonde de la douche ou le siphon du lavabo par exemple, il nous suffira de quelques cheveux pour confirmer votre version. Pour votre ADN, ce sera un peu plus long… D'ici la fin de la semaine, nous aurons un résultat.

Mêlant le geste à la parole, elle prit son téléphone portable posé sur la table sans cesser de fixer son interlocutrice. Celle-ci avait relevé les yeux et la regardait maintenant, prise de panique. Avant de composer un numéro, Camille ajouta :

— Que se passe-t-il, Maëva, ça ne va pas ? On dirait que vous n'êtes pas très rassurée à l'idée de voir nos spécialistes entrer en action.

Elle marqua une courte pause et poursuivit :

— Dois-je en conclure que ce n'est pas vraiment ce qu'il s'est passé ?

La jeune secrétaire la regardait toujours en tremblant, presque tétanisée. Doucement, elle fit un signe de la tête pour acquiescer à la dernière question posée. Puis les dernières digues qui retenaient ses émotions lâchèrent et elle fondit en larmes. Secouée par de violents sanglots, elle était pour l'instant incapable de prononcer la moindre phrase, alors Camille lui laissa de longues minutes pour retrouver son souffle et quand la malheureuse se fut enfin calmée, elle reprit sur le ton de la confidence.

— Je vous écoute, Maëva, il faut tout me dire maintenant, nous avons assez perdu de temps.

La demoiselle prit une profonde inspiration et commença enfin à vider son sac :

— Notre relation, avec Thomas, n'était en fait pas tout à fait... ordinaire. Pour tout vous dire, nous n'avons jamais vraiment fait l'amour au sens propre. Thomas avait un... problème de ce côté-là. Il était incapable de... enfin vous voyez ce que je veux dire.

Camille était très surprise de la tournure de la confidence.

— Non, pas vraiment, vous pourriez être plus précise ?

— Eh bien, il n'arrivait ni à avoir d'érection, ni à parvenir à l'éjaculation. Je crois même qu'il était plutôt atrophié à ce niveau-là.

— Que faisiez-vous ensemble alors ?

— Et bien au début, c'était surtout lui qui me faisait des choses en fait. Et je dois dire que c'était vraiment très agréable. Vous savez, je ne suis pas complètement stupide, je sais que j'ai certains... atouts. Physiquement je veux dire. Et je n'ai jamais hésité à m'en servir. De toutes les relations que j'ai pu avoir, j'ai bien plus souvent été habituée à n'être que l'objet servant à l'assouvissement du désir d'un homme. Tant qu'eux prenaient du plaisir, cela leur suffisait, peu importaient mes propres sensations. Avec Thomas, c'était différent. Je ne me suis même pas aperçue tout de suite de son problème, car il était entièrement tourné vers mes propres envies. Il m'a fait découvrir des plaisirs insoupçonnés les premiers temps, c'est aussi cela qui m'a fait tomber follement amoureuse.

— Vous parlez beaucoup du début et des premiers temps Maëva, qu'est-ce qui vous a fait changer d'avis et décider d'arrêter de le voir ?

La jeune femme était hésitante, des larmes coulaient toujours doucement le long de ses joues et elle avait à nouveau baissé le regard. Elle fixait maintenant ses mains qui tortillaient nerveusement l'anse du petit sac posé sur ses cuisses. Elle continua néanmoins ses confessions. Elle parlait maintenant tout bas, d'un ton quasi inaudible qui obligea Camille à se pencher en avant pour ne rien rater de ce qu'elle lui confiait.

— Au fil des semaines, cela a changé petit à petit. S'il continuait bien sûr d'être adorable avec moi, il a fini par vouloir... d'autres choses.

— C'est-à-dire, Maëva ?

— C'est un peu de ma faute d'ailleurs. Il était tellement attentif avec moi que je voulais à tout prix le rendre heureux également. Alors j'ai insisté pour savoir ce qui lui ferait plaisir. J'avais rapidement vu qu'il avait un problème, mais il y avait certainement un autre moyen. Un soir, alors que nous avions bu un peu trop, il a fini par me dire qu'il aimait bien... regarder. J'étais un peu saoule alors j'ai accepté qu'il me regarde pendant que je me... enfin vous voyez. C'était comme un jeu entre nous, il observait souvent. Cela a fini par ne plus lui suffire. Un jour, il est arrivé avec des objets qu'il avait commandés dans un sex-shop et il a voulu que je m'en serve. Il a toujours su être très convaincant. Au fil des semaines, sans que je ne m'en rende compte, nos séances sont devenues de plus en plus... bizarres. Parfois, il m'attachait ou me bandait les yeux et il me faisait... des choses avec divers ustensiles. Cela a même parfois été un peu brutal et quand il se laissait aller à ses fantasmes, son regard en devenait presque effrayant. J'étais redevenue une chose. Après ce genre de séance, il était à nouveau adorable et à l'écoute pendant quelques jours, histoire de faire passer la pilule sans doute. Cela allait à chaque fois de plus en plus loin.

Elle marqua alors un temps d'arrêt, comme si elle hésitait à continuer. Camille la voyait maintenant avec un tout autre regard. Elle commençait à voir la jeune secrétaire elle aussi comme une victime. Celle d'un manipulateur hors pair. Tout dans son discours reflétait les pratiques de ce genre de type. Toujours le bon mot, la bonne attitude pour pousser sa proie à faire ce que bon lui semble. Ce qu'elle lui dévoilait de Thomas Laverne allait très loin, c'était en fait un prédateur. Il l'était dans sa vie privée comme en affaires, il fallait mettre tout le monde à ses pieds. Et c'était encore une chose que Claire Laverne lui avait tu. Elle ne pouvait ignorer ses problèmes qui ne dataient visiblement pas d'aujourd'hui. Soudain, une autre pensée lui traversa l'esprit. Ses filles. Comment pouvait-il avoir fait deux filles avec ce genre de handicap ? Il était urgent qu'elle retourne au manoir au plus tôt. Avant, elle devait d'abord faire en sorte que la maîtresse aille au bout de ses confidences. Elle n'avait pas encore tout dit. Elle l'encouragea délicatement à poursuivre en lui tendant un mouchoir.

— Jusqu'où est-ce allé Maëva ? Vous a-t-il fait du mal ? Y a-t-il eu des violences physiques ?

La jeune femme attrapa le Kleenex et tamponna délicatement le mélange de larmes et de rimmel qui coulait au coin de ses yeux. Et reposa ses mains sur la table. Elle serrait tellement fort le bout de tissu que ses jointures blanchissaient sous la pression.

— Non, il ne me frappait pas si c'est ce que vous voulez dire. Non, il m'a obligée à...

— À quoi, Maëva ? Il faut tout me dire maintenant. Tout cela peut avoir une importance capitale dans notre enquête et vous vous devez de ne pas garder tout cela enfoui. Vous vous sentirez bien mieux après, vous verrez. Il ne mérite pas votre silence.

Après quelques secondes interminables où l'enquêtrice pensa qu'elle l'avait finalement perdue, que la jeune femme s'était refermée comme une huître et qu'elle ne dirait plus rien, la secrétaire reprit ses confessions :

— Un soir, il m'a emmenée dans un bar miteux dans un coin de Paris où je ne mets jamais les pieds.

Camille tiqua et ne put s'empêcher de l'interrompre :

— Dans quel arrondissement ? Comment s'appelle cet endroit ?

— Le Dornier. C'est dans le 19e je crois.

L'enquêtrice retint du mieux qu'elle put sa surprise en entendant le nom du lieu où se rendaient, en ce moment même, ses deux adjoints. Maëva lui jeta un petit regard surpris et continua :

— Je n'ai pas compris tout de suite pourquoi il m'emmenait dans cet endroit parfaitement glauque. Il n'y avait là-dedans que des poivrots. Rien à voir avec le raffinement et le luxe des lieux où nous avions l'habitude de nous rendre. Je n'étais déjà pas à l'aise en arrivant dans ce quartier lamentable, là, ça dépassait les bornes alors je lui ai demandé de rentrer. Il m'a attrapé le bras et m'a forcée à m'asseoir sur un tabouret au comptoir. Le barman, une espèce de vieux pervers au regard lubrique qui ne cessait de loucher dans mon décolleté, a éclaté de rire quand je lui ai demandé une coupe de champagne. Il m'a traitée de bourgeoise et m'a servi un kir immonde. Il a ensuite posé devant nous un verre du whisky préféré de Thomas alors qu'il n'avait même pas commandé. J'en ai déduit qu'ils devaient se connaître et que ce n'était pas la première fois qu'il le servait. Je ne comprenais toujours pas pourquoi nous étions là. Nous sommes restés comme ça, assis en silence pendant presque une heure, jusqu'à ce que le patron annonce l'heure de la fermeture et demande avec délicatesse « à tout le monde de dégager ». Je me suis levée pour quitter cet endroit au plus vite. Thomas m'a sèchement rassise sur mon tabouret. Quand les quelques clients qui cuvaient dans un coin du bar eurent fini d'évacuer, je me suis retournée pour voir qu'il ne restait plus que nous et deux ou trois autres clients, et que le barman était en train de tout fermer à clef. J'ai commencé à me sentir très mal... Thomas semblait, lui, parfaitement dans son élément alors cela m'a un peu rassurée. J'aurais dû plus me méfier, ajouta-t-elle dans un sanglot qui reprenait.

— Que s'est-il passé dans ce bar Maëva ? demanda Camille presque timidement.

Elle commençait à entrevoir les révélations que la pauvre fille s'apprêtait à lui faire.

— Quand l'endroit fut complètement coupé de l'extérieur, rideau métallique baissé, tout le monde s'est levé. Comme je ne bougeais pas, Thomas s'est retourné vers moi et m'a fait comprendre que je devais le suivre. Nous nous sommes dirigés vers le fond de la salle, en direction des toilettes. Nous avons traversé un petit couloir et après un petit débarras, nous sommes sortis dans l'arrière-cour. Nous l'avons franchie et nous sommes entrés dans le bâtiment d'en face. C'est là que j'ai compris que je n'aurais pas dû venir.

Les larmes recommençaient à couler et ses mains tremblaient nerveusement. Camille pressentait que ce qui allait suivre n'allait pas être beau à entendre, elle se retint de l'interrompre.

— À peine avais-je franchi la porte que les deux types qui nous précédaient m'ont attrapée violemment par les bras et ont commencé à... arracher mes vêtements. Nous étions au printemps, il faisait déjà doux alors je ne portais qu'une robe légère. Elle n'a pas résisté longtemps. Je suis athlétique et sportive, je me suis débattue comme une lionne et puis... Thomas m'a ordonné de me laisser faire. J'étais terrorisée et je ne l'avais jamais vu comme ça. Il était... effrayant alors j'ai pensé qu'il valait mieux obéir. Ils avaient l'air tellement menaçants. Je me suis retrouvée en sous-vêtements et ils m'ont attachée à un mur. J'étais suspendue les bras en l'air à un crochet, les mains prises dans des menottes qui me lacéraient les poignets. Dans un premier temps ils m'ont laissée là. J'ai commencé à regarder un peu autour de moi et je me suis rendu compte que je n'étais pas seule dans cette galère. Il y avait d'autres jeunes femmes accrochées comme moi. Au milieu de la pièce, il y avait une étrange table couverte d'un drap, comme l'autel d'une église, et sur une desserte juste à côté, plusieurs accessoires BDSM. Derrière, il y avait plusieurs groupes d'hommes qui attendaient en buvant tranquillement un verre. Ils ont détaché la première fille et l'ont amenée au milieu de la scène. Elle pleurait et les suppliait dans une langue que je n'ai pas reconnue… Ils n'en avaient rien à faire. Ils l'ont mise complètement nue et ils ont commencé…

— Commencé quoi ? déglutit Camille.

— Tout… Certains hommes se sont levés et sont venus « s'amuser » avec elle. Ils se sont succédé autour de la pauvre innocente et lui ont fait subir les pires sévices. Ils étaient là pour assouvir leurs fantasmes de domination les plus barbares et nous étions à leur merci, leurs jouets. Après plusieurs dizaines de minutes horribles, la malheureuse a fini par perdre connaissance. Quand ils eurent fini de s'amuser avec elle, un type en costume de valet est venu l'enlever de l'autel et l'a rattachée au mur. Elle était toujours nue et inconsciente et ils l'ont laissée là, souillée et humiliée, sans plus s'en préoccuper. Ils ont changé le drap taché de sang et d'autres… substances… qui couvrait la table et ont amené la deuxième fille. Cela a duré plusieurs heures ainsi, fille après fille. Certaines tables se vidaient quand les types qui s'y trouvaient étaient rassasiés et ils étaient immédiatement remplacés par des nouveaux venus.

Elle marqua une nouvelle pause, le temps de reprendre son souffle. Elle parlait vite, quasiment sans respirer, comme s'il fallait que cela sorte le plus rapidement possible pour ne pas salir encore plus sa bouche.

— Puis ce fut mon tour… Il n'y avait plus que moi qui n'étais pas encore passée sous le feu de leurs excès. Certains, dont Thomas, attendaient apparemment ce moment. Ils n'avaient pour l'instant pas bougé de leur chaise. Thomas s'était assis aux premières loges, cette table lui était apparemment réservée. Personne n'y était installé lorsque nous sommes arrivés et lui y est allé directement. Quatre ou cinq hommes se sont succédé autour de moi. Pour tout vous dire, je ne me rappelle plus exactement ce qu'il s'est passé. Je ne me souviens même pas de leurs visages. Je n'ai pas perdu connaissance, j'étais comme… absente. Je ne me rappelle que du regard de Thomas. Lui n'a pas participé. Il semblait par contre prendre un réel plaisir à me voir ainsi malmenée par d'autres hommes. Je crois même que…

Elle sembla réfléchir quelques secondes, recollant petit à petit les souvenirs que le fait d'évoquer cette soirée faisait remonter péniblement à la surface.

— Je crois même qu'il leur donnait des directives, ajouta-t-elle finalement. C'est lui qui leur indiquait quoi me faire subir, au gré de ses envies. Quand tout fut fini, je ne sais plus du tout quelle heure il pouvait être – je ne pourrais même pas vous dire combien de temps cela a duré –, un type m'a traînée hors de la salle et m'a emmenée dans une pièce attenante. Nous sommes passés devant ce qui ressemblait à des cellules où j'ai vu plusieurs des autres filles enfermées et allongées à même le sol. Il m'a poussée dans une espèce de salle de bains miteuse où il m'a laissée seule. Il n'y avait pas d'eau chaude. J'ai quand même pris une douche. Je me suis frottée aussi fort que je pouvais, presque à m'en brûler la peau, pour essayer d'effacer les souillures que, malgré le savon, je sentais toujours sur mon corps. Il m'avait également laissé quelques vêtements de rechange alors je me suis vite rhabillée. Je suis restée un moment dans cette pièce sans oser sortir, mais ils ont fini par revenir. J'ai à nouveau été conduite dans la salle principale où il n'y avait plus personne à part Thomas qui attendait devant la sortie. Sans rien dire il m'a attrapée par le bras et nous avons quitté les lieux. Il ne m'a adressé la parole qu'une fois assis à l'arrière d'un taxi. Il m'a... m'a parlé très durement. Il m'a ordonné de garder le silence. Pas un mot sur ce que j'avais vu et subi dans cet endroit sinon...

— Il vous a menacée, Maëva ? conclut Camille qui connaissait ce genre d'emprise que pouvaient avoir les hommes de pouvoir.

La jeune femme acquiesça timidement.

— Oui, il m'a dit que si je tentais quoi que ce soit, ma souffrance serait bien pire que ce que je venais de subir. J'ai pensé alors à partir, mais je savais qu'il s'arrangerait pour que plus personne ne m'embauche. Le lendemain, il est arrivé comme si de rien n'était. Il était redevenu le Thomas adorable des débuts. Pendant plusieurs semaines, tout est redevenu comme avant. Puis un soir nous sommes retournés dans cet endroit. J'étais pétrifiée à l'idée d'être à nouveau malmenée. Pourtant, cette fois, personne ne m'a approchée. Je me suis assise à la table de Thomas et j'ai dû assister en spectatrice aux horreurs que ces pervers infligeaient aux jeunes femmes qui se succédaient sur l'autel. En fait nous y sommes retournés plusieurs fois ensuite, sans y rester très longtemps. Au retour, il était toujours très... excité... et je dois reconnaître que je prenais également du plaisir quand il se laissait aller. Parfois, il n'attendait même pas d'être rentré dans mon appartement. Il avait des envies bizarres et je ne pouvais résister à ce qu'il me faisait.

— Qu'est-ce qui vous a décidée à partir alors Maëva ?

— Je vous ai dit la vérité, quand j'ai compris que cela ne me mènerait nulle part. Malgré ses déviances, j'étais prête à les accepter si cela m'assurait une situation pérenne et confortable, mais il s'est désintéressé de moi de plus en plus. Samedi dernier, cela faisait plusieurs semaines que nous ne nous étions pas vus... en privé. J'ai compris que nous étions arrivés au bout et que je n'avais plus d'intérêt à subir ces soirées. D'ailleurs, il ne m'emmenait plus dans ce bar, même si je savais qu'il continuait à s'y rendre. Je pense aussi qu'il avait quelques autres adresses à l'étranger quand il était en déplacement. J'ai pensé que si je lui assurais mon silence, nous pourrions en rester là et que je pourrais chercher tranquillement à refaire ma vie ailleurs.

— Que s'est-il réellement passé samedi alors Maëva ?

— Il m'a appelée en début de soirée. Il voulait me voir seule à seul, comme il disait quand il avait envie de quelque chose. J'ai pensé que c'était le bon moment, et malgré mes réticences, il m'a emmenée au manoir. Nous avons... commencé... avant même d'être entrés dans le hangar, puis, nous sommes allés directement dans le petit appartement attenant. Vous ne trouverez effectivement aucune trace dans la douche. Il m'a poussée un peu brutalement sur le lit et il m'a… il m'y a attachée. Ce n'était pas la première fois alors je l'ai laissé faire et je me suis vite retrouvée nue et les yeux bandés, pieds et poings attachés aux barreaux métalliques. Ensuite, je l'ai entendu quitter la pièce et aller dans le sauna. Je le sais, car j'ai reconnu le bruit de la porte et il n'y a rien d'autre dans cette pièce. Je ne me suis pas affolée, j'ai pensé qu'il voulait d'abord se détendre et il m'avait habituée à ses étranges réactions. Par contre cela a duré assez longtemps, j'ai commencé à paniquer. Je me suis dit qu'il lui était peut-être arrivé quelque chose là-dedans, cela faisait plusieurs dizaines de minutes qu'il avait disparu. J'ai commencé à l'appeler. Doucement d'abord, puis de plus en plus fort. J'avais beau m'agiter sur ce lit, pas moyen de me défaire des liens qu'il avait solidement attachés. Il est enfin ressorti, je ne serais pas capable de vous dire combien de temps il y est resté. Beaucoup trop, c'était certain. Il m'a ordonné de me taire et il s'est jeté sur moi. Il était à nouveau très excité, comme lorsque nous quittions ce bar. Il a sorti ses jouets favoris et il m'a fait… ce qu'il avait à faire et m'a enfin détachée. Il m'a dit de me rhabiller et de foutre le camp, une voiture m'attendait devant la grille. J'ai voulu lui parler, il fallait que je lui dise que c'était terminé ! Il m'a dit brutalement de la fermer et de dégager, il avait autre chose à faire. Il était repassé dans le hangar et était en train de choisir son matériel pour le lendemain. Alors je n'ai pas demandé mon reste et je suis partie. Vous savez lieutenant, j'ai presque honte de ce que j'ai pensé quand j'ai appris pour l'accident…

— C'est-à-dire Maëva ? demanda Camille qui avait parfaitement compris.

— Normalement, c'est de la tristesse que j'aurais dû ressentir en premier. Et pourtant, ça a presque été un soulagement. Je me suis dit tout de suite qu'au moins s'il y restait, je serais libérée, délivrée de ce fardeau. Je me sentais prisonnière, je ne voyais plus comment me sortir de là. Mais, je vous jure lieutenant que je ne suis pour rien dans ce qui est arrivé. Vous dites que son matériel a été saboté ? Je ne sais même pas changer une ampoule, je serais bien incapable de comprendre ce qu'il faut faire pour qu'un parachute ne fonctionne pas !

Elle s'exprimait maintenant avec l'énergie du désespoir, les dernières forces de ceux qui en plus d'avoir à supporter la détresse d'être une victime se voient imputer les maux de leurs bourreaux. Prise de pitié, Camille se sentit obligée de la rassurer.

— Ne vous inquiétez pas Maëva, nous allons vérifier tout ce que vous venez de me dire. Si tout s'avère exact, vous aurez le statut de victime, pas celui de coupable.

— Je vous jure que c'est la vérité !

— Je ne pense effectivement pas que vous ayez pu trafiquer ces parachutes Maëva… Plus que votre parole, c'est le fait que nous connaissions très exactement le temps que vous avez passé dans ce hangar qui me pousse à vous croire. Même un expert en ce type de matériel n'aurait pas eu le temps de tous les mettre hors d'usage.

La jeune femme parut soulagée, même si ce n'étaient pas ses aveux qui la mettaient hors de cause. La police semblait la croire, c'était tout ce qui importait.

— Allez-vous me garder ici lieutenant ? finit-elle par demander timidement.

— Non, vous allez pouvoir rentrer chez vous Maëva. Toutefois, je vais vous demander deux choses : premièrement, ne quittez pas la ville et restez joignable si nous devons revoir certains éléments. Deuxièmement, je suis désolée de vous faire subir cela, mais il va falloir que vous reveniez pour parler plus longuement de tout cela avec nos équipes.

La secrétaire parut effrayée de devoir à nouveau tout raconter et secouait doucement la tête de droite à gauche. Camille tenta tant bien que mal de la réconforter :

— Je sais que je vous en demande beaucoup et que c'est une nouvelle épreuve pour vous. Vous devez comprendre que tout cela peut très clairement avoir un rapport avec la tentative de meurtre de monsieur Laverne. Même s'il mérite à vos yeux ce qu'il lui arrive, je suis persuadée que vous comprenez parfaitement que c'est à la justice officielle de déterminer son sort. Il va donc falloir que vous nous donniez tous les détails de ces soirées sordides qu'il vous imposait. Plus vous nous confierez d'informations sur les personnes présentes, les échanges qu'il a pu avoir avec d'autres hommes ou femmes, les éventuelles altercations qu'il a eues, plus nous nous rapprocherons du coupable. Nous verrons tout cela la prochaine fois, ajouta-t-elle pour l'amadouer. Vous avez pour l'instant surtout besoin de repos. Je vous promets que vous n'avez plus rien à craindre maintenant. Nous ferons le nécessaire pour que plus rien ne vous arrive.

Mêlant le geste à la parole, Camille l'invita à se lever et lui tendit son manteau. Elle l'accompagna ensuite jusqu'à l'entrée du commissariat où elle attendit qu'un taxi vienne la chercher. Elle prit congé en la rassurant encore et en lui certifiant qu'elle serait de toute façon présente à chacun de ses interrogatoires et elle regarda le véhicule s'éloigner en se disant qu'elle s'était décidément bien trompée sur Thomas Laverne. Elle se doutait que c'était un connard et ne l'appréciait pas vraiment, mais elle n'avait jamais vu en lui un pervers brutal et sans pitié. Le pouvoir faisait décidément perdre la tête à beaucoup de monde. Même les gens sains en apparence pouvaient perdre complètement le sens des réalités quand ils croyaient le monde à leurs pieds et qu'ils pensaient que tout leur était dû.

Elle remonta rapidement vers son bureau pour récupérer ses propres affaires. Il était temps qu'elle retourne voir Claire Laverne. En démarrant sa voiture et en prenant la route pour les Yvelines, elle contacta ses adjoints partis pour le 19e afin de les informer de ce qu'ils risquaient de trouver lors de leur perquisition.

Chapitre 23

Bourdieu se gara directement sur le trottoir devant le bar. Comme avec Malika, il n'était pas question qu'il laisse le volant à Romans. S'il appréciait ses compétences techniques, il le considérait comme complètement inapte aux opérations de terrain. Il coupa le contact et attendit la fin de la conversation en cours avant de descendre du véhicule. Lucas tenait devant lui son téléphone sur lequel il avait activé le haut-parleur. À l'autre bout du fil, Camille finissait de leur résumer l'entretien déroutant qu'elle venait d'avoir avec la jeune secrétaire de Thomas Laverne. Bourdieu, silencieux jusqu'à maintenant, regardait son collègue et n'intervint que lorsque sa patronne s'interrompit.

— Putain, c'est qui en fait ce mec ?

— Apparemment, il a bien su garder secret cet aspect de sa vie, répondit Camille.

— Quand même, merde, on a enquêté sur cette famille pendant des semaines l'année dernière, comment on a pu passer à côté de ça ?

— Ce type a des moyens colossaux, il n'est pas complètement inimaginable qu'il réussisse à rester caché pour ses activités inavouables. On sait tous les trois que des lieux de débauche comme ça, il y en a plusieurs dans Paris. Regarde l'an dernier, cette journaliste – celle qui est morte tragiquement dans un accident sur la tour Eiffel – avait fait éclater un gros scandale avec son papier sur le commerce des prostituées d'Europe de l'Est. Nos collègues ont fait fermer plusieurs salles à l'époque et plusieurs procès vont démarrer. Pas surprenant qu'il en reste d'autres.

— Putain, ça me saoule de rater des trucs comme ça, bougonna Bourdieu.

Romans était resté silencieux, mais sa patronne avait besoin de l'avis de tout le monde.

— Qu'est-ce que t'en penses Lucas ? demanda Camille.

— J'ai pas d'avis sur ses déviances, même si j'ai pas autant de bouteille que Bourdieu, le taquina-t-il, j'en ai déjà assez vu pour savoir que même les types apparemment bien sous tous rapports peuvent être les pires psychopathes… Il y a un autre truc qui me dérange plus, poursuivit-il après un temps d'arrêt.

— Vas-y continue, qu'est-ce que t'as derrière la tête ?

— Eh bah, elle a vraiment sous-entendu qu'il était… atrophié… au niveau de son service trois-pièces ?

— Oui, c'est ce qu'elle a dit… A priori, il ne l'a jamais prise au sens propre du terme et elle a confirmé qu'on ne trouverait aucune trace d'éjaculation dans leurs lieux de rencontre.

— Elle ne t'a pas dit s'il avait toujours été comme ça ? Ou s'il avait eu un accident, une maladie ou je ne sais quoi qui l'avait mis dans cet état ?

— Oh putain, c'est pas possible que, ça aussi, ça nous soit passé sous le pif ou qu'ils ne nous aient rien dit, souffla Bourdieu.

Il venait de percuter à son tour.

— Elle n'a pas donné de détails, reprit Camille en répondant à la question de Romans. Elle avait juste l'air de supposer que ce n'était pas récent...

— Et si c'est le cas, continua Lucas, comment a-t-il fait pour faire deux enfants... mettant des mots sur ce qu'ils avaient maintenant tous en tête.

Un blanc suivit cette dernière pensée. Les conséquences d'une telle révélation pouvaient être importantes, comme n'avoir strictement aucun rapport avec les événements qui frappaient la famille Laverne depuis quelque temps. Il était juste dérangeant, si ces informations s'avéraient exactes, qu'ils les aient volontairement tues. Camille reprit la direction des opérations :

— Bon, je pars au manoir. J'éclaircirai ce point aussi avec madame. Et je passerai un coup de fil à l'hosto au passage, ils pourront peut-être m'informer un peu là-dessus s'ils ne s'abritent pas, comme d'hab, derrière le secret médical... Vous, vous faites ce qui était prévu, vous perquisitionnez à nouveau ce bistrot. Et, vous vous démerdez, mais vous me trouvez des explications sur ce qu'il s'y passe. D'après Maëva, la cour donne sur leur lieu de débauche. J'ai appelé le juge et l'ai briefé rapidement, vous avez l'autorisation pour fouiller toutes les pièces et tous les bâtiments attenants.

— Pour une fois que c'est la patronne qui nous demande d'aller au claque ! répondit Bourdieu en ricanant.

— Faites attention quand même, ajouta Camille. On joue pas les cow-boys. Au moindre problème ou au moindre doute, vous reculez et vous appelez des renforts. On sait jamais ce qu'on peut trouver dans ce genre d'endroit. On se rappelle dès que l'opération est terminée, à tout à l'heure.

Et elle raccrocha sans attendre de réponse. Ni Romans ni Bourdieu n'en avaient à faire de toute façon.

Ils descendirent de la vieille Mégane et s'avancèrent vers la devanture du bar. Le rideau était baissé et aucune lumière ne filtrait de l'intérieur. Lucas regarda sa montre et l'affichette visible sur la porte à travers la grille de protection.

— Bizarre, dit-il à Bourdieu, ça devrait être ouvert à cette heure-là en pleine semaine.

Le vieil officier se pencha pour observer les petits cadrans d'horloges collés à la vitre.

— Mouais, je la sens de moins en moins cette histoire, bougonna-t-il. À mon avis on trouvera rien là-dedans. Le vieux facho a dû sentir le vent du boulet et a décarré depuis longtemps. S'il est pas trop con, il aura en plus fait le ménage avant de partir.

Lucas resta songeur. Il ne partageait pas complètement l'avis de son collègue. Il s'écarta du mur et leva les yeux vers les fenêtres de l'étage.

— Il habite au-dessus du bar, c'est bien ça ?

— Ouais, c'est de là qu'il est descendu quand on est venus avec Malika.

— Alors s'il a mis les voiles, il l'a fait sans fermer les volets et en laissant une fenêtre ouverte.

Bourdieu recula à son tour et suivit la direction qu'indiquait le doigt de Romans. Constatant à son tour l'ouverture, ils se regardèrent silencieusement. Comme par réflexe, le plus vieux des deux policiers mit la main sur la crosse de son arme de service qu'il portait à la ceinture. Puis, après quelques secondes de réflexion, il prit une décision.

— OK, on commence par aller voir là-haut.

Lucas acquiesça et s'approcha de l'interphone. Toujours commencer par les choses les plus évidentes sans se précipiter. C'était le B.A.-BA. Il appuya sur le bouton de l'appartement du barman. La sonnerie stridente résonna jusque dans la rue par la fenêtre au-dessus de leurs têtes. Ils attendirent près de deux minutes. Rien ne se passa. Pas le moindre mouvement depuis l'appartement. Pour le principe, Romans fit un second essai pendant que Bourdieu se dirigeait déjà vers la voiture et extrayait du coffre un pied-de-biche. Pas d'autres sonnettes sur la porte, ils allaient devoir ouvrir par leurs propres moyens. Le déclic de l'ouverture ne s'étant toujours pas fait entendre, Bourdieu s'approcha du chambranle et, sans aucune difficulté, fit sauter le verrou de la vieille porte qui ne demandait qu'à s'ouvrir. Une passante qui arrivait à leur hauteur changea de trottoir en les voyant à l'œuvre. Ils ne prirent même pas la peine de présenter leurs plaques, dans ce quartier ces scènes étaient monnaie courante et la dame n'allait sûrement pas s'embarrasser à appeler des secours qui ne se déplaceraient probablement pas.

Ils pénétrèrent prudemment dans le couloir, arme cette fois sortie de son fourreau. Sur la gauche une première porte donnait sur l'entrée du bar, Bourdieu l'avait déjà repérée lors de sa précédente visite. Ils l'ignorèrent. Dans le fond, un unique escalier desservait l'étage. Ils s'engagèrent aussi discrètement que possible sur les marches qui grinçaient à chacun de leurs pas. Bourdieu grommela en constatant qu'il était bien plus bruyant que son jeune collègue et se promit une fois de plus qu'il allait se remettre au sport. Ils firent une pause sur le palier du premier et unique étage. Pas un bruit en provenance de l'appartement dont la porte était entrouverte. Romans sentit l'adrénaline affluer d'un coup dans son organisme. Tout cela ne lui disait rien de bon. Des gouttes de sueur perlaient sur son front. Il n'était toujours pas remis de la fusillade du matin et craignait un nouvel embrasement de violence. Bourdieu perçut son hésitation et lui fit un signe de la main pour lui indiquer de rester en couverture. Il s'approcha ensuite de la porte et, arme pointée en avant, écarta le battant du bout du pied avant de pénétrer dans le logement. Rien dans le couloir de l'entrée. Il fit signe à Romans de le suivre et continua son inspection.

L'appartement n'était pas grand. Trois pièces seulement, salle de bains comprise. Ils passèrent rapidement devant la chambre où ils ne virent rien d'anormal. Le lit parfaitement fait leur indiquait que le locataire n'était pas parti en catastrophe. Ils débouchèrent enfin sur la pièce de vie : un petit salon avec une vieille télé cathodique comme on n'en trouvait plus que dans les musées, une kitchenette et une table étroite sur laquelle gisaient encore les vestiges d'un petit déjeuner. À part cela, personne, rien à signaler. Bourdieu se redressa et rangea son arme.

— Bon, bah notre gus est parti se promener.

Romans l'imita et s'approcha de la table et du coin cuisine.

— On dirait qu'il est parti en coup de vent. Son petit déjeuner n'est pas terminé et rien n'est rangé. Quand on voit l'état de la chambre et du reste de l'appartement, cela ressemble plutôt à un repaire de maniaques. Tout est propre et bien rangé. S'il a laissé ça comme ça, il n'y a que deux possibilités : ou il pensait n'en avoir que pour quelques minutes, ou il a vraiment été pris de court.

Bourdieu était retourné vers l'entrée et examinait la serrure et le chambranle.

— Aucune trace d'effraction. La lourde a été ouverte normalement, donc probablement de l'intérieur. Pas de trousseau de clefs sur la serrure. On dirait bien qu'il est descendu volontairement. Il a peut-être été prévenu qu'on déboulait ? Y a toujours des fuites dans ces quartiers...

— Je pense pas, non... Il est 15 heures ! Regarde, des tartines et un bol de thé. Tu prends ton petit-déj' à cette heure-là toi ?

Il posa la main sur le côté du récipient.

— En plus il est froid. Non, à mon avis, il est sorti d'ici ce matin de lui-même. Il n'y a aucune trace de lutte. Par contre c'est bizarre qu'il ait laissé la porte ouverte. Qu'est-ce qu'on fait, on ratisse tout ?

— Non, pas tout de suite, objecta Bourdieu. On fera venir une équipe de la scientifique après. On garde notre objectif de départ et on redescend fouiller le bar et la cour intérieure.

Ils s'apprêtaient à repartir quand l'attention de Lucas fut attirée par un petit bureau presque caché dans une petite alcôve qu'ils avaient failli ne pas voir. Un tiroir était ouvert et sur le dessus un enchevêtrement de fils et prises sans rien au bout indiquait l'habituelle présence d'un ordinateur.

— Regarde, on dirait que ce coin a été fouillé.

Bourdieu fit demi-tour et s'approcha pour jeter un coup d'œil à ce que lui montrait son jeune collègue.

— Ouais, effectivement.

Lucas avait enfilé une paire de gants et entreprit d'ouvrir les autres tiroirs du bureau qui ne contenaient que des factures et des documents liés à la gestion du bistrot. Celui resté ouvert était, lui, quasiment vide. Il n'en retira que quelques feuilles blanches et une vieille chemise jaunie, vide elle aussi. Alors qu'il allait faire demi-tour pour suivre Bourdieu qui était déjà reparti, le regard de Lucas accrocha un petit coin de papier glacé brillant au fond du tiroir. C'était une photo, qui avait glissé sous la paroi en contreplaqué et était presque tombée derrière le bureau. Il tira délicatement dessus et extirpa un cliché dont seul le verso était visible et sur lequel deux lettres et une date étaient inscrites à la main. Il le retourna pour voir ce qui avait été saisi et ne put retenir un cri en découvrant l'image.

Bourdieu était revenu sur ses pas en courant en l'entendant.

— Qu'est-ce qu'il y a, bordel, qu'est-ce que tu fous ? Tu m'as presque fait peur à hurler comme ça comme une fillette. Et je te rappelle qu'on est censés être discrets.

Lucas ne répondit pas, il tremblait légèrement. Curieux, Bourdieu s'approcha et jeta un coup d'œil par-dessus son épaule pour voir ce qui le rendait muet. Il eut un hoquet à son tour en découvrant la photo.

Sous leurs yeux, ils voyaient une gamine. Une pauvre gamine qui ne devait pas avoir plus de 8 ou 9 ans et à qui on faisait subir des atrocités. Ils avaient déjà coffré des pédophiles. C'était malheureusement devenu tellement facile de se procurer ce genre d'images que les pires déviances trouvaient facilement leur écho et les pervers se multipliaient. Ce qu'ils avaient là sous les yeux dépassait pourtant de loin les images qu'ils avaient été obligés de visionner, parfois de trop longues heures, dans le cadre de leurs enquêtes.

Romans déglutit péniblement et exprima sa pensée à voix haute :

— Il y avait un ordinateur sur ce bureau. Et à mon avis ce tiroir devait receler d'autres horreurs comme celle-là. Quelqu'un a fait le ménage. Si c'est notre vieux barbu, il a cherché à éliminer les éléments compromettants.

— Viens, il faut qu'on aille voir en bas maintenant, lui répondit Bourdieu, plus trop sûr de ce qu'ils allaient trouver.

Ils redescendirent rapidement l'escalier et s'arrêtèrent devant la porte donnant accès au bar. Bourdieu, qui avait ressorti son arme, appuya sur la poignée. Pas de résistance, l'entrée n'était pas verrouillée et le battant s'ouvrit en grinçant.

— Putain, c'est encore râpé pour la discrétion, jura le policier.

Il avança dans la salle plongée dans la pénombre et, après s'être assuré qu'il n'y avait personne, se décida à allumer la lumière. Comme dans l'appartement, tout était bien rangé et parfaitement ordonné. Les chaises étaient posées sur les tables, les cendriers vidés. En passant derrière le comptoir, ils constatèrent que la vaisselle était prête, les quelques verres de la veille, secs depuis longtemps, attendaient retournés que quelqu'un les range à leur place. Lucas vérifia le tiroir-caisse, pas Byzance, mais quelques billets quand même...

— Si le vieux a eu de la visite, c'était pas pour le voler, y a encore la recette des jours précédents là-dedans, conclut-il.

Bourdieu ne réagit même pas à sa remarque. Il se dirigeait déjà vers le fond de la salle et le petit passage vers la cour intérieure. Il n'y avait rien d'intéressant dans la salle principale du bar et ils avaient déjà embarqué l'ordinateur et les caméras de surveillance. Si le type qu'ils cherchaient était toujours dans les parages, c'était un peu plus loin qu'il fallait chercher. Peut-être dans l'établissement annexe dont avait parlé la petite secrétaire à Camille. Lucas comprit son empressement et le rattrapa rapidement à l'entrée du couloir. Un coup d'œil éclair dans les toilettes et dans le cagibi confirma à Bourdieu qu'il n'y avait toujours pas âme qui vive. Ils débouchèrent dans le débarras, désert lui aussi, et se dirigèrent vers la sortie de secours donnant d'après leur témoin sur l'arrière-cour. Romans tiqua légèrement en passant sur le tapis et en entendant le son creux de leurs pas. Peut-être une cave, se dit-il. Pas le temps de s'y attarder pour l'instant, Bourdieu était déjà en train d'enlever la lourde chaîne qui bloquait la porte et dont le cadenas n'était pas verrouillé.

— Décidément, ça fait beaucoup d'accès restés ouverts, souligna Lucas. Pour un type qui semblait très à cheval sur la sécurité, c'est plutôt étrange.

Il eut pour seule réponse le bruit des maillons tombant au sol et de la porte qui s'ouvrait. Bourdieu ne l'attendit pas et s'engagea à l'extérieur. Lucas, en sortant, observa rapidement les environs. La cour était minuscule, vingt mètres carrés tout au plus. Il leva les yeux vers les immeubles qui l'entouraient et la privaient de toute lumière directe du soleil. Des façades austères et des cages d'escalier pour la plupart. Quasiment aucune fenêtre ne donnait sur cet endroit décidément très bien caché. Il n'y avait que deux meurtrières dont le verre dépoli n'autorisait pas un regard vers l'extérieur sur le plus grand bâtiment à gauche et une petite fenêtre camouflée par du carton sur la partie droite. À part une poubelle qui débordait sur le côté et dont Lucas se demandait bien comment on l'avait amenée ici, il n'y avait rien d'autre dans ce lieu. Une unique porte leur faisait face, menant au second immeuble. D'après le témoignage de la secrétaire, c'est là que Laverne menait ses orgies scandaleuses.

Bourdieu s'avança vers la porte et commença par inspecter le loquet. Par le petit interstice qui séparait la porte du mur, il remarqua que le verrou n'était pas enclenché. Il approcha doucement son oreille de la porte et tenta de percevoir si des bruits provenaient de l'intérieur. Romans l'avait rejoint à pas de loup et vit son collègue lui faire une moue signifiant probablement qu'il n'entendait rien. Silencieusement, communiquant toujours par gestes et l'arme toujours au poing, Bourdieu mit la main sur la poignée. Il attendit que Lucas se place sur le côté de l'ouverture, et doucement, le plus discrètement possible, il abaissa la main et ouvrit.

Il avança la tête pour regarder. L'entrée était parfaitement sombre, il percevait une lumière provenant de la pièce au bout du couloir qu'ils découvraient. Ils entrèrent tous les deux. Bourdieu laissa la porte se refermer et dans un réflexe, Romans amortit sa fermeture pour éviter un claquement fâcheux. Ils avancèrent prudemment et, arrivés au coin du mur, le vieux flic coula un œil dans la pièce qu'ils avaient maintenant atteinte. L'endroit était désert. Il n'y avait rien ni personne dans ce grand espace parfaitement vide. Ils en firent rapidement le tour sans découvrir quoi que ce soit. Parvenu à l'autre extrémité de la salle, Bourdieu entrebâilla prudemment l'unique sortie qui s'y trouvait. Cela donnait directement sur la ruelle.

— C'est moi ou ça ressemble pas vraiment au petit cabaret que Wilson nous a décrit ?

— Ouais, c'est étrange, s'il s'est passé des trucs bizarres ici, ils ont pris le temps de tout nettoyer. En tout cas, on n'a plus rien à y dénicher.

Ils rebroussèrent chemin sans rien toucher. En repassant dans le débarras à l'arrière du bar, Lucas eut la même étrange impression en passant sur le tapis persan.

— Attends deux secondes, il y a un truc bizarre ici.

Il accompagna sa remarque de quelques claquements de talon qui sonnèrent creux sous le tissu.

— Une trappe ?

En guise de réponse, Romans tira un coup sec sur le bout du tapis pour le retourner. Il découvrit ainsi une lourde plaque en bois dont la poignée et les charnières, judicieusement intégrées, ne dépassaient pas du niveau du sol. Il regarda son vieux collègue qui l'encouragea à continuer et il entreprit de soulever le panneau. Il dut s'employer pour le faire basculer et finit par dégager un large passage ouvrant sur un étroit escalier en bois. L'obscurité régnait plus bas et il ne distinguait même pas les dernières marches. Lucas avisa un petit interrupteur le long du mur au début de la descente et l'activa. Une vieille ampoule à filament clignota avant de stabiliser une faible lueur qui leur permit de découvrir qu'il n'y avait qu'une dizaine de marches avant d'atteindre un sol humide en terre battue. Lucas hésita à continuer.

— On fait quoi, on demande des renforts ?

— Fais pas ta fiotte Romans. Ils vont mettre trois plombes à débarquer comme d'hab. On est là pour fouiller alors on fouille.

Lucas hocha la tête et commença à descendre dans la cave, suivi de près par son collègue. Une fois en bas, ils se trouvèrent à nouveau à l'orée des ténèbres. Lucas dénicha un nouveau commutateur et une ribambelle d'éclairages faiblards s'alluma péniblement dans un couloir qui paraissait sans fin. Romans se saisit, une main gantée, d'une lampe torche qui attendait sur son support et commença à inspecter le tunnel. Plusieurs portes le jalonnaient de part et d'autre. De vieux panneaux en bois munis de cadenas, tous ouverts, et, en guise de fenêtre, d'une ouverture munie de barreaux rouillés. Ils se seraient crus dans une geôle moyenâgeuse. Ils passèrent devant la première cellule qu'ils examinèrent rapidement. Complètement vide, juste quatre murs en pierre couverts de moisissure. Arrivés devant la deuxième, Romans stoppa net en éclairant l'intérieur de la pièce. En tremblant, il sortit de sa poche le petit sac à scellés transparent dans lequel il avait mis la photo trouvée au fond du tiroir un peu plus tôt. Il la leva devant ses yeux, gardant l'image de la cellule en toile de fond. Le même banc en pierre le long du mur, les mêmes crochets pendant du plafond, les mêmes instruments de torture accrochés bien ordonnés sur un panneau. Bourdieu s'était approché et regardait à son tour l'ignoble cliché.

— C'est le même endroit bordel ! C'est là que cette gamine a été torturée. Putain c'est quoi leur problème à ces barjots !

Il ne contenait plus sa colère. Pour se calmer, il asséna un grand coup de poing dans le bois à moitié vermoulu de la porte. Il valait mieux pour le propriétaire des lieux qu'ils ne tombent pas sur lui maintenant, se dit Lucas. Il ne donnait pas cher de sa survie. Il ne parviendrait jamais à retenir Bourdieu et, au fond de lui, il se demandait même s'il en aurait l'envie. Laissant quelques instants son collègue à sa rage, il continua vers ce qui semblait être la dernière pièce de cette cave monstrueuse. Sa surprise fut encore plus grande quand il en poussa la porte.

— Bourdieu, viens voir par là, souffla-t-il.

Son ton suffit à le convaincre. Remisant sa colère, il s'approcha rapidement, redoutant une découverte pire encore. Il ne fut pas déçu.

Au milieu de la pièce, au-dessus d'une mare de sang, était suspendu le corps sans vie du vieux barman. Entièrement nu, il avait les pieds et les mains attachés à de lourdes chaînes qui partaient des murs et du plafond et qui l'écartelaient sans ménagement. Dans cette position, peu à son avantage, les deux policiers avaient une vue parfaitement dégagée sur son intimité. Ou plutôt ce qu'il en restait. Pendouillant et sanguinolent, son appareil génital n'était plus relié à son corps que par un mince filin de peau. Derrière les chairs à vif, on apercevait le manche d'un long ustensile dépassant de son rectum. Lucas avait vu le même outil dans la pièce d'à côté. Il imaginait aisément les ravages qu'avait dû faire l'ustensile hérissé de pics acérés sur son passage. Au milieu de la flaque rouge sur le sol gisait un fouet clouté. Lucas éclaira le corps du supplicié et constata que cet instrument-là aussi avait servi. À première vue, le vieux barbu avait été torturé dans cette pièce et on l'avait laissé se vider de son sang par les couilles, tel un goret qu'on saigne. Romans contourna lentement le cadavre pour voir quels autres supplices on lui avait fait subir. Suivi de près par Bourdieu, qui ne manquait rien de la scène et sur le visage duquel on pouvait presque lire « bien fait pour ta gueule », il éclaira le dos du barman. Au passage, le faisceau de sa lampe accrocha une forme sombre dans le coin de la pièce. Lucas s'en approcha prudemment et y braqua toute la puissance de son éclairage. Affalé dans une mare pourpre, ils reconnurent Didier Goasguen, dans le même état que son fournisseur de biture. Contre son abdomen déchiré, ils distinguaient ce qui ressemblait à un amas de poils.

Au milieu de la lumière, ils découvrirent le corps d'un chien éventré. Sa tête reposait contre le mur de pierre. Il n'avait qu'une oreille.

Chapitre 24

Après s'être entretenue avec ses adjoints, Camille avait pris la route directement pour le manoir Laverne. Pour une fois, elle n'avait pas eu à s'arrêter devant l'imposant portail en fer forgé qui était resté grand ouvert. Elle s'était engagée sans hésiter dans l'allée et venait de se garer au pied du grand escalier quand son téléphone sonna à nouveau. Un rapide coup d'œil lui indiqua qu'il s'agissait de Bourdieu. Elle décrocha immédiatement avant de descendre de son véhicule.

— Je t'écoute Bourdieu, qu'est-ce qu'il se passe ?

— C'est la merde, Wilson, encore plus qu'hier. On vient d'en prendre une deuxième ration.

Et il se lança dans une explication détaillée de leur petite intervention qui en quelques dizaines de minutes avait été riche en nouveaux éléments. Il lui narra l'appartement vide, la photo ignoble au fond du tiroir, le matériel informatique disparu. Il passa ensuite au second bâtiment entièrement vide.

— Elle nous aurait pas un peu bourré le mou ta cocotte, ajouta Bourdieu. Je sais pas trop à quoi joue cette petite merdeuse, mais elle aussi prend des libertés avec la vérité… Et y a autre chose Wilson…

Sa voix s'était faite moins assurée, chose assez rare chez lui pour mettre immédiatement en alerte tous les sens de sa patronne.

— On a trouvé pire dans l'arrière-salle du bistrot.

— Continue, se contenta d'encourager Camille.

— Sous le tapis merdique, y avait une trappe qui donnait sur une longue cave. Et putain, c'est pas des boutanches qu'il devait garder là-dedans, l'enculé. Sans déconner, j'ai vu des trucs ignobles depuis que je suis dans la maison, mais lui, il décroche la queue du Mickey. On a trouvé trois cellules là-dessous et franchement ce qu'on y a déniché, c'est mieux que le matos de l'Inquisition. Et la photo, Wilson, celle de la gamine, c'est là-dedans qu'elle a été prise, y a pas de doute.

À travers l'écouteur du téléphone, Camille entendit le poing de Bourdieu s'abattre violemment sur une table. Plus son adjoint avançait dans ses révélations, plus elle sentait des frissons glacés parcourir son échine. Le vieux policier continua son récit :

— Si je chopais le connard responsable de tout ça, je te garantis que ce serait la bavure assurée ! Eh ben, figure-toi que quelqu'un s'en est chargé à notre place !

— Qu'est-ce que tu veux dire ?

— On a retrouvé le vieux barbu dans la dernière cellule. Complètement cané, à poil, suspendu à des chaînes avec un bâton dans le cul et les couilles en lambeaux ! Là je crois que même moi j'aurais pas osé aller aussi loin. Et encore mieux, il était accompagné par notre cher Didier, lui aussi privé de ses bijoux ! Je vais pas pleurer sur leur sort, j'espère qu'ils en ont bien chié ces vieux pervers.

— Épargne-moi tes états d'âme, finit par le couper Camille.

Elle savait son adjoint capable de vives réactions et l'enquête leur échappait complètement, ce n'était pas le moment de laisser des sentiments fausser leurs déductions.

— Mouais, se contenta-t-il de bougonner, c'est quand même bien fait pour leurs gueules. Mais attends Wilson, y en a encore, tu devineras jamais qui leur tenait compagnie dans leur cave, à ces connards !

Il ne laissa pas le temps au lieutenant de réfléchir et asséna, plein d'excitation :

— Le clébard, Wilson ! Ce putain de clebs avec une seule oreille que les gamines ont décrit. Je suis pas spécialiste, mais je suis prêt à parier que c'est la même marque. En plus avec son esgourde en moins, ça le rend quand même vachement reconnaissable. Il était là, dans le coin de la pièce, crevé lui aussi et avec la charcuterie à l'air !

Cette fois Camille resta bouche bée. L'étau entre les différentes affaires se resserrait autour du troquet parisien. Elle continuait pourtant à avoir la très désagréable impression d'être baladée depuis un moment. Et pas seulement pour tenter de tirer au clair l'accident de Thomas Laverne. Après quelques minutes de silence et de réflexion, elle trancha et annonça à ses adjoints qui attendaient patiemment sa décision à l'autre bout du fil.

— Bon, je suis devant chez Laverne, je continue ici et je reprends tout depuis le début avec madame. Il va falloir qu'elle crache un peu ce qu'elle sait réellement, si elle montre toujours aussi peu d'entrain, je la fais mettre en garde à vue. De votre côté, vous filez chez Maëva, elle cache quelque chose, et elle m'a un peu enfumée. Je veux savoir pourquoi elle ne nous a pas tout dit. Elle est partie du poste y a même pas deux heures, si elle est rentrée directement, vous devriez pouvoir lui tomber dessus avant qu'elle mette les voiles. Parce qu'après ça, ça m'étonnerait beaucoup qu'elle reste dans les parages. S'il n'y a personne, vous fouillez tout. Avant de partir, appelez les secours et la scientifique pour inspecter cette cave.

— Déjà fait ça, coupa Bourdieu.

On entendait au loin à travers les téléphones des sirènes qui hurlaient en s'approchant.

— Parfait, j'entends la cavalerie qui arrive, vous donnez les indications et vous partez tout de suite, on se rappelle dans une heure.

Et elle coupa sans attendre. Elle prit quelques secondes de réflexion avant de descendre de son véhicule. Quelque chose n'allait pas dans toute cette histoire. Ils avaient été bien gentils jusqu'à maintenant et tout le monde se foutait visiblement de leur gueule. Il était temps de changer de braquet. Bourdieu et Romans allaient ramener la secrétaire au poste, et cette fois, elle allait commencer par la laisser moisir un peu en cellule avant de la cuisiner à nouveau. Et le ton allait changer. Quant à madame Laverne, elle allait aussi venir faire un tour au commissariat. Au début de cette enquête, elle avait voulu, surtout pour ses filles, lui éviter ce passage… Aujourd'hui, il était temps de dire stop.

Camille franchit quatre à quatre les quelques marches du perron et frappa trois coups puissants à l'aide du lourd anneau en fonte orné d'une tête d'aigle. Il était surprenant dans une telle maison pleine de domotique et de caméras, se dit-elle, de ne pas trouver une vraie sonnette à la place de ce dispositif complètement anachronique. Elle attendit de longues secondes devant la porte, sans entendre le moindre bruit en provenance du manoir, et elle s'apprêtait à renouveler son appel quand enfin elle entendit une clef tourner dans la serrure. Le battant s'écarta et elle se retrouva nez à nez avec l'aînée des filles Laverne.

L'enquêtrice ne put masquer sa surprise en découvrant ce visage sans émotion qui la fixait. Le regard de la fillette rivé sur elle était toujours aussi dérangeant. Elle ne cillait pas et attendait sans rien dire.

— Euh, bonjour Justine. Est-ce que ta mère est là s'il te plaît ? J'aurais besoin de lui parler.

— Non, répondit laconiquement la gamine.

— Sais-tu où elle est partie et quand elle va revenir ? insista Camille.

— Elle ne m'a rien dit.

Camille était un peu perdue et ne savait pas trop comment réagir devant le peu de volubilité de sa jeune hôte. Malgré tout, devant sa gêne évidente, la fillette finit par ajouter :

— Je sais juste qu'elle est partie à l'hôpital. Il y a eu un coup de téléphone tout à l'heure. J'étais à côté, j'ai entendu ce qu'il se passait. Ils ont dit qu'ils voulaient la voir. Alors maman a pris ses affaires et m'a juste dit qu'elle n'en avait pas pour longtemps et que je devais donner son bain à Héloïse en attendant.

La policière était sidérée par le ton monocorde de la fillette. Elle ne laissait paraître aucune émotion au sujet du sort de son père. Comme Camille ne bougeait pas et ne répondait pas, pour la première fois, Justine montra un signe extérieur de trouble. Son visage commença à afficher une forme de stress et elle commença à tourner la tête nerveusement vers l'escalier derrière elle et le palier de l'étage.

— Quelque chose ne va pas Justine ? lui demanda doucement Camille.

— C'est que... il ne faut pas que je laisse Héloïse seule, il faut vraiment que je remonte maintenant... madame.

Bien sûr, sa petite sœur, celle dont elle s'occupait en permanence. C'était devenu son seul et unique centre d'intérêt.

— Oui, excuse-moi, je ne te dérange pas plus longtemps. Je... je repasserai plus tard, mentit-elle alors que la fillette refermait déjà la porte et filait en courant vers la salle de bains.

Arrivée à la hauteur de sa voiture, le hangar à matériel de Laverne apparut dans le champ de vision de Camille. Elle jeta un coup d'œil aux fenêtres de l'étage et ne vit personne. Elle se rappelait la configuration des lieux, les gamines devaient être de l'autre côté du manoir. Avant de partir pour l'hôpital cueillir leur mère, elle décida de repasser par le bâtiment, ne serait-ce que pour vérifier si les déclarations de la secrétaire concernant le samedi précédent étaient plausibles. Après ce qu'avaient découvert ses deux adjoints, rien n'était moins sûr.

Elle traversa rapidement le parvis en gravier dont les parterres de fleurs parfaitement entretenus ne laissaient rien présager des malheurs qui se déroulaient dans cet endroit. Une fois devant la porte, elle constata avec surprise qu'elle était entrouverte. Surprenant pour un endroit tellement barricadé. Elle écouta quelques secondes devant l'entrée. À part le léger bruissement des feuilles dans les frondaisons, pas un bruit provenant de l'intérieur. Elle poussa lentement le battant qui finit de s'écarter et pénétra dans le hangar.

Depuis sa dernière visite, ses collègues de la police scientifique étaient passés par là et avaient vidé les étagères contenant les parachutes de Thomas Laverne. Les autres équipements de sport extrême n'avaient, eux, pas bougé. Camille se dirigea vers la porte qui donnait sur la partie habitable. Cette zone n'avait été que très brièvement explorée, juste une fouille rapide qui n'avait rien donné. Elle passa devant la porte ouverte de la salle de bains au fond de laquelle elle aperçut le sauna évoqué par Maëva et commença par la chambre attenante. Le lit n'était pas défait. Elle tira la couette d'un coup sec et constata que tout avait l'air d'une propreté immaculée. Elle n'avait pas de lumière violette pour faire d'autres constatations. Elle était de toute façon persuadée qu'aucune trace de liquide corporel ne serait découverte ici. L'odeur de la lessive émanait encore des draps. Elle remonta vers la tête de lit et découvrit deux rubans en soie encore attachés aux barreaux métalliques et qui auraient presque pu être une simple décoration.

Camille était circonspecte. La secrétaire ne leur avait pas tout dit au sujet du club SM pour riches pervers, mais ce qu'elle voyait ici pouvait, par contre, corroborer son récit des événements du samedi soir. Avait-elle dit vrai pour cette partie-là ? Cette fille était décidément très dure à cerner, songea-t-elle. Elle n'avait rien remarqué dans son discours qui aurait pu lui laisser penser qu'elle ne disait pas la vérité. Elle semblait manier le mensonge à la perfection. Et le mêler à la vérité comme elle l'avait fait mettait à rude épreuve leur capacité à identifier le vrai du faux. Camille pressentait qu'ils allaient devoir la cuisiner un moment et qu'il allait être compliqué de la faire craquer. Quelques dizaines d'heures de garde à vue suffiront peut-être à lui délier la langue.

En tout état de cause, il semblait bien que quelqu'un avait été attaché sur le lit. Si c'était bien Maëva, elle lui avait dit que Thomas Laverne avait disparu un très long moment dans la salle de bains alors qu'elle était coincée sur la couche. Camille fit demi-tour et revint vers l'entrée de la pièce d'eau. Elle s'avança sur le carrelage et fit un rapide tour d'horizon. Comme dans la chambre, tout était parfaitement propre. Elle continua vers la douche : pas une goutte d'eau, ni savon, ni gel douche, et rien non plus sur le porte-serviette. Personne ne s'était lavé ici depuis un moment. Camille se tourna vers l'imposante structure en bois qui prenait la moitié de la pièce et approcha de la porte restée entrouverte. Sur le côté, un petit panneau digital permettait de faire les réglages de températures et de programmer les alarmes de la séance. C'était un modèle haut de gamme, pas surprenant connaissant Laverne, et l'enquêtrice remarqua immédiatement sur l'écran de contrôle une icône « historique ». Les mains toujours gantées de latex pour ne pas contaminer les indices avec ses propres empreintes, elle cliqua pour faire défiler les dernières séances. Tout était vide. Pas le moindre enregistrement. À croire que le dispositif n'avait jamais été utilisé. Délaissant cet élément qu'il faudrait faire vérifier aussi par Romans pour s'assurer qu'il n'y avait pas eu de reboot récent, elle poussa l'ouverture et pénétra à l'intérieur.

Rien de surprenant au premier abord. Face à elle, deux étages de bancs permettaient de s'asseoir ou de s'allonger pour profiter de la chaleur sèche dégagée par le brûleur central. À côté, le seau dédié au mélange d'huiles essentielles à verser sur les pierres volcaniques était vide. Camille tourna sur elle-même au milieu du réduit en se demandant ce que Laverne avait bien pu faire ici, s'il s'y était effectivement rendu, quand son regard fut attiré par le fond du sauna. Un des panneaux de bois ne semblait pas en place. Elle commença par en étudier les contours et, à sa grande surprise, elle constata qu'il était muni de deux gonds métalliques, normalement parfaitement invisibles quand le mur était en place. Elle tira sur le bout de bois qui pivota silencieusement et laissa apparaître un couloir qui descendait rapidement dans le sol rocailleux.

Camille était stupéfaite. Ce sauna n'était pas là pour suer abondamment ! Il masquait uniquement ce passage qui ne figurait pas sur les plans du hangar, elle en était certaine pour les avoir longuement épluchés l'an dernier. La galerie était sombre et une rapide inspection confirma à l'enquêtrice qu'il n'y avait aucun éclairage apparent. Elle sortit alors son *smartphone* et activa la lampe pour éclairer sa descente. Grâce à la lueur puissante de son téléphone, elle constata qu'il n'y avait que quelques marches et qu'ensuite, le couloir disparaissait à l'horizontale. Camille s'engagea sans hésiter dans l'escalier glissant pour explorer cet étrange endroit. Elle ne fit qu'une dizaine de mètres sous terre et se trouva bloquée, le nez contre une imposante porte en bois. Elle essaya d'appuyer sur la vieille gâche en fer forgé et tenta de pousser sur l'épais panneau de chêne qui devait avoir plusieurs dizaines d'années. Rien ne bougea. L'ensemble était verrouillé. Camille dirigea le faisceau de son *smartphone* vers la serrure et constata qu'il s'agissait d'une fermeture elle aussi très ancienne. Elle tenta alors de regarder par l'énorme œilleton permettant le passage de la clef. Impossible de distinguer quoi que ce soit dans l'obscurité qui baignait l'autre côté de l'ouverture. Soudain elle eut un flash.

Elle plongea la main dans la poche intérieure de sa veste et en sortit un sac transparent. Il contenait l'étrange clef qu'elle avait trouvée dans la poche de leur principal suspect après la fusillade du matin. Prise par la suite des événements, elle n'avait même pas pensé à la déposer au service des scellés. Sans la sortir, elle approcha la clef de la serrure. La forme et la taille semblaient correspondre à la perfection. Son intuition était-elle juste ? Délicatement, elle ouvrit le sachet et elle sortit l'imposant objet métallique puis l'inséra dans l'ouverture. Arrivé en butée, elle le fit pivoter dans le sens des aiguilles d'une montre. Après une très faible résistance, elle entendit un claquement métallique et la clef finit de tourner, emmenant le pêne avec elle. Autant les lieux, la porte et même la serrure paraissaient très anciens, autant Camille ne s'attendait pas à y trouver un mécanisme en aussi bon état de marche. Tout était parfaitement huilé. Elle actionna à nouveau le loquet en ferraille et poussa. Cette fois le battant se mit à pivoter, sans un bruit.

De l'autre côté, le couloir continuait et paraissait interminable dans la pénombre. Camille poursuivit son exploration en laissant la porte entrouverte derrière elle et en prenant soin de remettre la clef d'où elle venait, dans sa veste. Elle compta les pas à partir de ce point pour se faire une idée approximative de la distance qu'elle parcourait. Environ deux cent cinquante mètres de ligne droite sur un sol chaotique et dans un tunnel creusé à même la pierre. Son sens de l'orientation lui indiquait qu'elle devait maintenant se trouver en dehors des limites de la propriété des Laverne, quelque part au milieu du bois attenant. Tout en progressant, elle observait les parois autour d'elle. Il avait fallu une énergie folle pour creuser un tel souterrain, se dit-elle. Cela lui faisait vaguement penser à ces vieux tunnels percés par la Résistance pour pouvoir alimenter discrètement le marché noir pendant l'Occupation. D'ailleurs c'était peut-être bien de cela dont il s'agissait. Elle se rappelait maintenant avoir lu l'an dernier que l'ancien propriétaire du manoir avait été arrêté en 1943 et déporté en Pologne après une descente de la Gestapo qui, après une dénonciation, avait mis au jour des réserves interdites dans ces locaux. Peut-être était-ce là un des vestiges de cette sombre époque. La bâtisse avait alors été occupée par la kommandantur jusqu'à la Libération et était ensuite restée à l'abandon, plus aucun propriétaire en vie ne s'étant manifesté. C'était presque une ruine quand la famille Laverne l'avait acquis vingt ans plus tard.

Perdue dans ses réflexions, Camille arriva au bout du couloir qui fit alors place à une grande cave voûtée quasi déserte. Le long d'un mur était accrochée une grande tenture représentant un monstre ignoble digne de Lovecraft. Il y avait juste une table en bois au milieu de la pièce et une seule chaise devant. Parmi ces vieilleries, il y avait sur le bureau une base d'ordinateur portable, présence totalement incongrue dont les fils pendouillaient jusqu'au sol. À l'opposé du chemin qu'elle avait pris pour atteindre cet endroit, un petit escalier de quelques marches menait sur une autre porte en bois dont elle apercevait le bas. Camille s'en approcha et monta jusqu'à l'ouverture qui était verrouillée comme la précédente. Elle constata que c'était une serrure identique, elle ressortit la grosse clef... À sa grande surprise, elle parvint encore sans mal à déverrouiller le loquet et se retrouva ainsi à nouveau à l'air libre. En se retournant, elle constata qu'elle venait en fait de déboucher d'une toute petite construction en pierre d'à peine deux mètres carrés et rendue quasiment invisible par les fougères et les ronces qui la recouvraient. Camille était au beau milieu d'une forêt épaisse au sud du manoir dont elle n'apercevait même plus le mur d'enceinte extérieur. Petit à petit, les éléments commencèrent à s'assembler dans son esprit. C'était donc comme cela que celui qui avait saboté les parachutes était parvenu à pénétrer dans la réserve de Laverne. Et de toute évidence, c'était bien le barbu qui avait sauté avec lui dimanche dernier. C'était cet homme qui était en possession de la clef qui permettait d'accéder à cet ancien passage. Cela leur donnait des preuves plus que tangibles qui faisaient de lui l'assassin en puissance, mais il manquait encore quelque chose. Comment avait-il eu connaissance de ce lieu et surtout comment avait-il obtenu le sésame permettant d'y entrer ?

Camille recula un peu et prit quelques photos des environs et du petit amas de pierres. D'où elle était, elle ne voyait déjà plus rien de l'entrée devant laquelle des branches épaisses étaient retombées. Autour d'elle, il n'y avait aucune trace de sentier. Tout juste un passage avec quelques herbes écrasées indiquait que quelqu'un ou quelque chose passait par ici de temps en temps. D'après ses souvenirs, la route serpentait un peu plus bas le long du bosquet qui descendait en pente douce. Il devait bien rester huit cents mètres à parcourir dans un sous-bois dense et non entretenu. Aucune chance pour que quelqu'un tombe là-dessus par hasard. Elle fit demi-tour et rebroussa chemin vers la pièce cachée sous terre et prit soin de refermer la porte à clef derrière elle.

De retour dans la cave, elle ausculta à nouveau les lieux sans rien repérer de plus. Elle s'approcha de la table bancale. L'ordinateur censé s'y trouver n'y était pas, il n'y avait que la souris qui accompagnait le socle. Son regard tomba sur les câbles qui y étaient branchés et elle fit le tour pour regarder les branchements de plus près. Il n'y avait pas que l'alimentation qui y était reliée. Un câble HDMI était également connecté au dispositif. Elle suivit du regard l'amas de fils qui pendaient vers le sol. Ils passaient ensuite dans une goulotte en plastique qui filait vers le mur, juste sous l'immonde tenture. Elle suivit le chemin ainsi tracé et se planta devant la tapisserie. Elle ne put retenir un frisson de dégoût devant la représentation monstrueuse. Du bout du pied, l'enquêtrice poussa légèrement la goulotte et s'aperçut que les fils disparaissaient de l'autre côté du tissu. Elle se baissa et souleva le coin de l'étoffe, s'attendant à voir apparaître une prise dans le mur pour alimenter l'ordinateur, et constata que les câbles se prolongeaient au-delà en passant sous une porte en bois.

Sentant l'adrénaline remonter en flèche, elle écarta d'une main le rideau et constata rapidement que, cette fois, il n'y avait pas de verrou. Toujours éclairée par son téléphone portable, elle s'avança vers ce nouveau dédale sombre. Cela ne faisait pas plus de dix mètres et face à elle, une ultime barrière en bois munie d'une ouverture fermée de barreaux rouillés. Où était-elle encore tombée ? Le bruit de ses pas claquant sur les pierres polies avait cessé, et entre deux respirations silencieuses, son sang se figea soudain. Il lui avait semblé percevoir par la petite meurtrière un très faible gémissement provenant de l'intérieur. Elle s'avança et chercha à voir l'intérieur de ce qui lui faisait de plus en plus penser à une cellule. Sa torche improvisée manquait de puissance, elle ne voyait pas à plus de deux mètres. Le souffle court, elle sentit quand même un mouvement dans le fond à l'apparition de la lueur du *smartphone*. De plus en plus fébrile, elle reporta son attention sur la poignée et constata qu'elle était verrouillée de l'extérieur par un énorme loquet en fonte. Elle le souleva et parvint péniblement, en le faisant tourner à plusieurs reprises, à le faire glisser et à libérer l'accès. Elle prit une grande inspiration et poussa lentement la porte. Une forte odeur d'urine et d'excréments l'agressa aussitôt. La pièce devait faire une dizaine, une douzaine grand maximum, de mètres carrés. Dans le fond, une forme était recroquevillée contre le mur, assise sur une vieille paillasse tachée de choses innommables.

En s'approchant, Camille ne retint pas la larme qui coula le long de sa joue à mesure qu'elle voyait sa terrible intuition se confirmer. Une main froide venait de serrer son cœur d'un coup sec. Devant elle, apeurée et effrayée devant la crainte de nouvelles horreurs comparables aux visites dont elle avait l'habitude, une fillette à demi nue, à peine couverte de quelques guenilles, se serrait tant qu'elle pouvait contre le mur. On aurait presque pu croire qu'elle cherchait à faire corps avec la pierre pour disparaître. Surmontant la souffrance qui l'assaillait et la haine sourde qui montait en elle, Camille s'avança doucement et s'accroupit devant la gamine terrorisée.

Elle savait qui elle était, de nombreuses choses commençaient à faire sens dans son esprit, même si certaines connexions lui échappaient toujours.

— Bonjour, tu es Ludivine ?

Sur le coup, il lui sembla que la fillette cessa un peu de trembler, surprise par la voix douce et féminine qui s'adressait à elle. Le genre de voix qu'elle n'avait plus entendu depuis longtemps. Le regard de l'enquêtrice s'égara sur le corps de la malheureuse et elle ne put que fermer les yeux quelques secondes en constatant les marques et les blessures, certaines déjà en train de cicatriser, qui constellaient sa peau. En outre, la pauvre était squelettique. Elle avait disparu depuis de longues semaines et la nourrir convenablement n'était visiblement pas ce qui comptait pour son bourreau. La jeune femme se reprit et, comme elle n'obtenait pas de réaction, elle insista :

— Je m'appelle Camille, je suis de la police. Tu n'as plus rien à craindre maintenant, je vais te sortir de là.

Ces dernières paroles eurent enfin un effet sur la petite qui lentement tourna la tête vers elle. La police, était-ce possible ? Était-ce la fin de son calvaire ? Elle dévisagea longuement Camille, cherchant à déceler si c'était réellement une aide inespérée ou un nouveau jeu cruel de son tortionnaire. Elle était maigre, sale et profondément affaiblie. La jeune femme fut pourtant surprise par la force et la détermination qu'elle décela derrière la souffrance sur ce petit visage. Cette gamine avait décidé de vivre, coûte que coûte. Elle se redressa pour la scruter en entier. Son regard descendit le long du corps de la policière et tomba sur l'arme de service accrochée à sa ceinture. Elle releva vivement la tête, comprenant qu'elle avait réellement affaire à sa sauveuse. Ses yeux s'embuèrent rapidement, des larmes commencèrent à creuser des sillons clairs sur ses joues poisseuses et soudain, laissant toutes ses barrières s'effondrer, elle se jeta au cou de Camille.

L'enquêtrice fut surprise par la manœuvre, mais, sentant ces petits bras maigrelets s'accrocher tant qu'ils pouvaient derrière sa nuque, elle ne put retenir ses sanglots et rendit son étreinte à la fillette qui lui murmura à l'oreille :

— Emmenez-moi s'il vous plaît, ne me laissez pas ici. Ne le laissez plus me refaire du mal.

— Je te promets qu'il ne t'arrivera plus rien Ludivine, tu es en sécurité maintenant, parvint à répondre Camille péniblement, submergée par l'émotion.

Chapitre 25

Bourdieu et Romans n'avaient pas traîné devant le bistrot du 19e. Sitôt l'affaire mise entre les mains de leurs collègues qui venaient de débarquer avec tout le matériel de perquisition, ils avaient sauté dans leur véhicule et étaient repartis en trombe pour cueillir la jeune secrétaire. Bourdieu, au volant comme d'habitude, ne coupa le gyrophare qu'à deux blocs de leur objectif pour ne pas alerter leur proie. Une nouvelle surprise les attendait. La rue où habitait la demoiselle était bloquée par un camion de pompiers. Ils s'arrêtèrent en plein milieu de la chaussée et allèrent à la rencontre de celui qui montait la garde. Le vieux policier sortit sa plaque et demanda sans ménagement :

— Qu'est-ce que vous branlez ici ? On doit absolument passer, on doit coffrer un témoin capital qui habite par là.

— Désolé brigadier, la rue est interdite pour l'instant, il y a eu un incendie dans un immeuble.

Romans et Bourdieu se regardèrent, ça ne pouvait pas être le hasard...

— Quelle adresse l'incendie ? demanda Lucas pour confirmation au soldat du feu.

— Un peu plus haut, au 123.

— Putain, c'est son adresse... On est maudits, c'est pas possible, grogna Bourdieu.

Le pompier, sentant que cela semblait poser problème aux deux policiers, ajouta :

— Je peux pas laisser passer votre véhicule. Si vous voulez plus d'informations sur le sinistre, vous pouvez aller demander au capitaine, là-bas, devant le bâtiment.

Il montrait du doigt un groupe de pompiers en tenue complète, qui discutaient devant un immeuble dont sortait encore par certaines fenêtres une épaisse fumée. Les deux agents passèrent sur le trottoir et filèrent à la rencontre du responsable de l'équipe d'intervention. Les voyant arriver, il s'apprêta à leur dire de faire demi-tour immédiatement et à mettre une avoinée à celui qui les avait laissés passer. Il fut stoppé dans son élan par la carte de police de Bourdieu tendue devant lui.

— Déjà là, dit-il subodorant qu'ils venaient pour faire les premières constatations. Vous avez fait vite pour une fois... Vous êtes un peu en avance par contre, on n'a pas tout à fait terminé.

Aucun des deux ne releva la remarque.

— Qu'est-ce qu'il s'est passé ici ? demanda Romans.

— Apparemment, le feu a pris dans un appartement du troisième. Mes gars viennent juste de circonscrire l'incendie. Il semblerait que ce soit volontaire, il y a des traces de déclencheur un peu partout. Enfin surtout dans la pièce principale, la chambre à coucher a été un peu plus épargnée. Heureusement qu'on est intervenus à temps parce que ça aurait pu faire beaucoup de dégâts si le brasier avait pris de l'ampleur. On a été appelés par une voisine qui, en sortant de chez elle, a vu de la fumée sortir de sous la porte. On serait arrivés ne serait-ce que dix minutes plus tard, ça aurait été beaucoup plus compliqué.

À ce moment-là, trois hommes sortirent de l'immeuble en enlevant leurs masques à oxygène. L'un d'eux se dirigea vers son supérieur.

— Terminé capitaine. On s'en sort bien, il n'y a qu'un appartement de touché et tout est maintenant sous contrôle.

— Parfait, merci Jean-Philippe. On va rester un peu en surveillance, en attendant de passer la main à ces messieurs.

— Peut-on déjà monter ? demanda Romans.

Le capitaine interrogea du menton son subalterne qui répondit :

— Oui, c'est bon, il n'y a pas de risque structurel, et la fumée a presque fini de s'évacuer.

— OK, vous pouvez y aller, messieurs, on vous laisse les rênes. Je vais juste laisser un gars en surveillance.

Les deux policiers remercièrent rapidement les pompiers et s'engagèrent à l'intérieur du bâtiment.

***

Camille et Ludivine restèrent plusieurs minutes collées l'une à l'autre, silencieuses. La fillette comprenant que son calvaire touchait à sa fin et la policière terriblement émue par la situation. Elle finit pourtant par prendre conscience que le corps quasi nu de la gamine était maintenant parcouru de tremblements incontrôlés. Passant délicatement la main sur la peau de son dos, elle s'aperçut que la malheureuse était frigorifiée. Elle prit un temps infini pour décrocher les petits bras, toujours vissés l'un à l'autre derrière sa tête, sans la brutaliser, et lorsqu'elle fut libre de ses mouvements, elle enleva sa veste et la passa sur les épaules de l'enfant. Si ce n'était pas un vêtement très chaud, au moins cela la protégeait un peu jusqu'à mi-cuisse.

L'émotion passée, Ludivine paraissait maintenant un peu prostrée. La fatigue et la malnutrition s'ajoutant aux sévices qu'elle avait subis, elle était en fait à bout de forces et semblait même sur le point de perdre connaissance. Camille ramassa son *smartphone* qui était tombé sur le sol et tenta de passer un appel d'urgence pour faire venir des secours et du personnel pour inspecter cet endroit monstrueux, un de plus. Impossible, aucun réseau ne passait dans cette cave aux murs épais. Elle prit alors la décision qui s'imposait. Il n'était pas question qu'elle laisse la gamine seule ici. Alors doucement, elle s'approcha d'elle, passa un bras derrière son dos et un autre sous ses jambes et se releva, emmenant la fillette dans ses bras. Un fétu de paille. Elle sentait les os de ses côtes sous ses doigts et elle portait ce petit corps sans aucune difficulté, elle était réellement rachitique. En se retournant vers la sortie, le faisceau de lumière éclaira un temps le mur opposé. La jeune femme eut un nouveau haut-le-cœur en découvrant, horrifiée, la panoplie d'ustensiles barbares qui avaient servi à martyriser la petite.

Camille ne s'attarda pas et remonta rapidement le couloir pour déboucher dans le sauna. Bercée par le rythme des pas et se sentant peut-être enfin en sécurité, la respiration de la fillette s'était faite lente et régulière. Vaincue par l'épuisement, elle s'était assoupie. L'enquêtrice se dirigea vers le lit sur lequel elle allongea le petit corps meurtri, et elle le protégea d'une couverture épaisse. Ici, elle pouvait enfin passer son appel aux secours. L'agent qui décrocha prit immédiatement conscience de la situation quand elle lui annonça qu'elle avait retrouvé l'enfant disparue dont le visage était placardé dans tous les postes de police. Il lança immédiatement la cavalerie, une ambulance ne tarderait pas à arriver. Camille raccrocha et s'assit au bord du lit. Caressant lentement les cheveux de la petite, elle refit mentalement le fil de tous les événements et des points cruciaux de cette enquête. Certains lui apparaissaient maintenant clairement et elle devait se rendre au plus vite à l'hôpital pour retrouver Claire Laverne et vérifier sa théorie. Il n'était toutefois pas question qu'elle quitte ces lieux et Ludivine tant qu'elle ne serait pas aux mains des secours.

⁂

Bourdieu et Romans arrivèrent rapidement au 3e et se trouvèrent face à une porte éventrée à coups de hache. Le palier n'avait pas subi de dommages particuliers et même le petit vestibule à l'entrée de l'appartement était en bon état. Ce n'est qu'une fois arrivés dans la pièce principale qu'ils purent constater les dégâts. Le mur du fond était noir de suie et une mousse épaisse de neige carbonique couvrait le canapé et le coin salon. D'après les traces qu'ils observaient, l'incendie était parti d'un bureau dont il ne restait presque rien. Lucas s'en approcha et commença à fouiner dans les débris calcinés alors que Bourdieu s'avançait pour aller examiner la chambre attenante.

Romans souleva une planche de contreplaqué en partie détruite et découvrit les restes d'un ordinateur portable. La coque extérieure était quasiment fondue, mais il parvint tout de même à l'ouvrir. L'écran avait explosé sous l'effet de la chaleur et plusieurs touches du clavier avaient sauté. Il soupesa l'appareil et le retourna pour constater que le dessous paraissait moins endommagé. Le bureau avait rapidement cédé et les décombres tombés sur l'ordinateur l'avaient un peu protégé du brasier. Il était possible que le disque dur soit récupérable, se dit le jeune policier, en enfournant la pièce à conviction dans un sac. Il continua à farfouiller sans rien trouver d'autre d'exploitable. Il rejoignit Bourdieu qui avait le nez dans la penderie de la chambre.

— J'ai trouvé un ordinateur portable dont j'arriverai peut-être à tirer quelque chose. Il était dans les restes du bureau et a été un peu protégé des flammes. T'as quoi par ici ?

— Que dalle, les placards sont presque vides. À part quelques petites culottes sympas dans le tiroir et deux, trois fripes ici. Par contre, si elle passait du bon temps avec Laverne, c'était sans doute pas le seul biscuit dans sa vie, à la mignonne. Dans le second placard là-bas, ce sont des fringues masculines.

Romans s'avança vers la penderie ouverte et constata qu'effectivement, les jeans et les caleçons qui s'y trouvaient ne devaient pas être portés par la jeune secrétaire. Passant devant sans fouiller ce qui avait déjà été exploré par son collègue, il continua jusqu'à la table de chevet. Il tira le tiroir et découvrit un bric-à-brac impressionnant. Dans ce petit réduit se trouvaient des choses aussi disparates qu'un polar de Jacques Saussey dont les pages cornées montraient qu'il avait été lu et relu, un paquet de mouchoirs, du Doliprane et des anti-inflammatoires un peu plus puissants, une boîte de préservatifs et deux montres dont les aiguilles ne tournaient plus. Lucas remua ce foutoir et fit ressortir du fond une petite enveloppe siglée Kodak : des photos à l'ancienne, en mode argentique, on voyait même dépasser la bande de négatifs. Le jeune flic ne put retenir un sourire en découvrant cet objet surgi du passé. Cela lui rappelait les boîtes d'archives entières dans lesquelles son père conservait précieusement leurs souvenirs de vacances qu'il immortalisait avec son vieux reflex. Aujourd'hui, les siens tenaient dans son *smartphone*. Il souleva le rabat et sortit les clichés. Si le procédé était ancien, les photos, elles, ne l'étaient pas tant que ça, jugea-t-il en observant la première : un gros plan d'une Maëva tout sourire sur fond de tour Eiffel. Il n'avait encore jamais croisé la secrétaire. Il avait juste étudié son profil et il pouvait donc aisément constater que l'image qu'il avait sous les yeux n'avait pas plus d'un an. Il passa les clichés en revue les uns après les autres, tous avec le même visage, et buta soudain sur l'avant-dernier. Le seul où la jeune femme était accompagnée à l'image.

— Bourdieu, viens voir ça, appela-t-il, pris d'une soudaine excitation.

— Qu'est-ce que t'as encore déniché comme connerie ? grommela son vieux collègue en s'approchant malgré tout.

Par-dessus l'épaule de Romans, il regarda nonchalamment le cliché et se figea dès que ses yeux s'y posèrent.

— Putain, sans déconner, conclut-il.

Chapitre 26

Thomas se rappela de la douleur insoutenable qu'il avait ressentie au creux de sa poitrine avant de sombrer à nouveau dans les limbes de l'inconscience. Les bips réguliers et le bruit de soufflet à la Dark Vador, c'était ça qui l'avait ramené vers la lumière. Il était au point mort. Le même mal de crâne profond qu'à son premier réveil, la même incapacité à faire un quelconque mouvement et les mêmes branchements et perfusions qui reliaient son corps à un impressionnant appareillage à ses côtés. Il était suffisamment redressé sur son oreiller pour apercevoir le pied de son lit et, au milieu du brouillard qui voilait son regard, il distingua deux silhouettes qui discutaient. Petit à petit, son cerveau parvint à faire le point et il reconnut son épouse qui échangeait avec un homme d'un certain âge en blouse blanche.

— Votre mari est toujours dans un état critique madame Laverne, expliquait le médecin. Nous sommes parvenus à stabiliser les hémorragies internes dont il souffrait en arrivant, mais il est trop faible pour que nous puissions opérer à nouveau ses multiples fractures. Ses jambes sont brisées en plusieurs endroits et il est très probable que sa colonne vertébrale soit atteinte. Pour être tout à fait franc avec vous, il est impossible qu'il se remette un jour totalement de toutes ses blessures.

Claire ne broncha pas. Thomas, lui, encaissa le coup.

— S'est-il réveillé depuis qu'il est arrivé ici ? A-t-il dit quelque chose ? se contenta de demander son épouse.

— Non, pas vraiment. Il a eu des périodes d'agitation où il semblait délirer, probablement sous l'effet des fortes doses de morphine que nous lui administrons. Et il y a plus grave, madame Laverne. Nous avons dû le réanimer à plusieurs reprises. Votre mari lutte pour survivre et, au milieu de ses délires, il a déjà fait trois arrêts cardiaques depuis dimanche. La dernière fois, nous avons bien cru que nous ne réussirions pas à le ramener. Monsieur Laverne est d'une solide constitution, c'est ce qui lui permet d'être encore en vie aujourd'hui, mais... de telles épreuves ont laissé des dommages cérébraux très importants. S'il devait faire un nouvel arrêt, nous aurions une grave décision à prendre, c'est pourquoi je vous ai demandé de venir madame Laverne. Vous êtes légalement décisionnaire, alors je dois vous demander si vous souhaitez que nous continuions à tenter les réanimations.

Thomas prit la remarque de plein fouet. Il entendait tout ce que le médecin disait et voulait hurler qu'il comprenait. Pourquoi personne ne semblait remarquer qu'il était conscient ? Il était cloué sur ce lit, totalement paralysé, et malgré tout perclus de douleurs jusque dans la plus petite de ses cellules, mais surtout, il comprenait. Il comprenait tout ce qui était en train de se jouer dans cette chambre. Son état était donc si désespéré ? Il prenait petit à petit conscience de la situation. « Des dommages cérébraux », avait dit le médecin ? Il avait pourtant l'impression d'être en pleine possession de ses facultés mentales. Peut-être était-ce pour cela qu'il ne parvenait pas à prononcer le moindre son… C'était sans doute la zone du langage qui avait subi les premiers dégâts. Il avait parlé d'arrêts cardiaques. C'était donc cela ces douleurs dans la poitrine qu'il avait ressenties jusque dans ses rêves. Puis d'autres paroles du chirurgien lui revinrent. La colonne vertébrale, était touchée avait-il annoncé. Un légume, c'était donc ça qu'il allait devenir ? Il eut soudain le désir de répondre à la place de sa femme. Qu'ils ne fassent rien, surtout qu'ils ne tentent plus rien ! Lui, le sportif accompli, l'amateur de sensations fortes, qui allait se retrouver coincé à demeure dans un lit médicalisé. Il ne pourrait plus rien faire seul, plus de parachute, plus de ski, plus de plongée… plus de sexe non plus. Il ne serait même plus capable de pisser tout seul. S'il avait encore eu la maîtrise de son corps, des larmes auraient coulé le long de ses joues. Même ça il ne pouvait plus le faire… Puis, petit à petit, il reprit le dessus. C'était un battant, Thomas Laverne n'était pas un loser. Il avait toujours relevé les défis et les remportait à chaque fois. Il obtenait systématiquement ce qu'il désirait. Il n'était pas comme tout le monde. Il ne se considérait pas comme tout le monde. Il relèverait aussi ce challenge-là et prouverait encore qu'il valait mieux que les autres. Il contredirait les médecins et il avait la fortune pour mettre tous les moyens nécessaires au service de ses soins et de sa rééducation. Il commença à réfléchir au moyen qu'il pourrait utiliser pour communiquer avec ses deux visiteurs. C'est là qu'il reçut un nouveau coup de massue.

— C'est d'accord, annonça Claire Laverne. Cessez l'acharnement et laissez-le partir s'il fait une nouvelle attaque.

— Entendu madame, répondit le médecin en baissant les yeux.

Il ne savait pas trop s'il devait être admiratif du courage dont faisait preuve cette veuve en puissance ou s'il devait être effrayé par sa froideur et le manque évident de compassion dont elle faisait preuve vis-à-vis de son mari.

— Je vous laisse avec lui, pour l'instant nous n'avons rien d'autre à faire que de continuer à surveiller son évolution.

Le chirurgien sortit, laissant seuls dans cette chambre les deux époux. Après quelques secondes où elle sembla peser le poids de sa décision, Claire s'avança sur le côté du lit. Elle se pencha au-dessus de son mari et le fixa longuement. Il fallait qu'elle comprenne qu'il était encore conscient. Au prix d'un effort énorme et de toute sa volonté, Thomas parvint à faire un infime, un minuscule mouvement de rétine. L'avait-elle perçu ? Il lui sembla qu'elle s'était figée et qu'elle le regardait encore plus intensément. Imperceptiblement, le visage froid de Claire Laverne se dérida et elle esquissa un sourire.

— Tu es encore conscient, n'est-ce pas ? Je suis sûre que tu me vois.

Elle l'avait vu ! Elle avait compris que tout n'était pas perdu. Il ne lui restait plus qu'à rappeler le médecin pour revenir sur sa décision ! Elle doucha rapidement ses espoirs.

— Tant mieux, le plaisir n'en sera que plus grand.

Il la vit alors sortir de la poche intérieure de sa veste une petite seringue remplie d'un liquide translucide qu'elle injecta directement dans sa perfusion sans même lui jeter un regard.

— On trouve vraiment des tas de renseignements sur Internet. Avec ça, ton cœur devrait à nouveau cesser de battre dans les minutes qui viennent. Quel dommage que nous ayons décidé de ne plus rien tenter pour te réanimer.

S'il avait pu l'être plus, Thomas Laverne aurait été pétrifié par le dernier regard de son épouse qu'il croisa avant d'avoir la vue troublée. Le produit était à effet rapide, il ne sentait déjà plus les douleurs qui l'assaillaient et se sentait partir petit à petit, sans retour cette fois-ci. Avant qu'il ne ferme définitivement les yeux, il devina le visage de Claire penché au-dessus de lui et l'entendit lui souffler à l'oreille :

— De la part de tes filles, Thomas.

Elle le regarda encore quelques secondes et attrapa son poignet pour vérifier son pouls, même si le bip continu qui venait de se déclencher sur l'appareillage indiquait déjà l'issue fatale de ce face-à-face. Toujours souriante, elle finit par lâcher son bras. Le biceps, libéré du seul maintien que constituait la poigne de Claire ne retint pas le membre qui glissa sur le côté du lit. Sur la peau dénudée qui pointait maintenant vers le sol, un étrange tatouage était visible. En lettres calligraphiées, on voyait clairement le mot « Chtulu » gravé à l'encre indélébile.

Claire Laverne avait cessé d'observer le visage déjà blafard de son désormais défunt mari pour fixer l'inscription. Son sourire s'était effacé devant les horreurs que celle-ci faisait remonter à la surface de ses émotions. Les traits crispés, elle fit demi-tour et quitta la chambre.

Chapitre 27

Camille se gara en dérapant sur les places réservées aux ambulances et s'engouffra en courant dans l'hôpital. Elle venait de raccrocher avec Romans qui lui avait parlé de la découverte qu'ils venaient de faire dans l'appartement de la secrétaire. La photo qu'ils avaient dénichée dans la table de chevet montrait Maëva, en bikini sur une plage en compagnie d'un homme légèrement plus âgé qu'elle, le crâne rasé et barbu. L'homme qu'ils avaient abattu le matin même. Et il paraissait très proche de la jeune femme. Sa main droite sur la fesse de la demoiselle les éclairait parfaitement quant à la nature de leur relation. Petit à petit, les éléments continuaient à s'imbriquer dans l'esprit de l'enquêtrice. Et si son intuition était la bonne, elle allait peut-être arriver trop tard.

Deux membres de la sécurité de l'hôpital étaient sortis à sa rencontre en entendant le crissement de ses pneus et lui faisaient de grands gestes pour lui signifier qu'elle ne pouvait pas rester garée à cet emplacement réservé. Camille sortit sa carte en courant vers la porte automatique et, n'ayant qu'eux sous la main, elle enjoignit aux deux gardes de la suivre immédiatement. Leur ardeur anesthésiée autant par le document qu'ils avaient sous les yeux, preuve ultime de l'autorité supérieure que représentait l'intruse, que par la force de conviction naturelle de la jeune femme, les deux hommes lui emboîtèrent le pas. Camille attaquait déjà l'escalier menant au deuxième étage dont elle dévorait les marches quatre à quatre. Elle déboucha en trombe dans le couloir et tourna en direction de la chambre de Thomas Laverne.

C'est là qu'elle tomba nez à nez avec son épouse qui venait d'en refermer la porte.

Camille s'arrêta net, à peine essoufflée par sa course. Ce n'était pas le cas des deux gardes qui venaient seulement de les rejoindre, respirant bruyamment après ce sprint forcé. Les deux femmes se fixèrent plusieurs secondes, sans un mot. Puis, lentement, le visage de Claire Laverne se détendit et elle esquissa un sourire, mi-satisfait, mi-désolé, comme si elle regrettait le tour qu'elle venait de jouer à la police. Camille comprit tout de suite.

— Restez avec elle, ordonna-t-elle aux deux hommes qui attendaient sans rien comprendre. Et appelez immédiatement un médecin.

Elle écarta un peu brutalement madame Laverne du passage et entra en trombe dans la chambre. Elle n'eut pas besoin de l'arrivée des soignants affolés pour comprendre qu'il était trop tard. Le puissant Thomas Laverne n'était plus. Elle attendit tout de même quelques minutes, le temps pour le chirurgien de garde de prononcer officiellement le décès. Pendant cette courte attente, elle ne put ignorer le bras pendant, lui jetant au visage ce tatouage qu'elle reconnut immédiatement. Elle ferma les yeux une demi-seconde, ses pires craintes se confirmaient heure après heure.

Elle ressortit de cette chambre où elle n'avait plus rien à faire et se dirigea vers la veuve, qui attendait dignement et silencieusement entre les deux gardes.

— Vous savez où cela va nous mener, n'est-ce pas, madame Laverne ? demanda froidement Camille. Dois-je vous passer les menottes ou allez-vous me suivre sans opposition jusqu'au commissariat ?

L'enquêtrice ressentait un étrange double sentiment. La colère d'abord, celle de ne pas être arrivée à temps pour sauver la victime, qui qu'elle fut réellement, celui ensuite d'avoir été menée en bateau depuis le début et, objectivement, d'avoir échoué dans son enquête. Et d'un autre côté, l'impression diffuse qu'elle ne regrettait pas vraiment l'issue fatale qu'elle venait de constater et la certitude que les aveux qu'elle allait maintenant recueillir la conforteraient dans cette idée.

— Je vous suis lieutenant, je n'ai pas l'intention de me défiler.

Elles laissèrent là les deux gardes qui, ne comprenant rien à la situation, se contentèrent de redescendre vaquer à leurs occupations. Camille ouvrit la porte arrière de son véhicule de police où s'installa la désormais meurtrière. Pas un mot durant tout le trajet jusqu'au poste et pas plus avant d'être installée face à face dans la salle d'interrogatoire. Romans et Bourdieu étaient revenus également et se tenaient derrière la vitre sans tain, ne comprenant pas encore pourquoi Claire Laverne était maintenant assise là. Camille prit encore quelques secondes en fixant la prévenue avant de briser ce silence pesant. Le visage de la veuve était marqué, elle avait pris quinze ans en l'espace de quelques jours. Malgré tout, l'œil acéré de l'enquêtrice y décela autre chose. Elle avait les traits soulagés, comme lorsqu'un long calvaire prend fin. Si son regard était las, il était toujours aussi perçant et il paraissait maintenant évident qu'elle assumerait ses actes.

— Nous avons des choses à nous dire madame Laverne, je crois.

— En effet… Toutefois, je pense que vous savez déjà l'essentiel.

— Je pense avoir deviné certaines choses, mais il va falloir que nous reprenions tout, depuis le début. Je ne vais pas y aller par quatre chemins madame Laverne, venez-vous de tuer votre mari ?

— Oui, répondit-elle sans hésitation. Je lui ai injecté ce qu'il fallait pour en finir. J'ai demandé à un ami vétérinaire de quoi piquer un cheval condamné, il m'a aidée sans comprendre. Avec une telle dose, j'étais certaine de finir le travail.

— Il aurait dû mourir avant, n'est-ce pas ? Est-ce vous qui avez saboté son matériel de parachutisme ?

— En effet, c'était l'objectif. Ce n'est toutefois pas moi qui l'ai fait, je n'ai pas ces compétences. Par contre, j'ai bien commandité ces actions.

— Qui est cet homme que vous avez payé pour le faire ?

— Ils m'ont juste dit qu'il s'appelait Marc. Il m'a été présenté par monsieur Fiorenos que vous connaissez déjà. Je lui ai fait comprendre que j'avais besoin de quelqu'un pour faire des basses besognes et il m'a donné les coordonnées de cet homme, de ce couple en fait, qui d'après lui était infaillible pour ce type d'opérations. Il faut croire qu'il n'était pas si parfait que ça, car finalement c'est un semi-fiasco. Non seulement j'ai été obligée de terminer moi-même le… travail, mais en plus il y a laissé la vie. J'imagine que vous n'étiez pas censée remonter jusqu'à lui…

— Vous ne craignez pas de donner ainsi vos sources ? demanda Camille en tapotant sur le petit dictaphone qui enregistrait toute leur conversation.

— Non, je fais partie des gens qui pensent que tout se paie un jour. Fiorenos est un connard, excusez-moi du terme, qui serait prêt à vendre ses propres enfants contre un bon chèque. Il fraie depuis des années au-delà de la frontière de la légalité sans se faire prendre, il est temps qu'il passe à la caisse. L'inconnu qui s'est chargé de l'opération parachute était un tueur professionnel qui a déjà beaucoup de sang sur les mains, je ne vais pas pleurer sur son sort. Quant à Thomas…

Madame Laverne s'interrompit sans finir sa phrase. Camille regarda vers la vitre où elle ne pouvait voir ses adjoints. Suffisant pour qu'ils comprennent tous les deux. Romans s'écarta en déclarant :

— Je vais m'occuper du mandat d'arrêt pour l'avocat.

Camille se fit imperceptiblement plus douce :

— Pourquoi madame Laverne ? Pourquoi avez-vous fait tout cela ?

Le regard de Claire se fit plus vague et se perdit loin au-dessus de l'épaule du lieutenant. Elle soupira et se lança, il était temps de se délester un peu de ce fardeau qu'elle portait depuis trop longtemps.

— J'aurais dû m'en rendre compte plus tôt, avec le recul tout me paraît tellement évident. Je comprends maintenant ce que ressentent ces femmes qui découvrent ébahies qu'elles vivent à côté d'un monstre. Les bien-pensants sont toujours prompts à accuser. Tous ceux qui sont interrogés s'empressent de s'offusquer. « Comment peut-elle n'avoir rien vu ? » « Elle était forcément au courant. » Et la vindicte populaire pense toujours connaître avec exactitude la vérité. Et pour être complètement honnête avec vous, Camille – sans le vouloir, c'était la première fois qu'elle se permettait d'appeler la jeune femme par son prénom – j'ai fait partie de ces mêmes gens qui accusent sans comprendre. Si seulement c'était si simple... Je n'ai pourtant rien vu. Ce sont souvent les vérités les plus évidentes qui nous échappent totalement. Je me sens tellement sotte et naïve. Tout n'était pas rose avec Thomas, loin de là, mais je n'avais jamais imaginé qu'il pouvait nous faire du mal.

— Qu'est-ce qui vous a fait ouvrir les yeux, Claire ? relança Camille, injectant elle aussi un peu de familiarité en utilisant son prénom, manière également de favoriser la confession.

— Les dessins. Vous les avez vus vous-même, et c'est pour ça que je vous les ai montrés, ils se sont faits de plus en plus précis au fil des semaines. C'est le jour où elle a représenté ce tatouage sur le bras de son bourreau que j'ai compris. C'était un peu avant l'été. J'ai alors commencé à suivre Thomas pour connaître la vérité. Je savais très bien que ce n'était pas un homme fidèle, alors je ne m'inquiétais pas outre mesure de ses absences régulières. Et comme il était très méfiant, et qu'il a vite compris que je le surveillais d'un peu trop près, j'ai demandé de l'aide à Fiorenos.

— Pourquoi n'êtes-vous pas venue me voir Claire ?

La veuve reposa enfin son regard sur son interlocutrice. Il s'était durci à nouveau, comme si elle venait de poser une question déplacée.

— Vous connaissez Thomas, non ? Vous croyez qu'il aurait laissé faire ? En deux coups de téléphone et quelques donations, il vous aurait fait muter dans la Creuse et ses avocats auraient très vite étouffé tout cela. Non, je savais très bien que je n'aurais d'aide de personne et que je devais régler ça moi-même. Alors patiemment, j'ai d'abord observé pour trouver la faille. Avec un gros chèque, Fiorenos a été très facile à convaincre et il m'a envoyé Marc et Maëva. Pour elle, séduire Thomas a été un jeu d'enfant, même si je l'avais prévenue que ce qui l'intéressait pouvait être difficile à supporter pour elle. Elle a tout de même accepté, j'ignore si c'est l'ampleur de la récompense que je leur proposais ou une certaine envie de faire justice qui l'a convaincue, malgré les réticences de son homme. En fait quand elle a su la vérité à propos de Thomas, il m'a semblé que cela réveillait chez elle une vieille colère. Elle a tout de suite paru très déterminée. Les semaines passant, elle a amassé les informations nécessaires à la construction de notre projet. De mon côté, j'ai fini par découvrir ce souterrain qu'il avait camouflé dans son sauna. J'ai vomi dans les fourrés du petit bosquet quand j'ai compris que c'est là que se trouvait ma petite Héloïse alors qu'on la cherchait partout. J'ai d'abord failli mettre le feu à tout ça. Et puis je me suis rendu compte que cela pouvait nous servir. C'est par là que j'ai fait rentrer Marc pour qu'il mette hors d'état le matériel de parachutisme de mon mari. J'avais simplement profité d'un de ses nombreux voyages à l'étranger pour faire un double de la clef. Je sais aussi que le compagnon de Maëva est souvent venu observer les allées et venues de Thomas depuis la forêt pour ne rien laisser au hasard. Et samedi, c'est elle qui a donné le signal pour garantir que la voie était libre.

Camille se décida à la couper dans son monologue, il fallait qu'elle sache.

— Claire, êtes-vous retournée récemment dans ce souterrain ? demanda-t-elle doucement.

La veuve la regarda étrangement, sans comprendre pourquoi elle lui posait cette question.

— Non, à vrai dire, je n'y ai pas remis les pieds après l'avoir découvert. C'était bien trop dur à supporter pour moi.

— Je viens d'en sortir, Claire... J'ai trouvé cette clef dans la poche de votre tueur et j'ai trouvé le passage dans le sauna qui n'était pas complètement fermé. Et...

Elle hésita à poursuivre, l'horreur n'avait pas encore fini de s'abattre sur cette pauvre femme. Camille voyait pourtant dans ses yeux qu'elle avait compris maintenant où elle voulait en venir. Alors elle continua :

— C'est là que j'ai trouvé la petite Ludivine, Claire. Celle qui a disparu en Savoie il y a quelques semaines. La fille d'un des meneurs de la fronde dans l'entreprise que votre mari avait décidé de liquider.

Le regard de madame Laverne s'embua quand elle réalisa qu'il y avait à seulement quelques centaines de mètres de son salon douillet, une malheureuse gamine qui subissait le même calvaire que celui qui avait fait perdre pied à sa fille. Elle était là, si proche, et elle n'avait pas réalisé qu'il pouvait y en avoir d'autres. Elle n'avait pas fait le lien avec la disparition, trop lointaine, de cette gamine. Par son silence, elle était d'une certaine manière coupable d'avoir laissé croupir cette fillette.

— Est-elle… morte ? demanda-t-elle la voix étranglée.

— Non, la rassura Camille. Elle est très affaiblie et a subi de graves blessures, mais elle est en vie. C'est une gamine très courageuse. Même si elle est restée plusieurs jours sans nourriture et sans eau, elle va s'en sortir.

Soudain Claire réalisa l'horrible réalité et fondit en larmes définitivement.

— Mon Dieu, si mon projet s'était déroulé comme prévu, cette pauvre fille serait morte de faim dans cette geôle, par ma faute ! J'avais prévu de faire murer l'entrée du souterrain dans le hangar, de détruire le passage vers la forêt et de le faire disparaître sous quelques mètres de terre et de gravats dès la mort de Thomas. Je ne pensais qu'à ma vengeance et à celle de mes filles, et je n'ai pas pensé qu'il pouvait y en avoir d'autres. J'étais tellement en colère que cela ne m'a même pas effleurée. C'était pourtant tellement évident.

Camille la laissa reprendre son souffle au milieu des sanglots qui heurtaient son discours. Claire finit par reprendre le dessus et retrouva ses apparences de femme froide et détachée quand elle déclara :

— Je voudrais voir mon avocat, lieutenant Lambert.

Camille fut décontenancée par la requête à brûle-pourpoint de son interlocutrice. Allait-elle faire marche arrière ? Devant son attitude un peu effarée, madame Laverne esquissa un sourire et la rassura :

— Ne vous inquiétez pas, je ne vais pas revenir sur ce que j'ai à déclarer, si c'est ce que vous craignez. Je souhaite juste prendre les dispositions nécessaires pour que cette gamine bénéficie des mêmes soins et du même programme que mes propres filles. L'argent de Thomas servira aussi à laver le mal qu'il lui a fait, c'est le moins que je puisse faire.

— Justement Claire, vos filles, avez-vous pensé à elles ?

Elle regretta aussitôt la tournure de sa question en voyant le regard furieux qu'elle reçut en retour. Elle développa donc un peu plus sa demande avant que son interlocutrice ne se renferme complètement devant l'affront.

— Je veux dire, vous allez être jugée Claire. Et même si des circonstances atténuantes seront forcément prises en considération pour alléger un peu la peine, c'est le meurtre avec préméditation qui va être retenu par les magistrats. Vous allez faire de nombreuses années de prison et je ne pourrai rien pour vous.

— Je sais tout cela Camille. Cela n'aurait pas dû se passer comme ça, vous savez, soupira-t-elle. Si tout c'était déroulé comme prévu, Thomas serait mort sur le coup et vous n'auriez pas dû pouvoir remonter jusqu'à moi. Peut-être que j'ai surestimé les individus que j'avais engagés après tout. Ils m'avaient assuré qu'ils ne laisseraient aucune trace. Vous deviez simplement pouvoir remonter vers cet immonde bistrot du 19ᵉ où ils faisaient leur horrible commerce. C'est Maëva elle-même qui l'avait suggéré quand elle a découvert que Thomas était en fait client d'un réseau bien plus vaste. Je suppose que maintenant vous avez découvert l'arrière-boutique de ce café et les cadavres qui s'y trouvaient. C'est son œuvre. Après la disparition de son amant, elle a décidé de faire le ménage et elle m'a prévenue avant de disparaître. De mon côté je n'avais plus le choix. Il n'était pas question que Thomas s'en sorte encore, il aurait été capable de se faire passer pour une victime en plus ! J'ai décidé d'en finir moi-même, tant pis pour la prison. Et pour répondre à votre question, je vous remercie de vous inquiéter pour mes filles, mais elles seront entre de bonnes mains. Ma sœur Laurence a été informée ce matin de ce qui allait se passer et elle va les recueillir. J'ai pris toutes les dispositions pour qu'elles ne manquent de rien. Mon avocat a déjà fait toute la paperasse, elles ne resteront pas au manoir, tout cela va être vendu. Trop d'horreurs se sont produites ici, elles ont besoin de changer d'air. Elles vont aller vivre avec leur tante en Californie pour se construire une nouvelle vie. Dans leur malheur, elles ont la chance d'être des héritières fortunées, cela leur assurera au moins les meilleurs soins et une place dans les institutions les plus réputées. Au pays de l'oncle Sam encore plus qu'ailleurs, on est toujours mieux soigné lorsque l'on dispose d'un portefeuille bien garni.

Camille soupira et déclara désabusée :

— Il y avait d'autres solutions Claire…

— Vous croyez ? Vous savez ce qu'elles ont subi entre les griffes de leur père ? D'ailleurs vous devez savoir maintenant que ce n'est pas leur père biologique. Thomas était stérile. Un soir au début de notre relation, il m'a parlé de ce handicap. Nous avions bu tous les deux et il s'est laissé aller à quelques confessions. Ce n'était ni un accident ni une infirmité de naissance. C'était dû à une mutilation que lui avait infligée son propre père. Avec le recul, je pense même que Thomas s'était lui-même retrouvé dans cette cave au milieu de la forêt. Je n'avais jamais envisagé qu'il ait les mêmes déviances que son géniteur. Nous avons eu Justine et Héloïse par FIV avec le sperme d'un donneur inconnu. Il a toujours donné l'impression de les aimer comme son propre sang. Et je n'ai rien vu… Je n'ai rien compris quand Justine a perdu son sourire et quand elle a commencé à se renfermer sur elle-même. C'est par elle qu'il a commencé, je le sais maintenant. Même si elle n'a pas disparu comme les autres, je sais qu'elle a aussi souffert le martyre. Quand j'ai découvert qui il était, je l'ai fait examiner à l'étranger pour ne pas attirer les services sociaux français. Les médecins ont confirmé mes craintes. Elle avait, elle aussi, subi des sévices dans sa prime enfance, m'ont annoncé les spécialistes. Elle était marquée au plus profond de sa chair et de son âme. Couverte de cicatrices invisibles qui la tourmenteront toute son existence. Je n'ai ouvert les yeux que bien trop tard, après qu'il s'en est pris aussi à Héloïse, et j'ignore combien d'autres malheureuses gamines sont tombées entre ses mains. Donc, non, Camille, en ce qui me concerne, il n'y avait pas d'autres solutions.

Camille souffla tristement et ne répondit pas à madame Laverne. Ce n'était pas la peine d'enfoncer le clou. Pas la peine de lui dire que par sa décision de faire justice elle-même, elle les privait de nombreux éléments qui auraient pu leur permettre de mettre à jour un réseau bien plus vaste. Car il était désormais évident que Thomas Laverne et le patron du café dans le 19e n'étaient pas les seuls à tremper dans cette affaire.

Pas la peine de lui faire comprendre que si son monstre de mari était bien mort, elle venait de prévenir les autres qu'ils devaient se faire discrets.

Pas la peine non plus de lui dire qu'avant de pouvoir vendre ce manoir, il allait être fouillé pendant de longs mois.

Pas la peine de lui annoncer que dès la fin de la semaine, des chiens et des pelleteuses quadrilleraient le parc et la forêt à la recherche de petits cadavres.

Pas la peine enfin de suggérer que la seule chose qui aurait permis à ses filles de se reconstruire, cela aurait sans doute été d'avoir leur mère à leurs côtés.

Camille avait en face d'elle une mère qui était pérsuadée d'avoir tout tenté pour protéger ses filles, c'était ce qu'elle devait lui laisser penser pour l'instant. Le reste, elle le comprendrait plus tard, dans la pénombre de sa cellule.

ÉPILOGUE

La jeune femme se leva dans la salle d'embarquement avec les autres passagers de première classe appelés à monter en priorité dans l'avion. Parfaitement dans son rôle, elle toisa derrière ses lunettes de soleil les dizaines de personnes, attendant, tel du bétail, le droit de venir s'entasser en éco. Elle présenta son passeport à l'hôtesse, qui le lui rendit avec un grand sourire, après avoir vérifié que le visage de la belle brune qu'elle avait sous les yeux était le même, et que le nom correspondait à celui affiché sur le billet.

Maëva s'appelait désormais Laure Mangin. Elle s'installa confortablement dans le fauteuil qu'elle allait occuper pendant les douze prochaines heures. Quand elle s'était regardée dans la glace le matin même, elle avait eu un peu de mal à se reconnaître. Elle finirait par s'y habituer. Même si elle avait l'habitude de se grimer pour les missions qu'on lui confiait, cette fois, elle allait devoir porter cette nouvelle teinture pendant quelque temps. Plus rien n'était visible de sa belle crinière rousse, même ses sourcils avaient viré au noir de jais.

Dès qu'ils eurent atteint leur altitude de croisière, elle ouvrit son sac de voyage et en sortit un MacBook dernier cri qu'elle posa allumé sur la tablette. Elle sortit un petit carnet à spirale et aperçut dans le fond de son sac une photo qui avait échappé au grand ménage qu'elle venait de faire dans ses affaires pour ne rien laisser derrière elle. Sur le cliché, elle était tout sourire au bras de Marc, bel homme chauve à la barbe bien entretenue. Elle le regarda avec un air nostalgique. Elle avait passé du bon temps avec lui. Puis, d'un geste sec et précis, elle déchira la photo en minuscules morceaux, jusqu'à rendre les visages impossibles à reconnaître. Marc était gentil et lui avait bien servi, mais il avait failli tout faire merder. Il s'était ramolli au fil des contrats qu'ils avaient honorés ensemble. Ou plutôt, il s'était vu un peu trop beau et n'était pas suffisamment resté sur ses gardes. Trop sûr de lui, il n'avait même pas remarqué qu'il avait été filmé dans le bar, et il n'avait pas voulu se grimer pour cette mission. « T'inquiète bébé, ils ne pourront jamais remonter jusqu'à nous », lui avait-il répondu. C'est à ce moment-là qu'elle avait pris sa décision. À vrai dire, elle se demandait même si c'était son amateurisme, ou son usage de plus en plus fréquent de ces surnoms ridicules qui l'avaient poussée à franchir le cap. Un simple ticket de péage qu'elle avait négligemment laissé traîner dans la voiture volée et les caméras de surveillance truffant maintenant la capitale avaient fait le reste. Elle savait qu'il ne se laisserait pas coffrer, l'issue était inéluctable.

Laure reporta son attention sur le petit carnet. Sur plusieurs dizaines de pages, des listes de noms s'étalaient. Certains avec les coordonnées complètes, d'autres qui allaient lui demander plus de travail. Peu importe le temps que cela prendrait, lui avait-elle dit. Et elle devait bien reconnaître qu'au fond d'elle-même, cette mission-ci lui tenait bien plus à cœur que toutes les précédentes. Et même si Claire Laverne l'avait grassement payée et avait fait ce qu'il fallait pour qu'elle continue à l'être aussi longtemps que nécessaire, elle ferait tout pour s'occuper des monstres cités dans ce carnet volé par son épouse à Thomas Laverne. Elle n'avait qu'à compléter ces informations par celles qu'elle avait dénichées dans l'ordinateur de l'ignoble barman avant de tout détruire. Plus tard, quand il n'en resterait plus que quelques-uns, elle savait qu'elle aurait aussi à analyser les photos qu'elle avait récupérées dans son tiroir et qu'elle avait cachées en lieu sûr…

Remerciements

Mes premiers remerciements vont à toi cher lecteur/trice qui as accompagné Camille jusqu'ici. Tu seras (je l'espère !) ravi d'apprendre qu'elle reviendra !

Merci également à tous les blogueurs/euses, groupes Facebook, instagrameurs/euses qui, par l'accueil merveilleux qu'ils ont réservé à mon premier roman, me poussent à continuer dans cette voie.

Énormes bises à tous mes bêta-lecteurs/trices, famille et ex-Bisontins. Vos encouragements comptent beaucoup !

Enfin, merci à mes trois M., sans votre soutien, ce serait infiniment plus compliqué.

Dans la même collection

Claustrations, Salvatore Minni, 2019 (Prix Mot Passant 2018 * Prix Coup de Coeur du Jury du Prix du Balai d'Or 2019)

La Catabase, Jack Jakoli, 2019 (Prix Découverte de l'Iris Noir Bruxelles 2020 * Prix Coup de Coeur du Jury Noir Charbon 2020)

Les parapluies noirs, Chris Loseus, 2019

La parole du chacal, Clarence Pitz, 2020

Ma vie sera pire que la tienne, Williams Exbrayat, 2020

L'Ange du mal, Gilles Caillot, 2021

Réminiscence, Gilles Caillot, 2021

Immondanités, Gilles Caillot, 2021

Les ailes arrachées des anges, Gilles Caillot, 2021

Le crépuscule des éléphants, Guillaume Ramezi, 2021

Ineffaçables, Clarence Pitz, 2021 (Prix Mordus de Thrillers 2020 * Prix Sang pour Sang Thriller de Longperrier 2020)

L'affaire Rose Keller, Ludovic Miserole, 2021 (Prix Découverte des Géants du Polar 2019)

Les filles du Panier, Ludovic Miserole, 2021

Le crépuscule d'un libertin, Ludovic Miserole, 2021

Héloïse, Ophélie Cohen, 2021 (Prix Coup de Coeur du Jury Noir Charbon 2021)

Meurs, mon ange, Clarence Pitz, 2021

C'est dans la boîte, Frédéric Ernotte, 2021 (Prix du Balai de la Découverte 2013)

Retrouvez l'ensemble de notre catalogue sur le site
www.editions-ifs.com

Anamnèse, Salvatore Minni, 2022
Derniers jours à Alep, Guillaume Ramezi, 2022 (Prix du Balai de la Découverte 2018 * Grand prix du salon de Nemours - Le Coquelicot Noir 2019 * Prix Polar du salon de la Saussaye 2019)
L'important n'est pas la chute, Guillaume Ramezi, 2022

Phénix Noir

Retrouvez l'ensemble de notre catalogue sur le site
www.editions-ifs.com